AF176306

Der Gott in der Höhle
von David Hermann
Winter 2019 – Sommer 2021

Über den Autor:

David Hermann wurde 1985 in Gießen geboren. Er studierte Mathematik und Physik und arbeitet seit 2010 als Lehrer an einer Gesamtschule. Zu seinen literarischen Vorbildern zählt er neben Autoren wie Michael Crichton und Stephen King auch den Komiker Heinz Erhard und den Videospielentwickler Sam Lake.

Über das Buch:

Christoph Tränker verliert durch einen Unfall seine Ehefrau. Als er auf einem Therapiehof Hilfe sucht, lernt er den mysteriösen Clément Pittelout kennen. Er als einer der Hofbewohner auf grausame Art stirbt, bemerkt Christoph, dass Pittelout ihn manipuliert hat. Gelingt ihm die Flucht oder wird ihn das Leben niemals in Ruhe lassen?

DAVID HERMANN

Der Gott in der Höhle

Bibliografische Information der Deutschen Nationalbibliothek:
Die Deutsche Nationalbibliothek verzeichnet diese Publikation
in der Deutschen Nationalbibliografie; detaillierte bibliografische
Daten sind im Internet über dnb.dnb.de abrufbar.

ISBN 978-3-7543-3278-8
Umschlaggestaltung Tobias Göldner
Satz, Herstellung und Verlag:
BoD – Books on Demand, Nordstedt

Inhalt

(»Wieso lässt uns das Leben nicht in Ruhe?«)

Zwei Welten

Die Welt in Clément Pittelouts Kopf ist geordnet. Er ist der Herrscher dieser Welt. Die Welt außerhalb seines Kopfes ist ein heilloses Durcheinander. Pittelouts Ziel ist es, die beiden Welten einander anzugleichen.

Der Unfall

I

Die Dinge sind immer komplexer, als es auf den ersten Blick scheint. Heute hat Christoph Tränker zum ersten Mal seit langem einen Grund, ein echtes Lächeln zu zeigen. Ein Lächeln aus seinem Inneren. Chris hat sich nie für einen depressiven Menschen gehalten, sondern eher für nachdenklich. Er kann gut in sich hineinlachen, wenn er mit einer Situation zufrieden ist. Seine Kollegen, die immer mit einem breiten Lächeln im Gesicht durch die Büroräume laufen, sind ihm zuwider.

Aber Chris ist nicht nur ein nachdenklicher Mensch. Das entspräche nur einem Teil der Wahrheit. Chris hat Tage, an denen seine Frau Annette denkt, er habe mal wieder eine depressive Phase. Sie erträgt es dann, wenn er mit nichts zu begeistern ist, wenn er für kleinste Entscheidungen eine ausführliche Begründung liefert, als müsse er sich vor einem Ausschuss dafür rechtfertigen, Erdbeereis statt Schokoeis genommen zu haben. Sie erträgt es auch, wenn er tagelang in Grübeleien versunken ist. Er wirkt dann abwesend. Geistert durchs Haus, geht auf die Arbeit und kommt abends übermüdet wieder nach Hause.

Die Dinge sind oft komplex. Das weiß Chris durch seine Arbeit als Analyst. Das weiß er auch, wenn er sich über all die Fröhlichkeit in der Welt aufregt: All die Fröhlichkeit, mit der einen die Werbung erdrückt, die einem jede Bedienung in jedem Café entgegenbringt – fast so, als sei man gut befreundet. Die Fröhlichkeit, die alle auch von ihm erwarten, doch er wird sie ihnen nicht geben, da er ihren Sinn nicht versteht. Auf einer rationalen Ebene versteht er sehr wohl, dass Fröhlichkeit und Freundlichkeit das soziale Miteinander stärken und dadurch die Produktivität steigern. Doch wieso muss dieser Frohsinn so allgegenwärtig sein? Es gibt Tage, an denen Chris zu sehen glaubt, dass selbst die Männchen auf den Verkehrsschildern an den Fußgängerüberwegen fröhlich wirken.

Für solcherlei Frohsinn hat er nichts übrig, hatte er noch nie etwas übrig. Chris freut sich nur, wenn es einen triftigen Grund dafür gibt. Und den hat ihm seine Frau an diesem Morgen gegeben.

2

»Ich bin jetzt schon zwei Wochen drüber«, hat Annette an diesem Morgen gesagt. Jetzt starrt sie auf den Schwangerschaftstest in ihrer Hand. Die Verfärbung soll nach etwa einer Minute eintreten.

»Es ist gleich soweit!«, ruft sie aus dem Badezimmer.

Chris hat sich in den Flur zurückgezogen. In seinem Kopf will er alle Eventualitäten durchgehen. Wie bei Schrödingers Katze, die gleichzeitig tot und lebendig sein kann, gibt es zurzeit noch zwei Realitäten: Annette ist schwanger oder auch nicht. In wenigen Sekunden wird aus zwei Möglichkeiten eine, die wiederum zwei gebiert: Behalten oder nicht? Enttäuscht sein oder nicht? Chris versucht die Kosten durchzukalkulieren, kommt jedoch immer wieder ins Stocken. Sein Hirn springt einfach nicht an. Er kommt nicht an den Schalter, der den Denkprozess in Gang setzt.

»Er ist blau!«

»Und was heißt das?«

Annette kommt aus dem Badezimmer. Ihre leicht rundliche Figur ist für einen kurzen Moment als Silhouette im hellen Schein der Badezimmerlampe zu sehen.

»Das heißt, dass wir ab Januar zu dritt hier wohnen werden.«

Chris hat erwartet, dass er bei dieser Nachricht kraftlos in sich zusammensinken würde. Er hat immer gedacht, er sei noch nicht bereit für ein Kind. Sie seien noch nicht bereit. In seiner Vorstellung wäre er auf den Boden gesunken und hätte tief ein- und ausgeatmet. Doch er überrascht sich selbst.

»Wir bekommen ein Baby?«

»Ja!«

Annette schreit die Antwort heraus. Mit ihrem ganzen Körper. Alles an ihr strahlt. Sie wirft ihre Haare nach hinten und lacht laut und Chris lacht mit. Zunächst nur zögernd, dann immer lauter, und es befreit ihn, setzt irgendetwas in ihm frei, dessen er sich noch nicht einmal bewusst gewesen ist.

3

Chris schlendert die Straßen entlang. Er hat ein breites Grinsen im Gesicht, zumindest glaubt er das. Er kann nicht mehr länger nur in sich hineinlächeln. Er lächelt allen zu. Und alle lächeln zurück. Nur die Männchen auf den Verkehrsschildern nicht. Sie starren stur geradeaus und konzentrieren sich darauf, beim Überqueren des Zebrastreifens immer auf die weißen Streifen zu treten und nie auf die schwarzen Zwischenräume.

»Was kann ich für Sie tun?«, fragt die Konditorin überaus freundlich.

Chris überlegt einen Moment. Zum ersten Mal in seinem Leben hat er sich auf dem Weg zur Konditorei keine Gedanken darüber gemacht, was er kaufen will.

»Ich hätte gerne zwei Stücke Kirschtorte.«

»Aber gern, darf es sonst noch etwas sein?«, fragt die Verkäuferin und packt die zwei Stücke ein.

»Danke, das war alles.«

»Das macht dann genau acht Euro.«

Chris zählt das Geld ab. Dann fällt ihm schlagartig ein, dass Annette keinen Alkohol mehr trinken darf. Da er sich nicht sicher ist, ob die Kirschtorte mit Kirschwasser zubereitet ist, sagt er noch schnell: »Ich hätte gerne doch noch etwas. Ein Stück Apfeltorte.«

»Macht nochmal dreifünfzig«, sagt die Verkäuferin, immer noch lächelnd.

Chris bezahlt und geht nach draußen in die warme Frühlingsluft. Er geht langsam zur Wohnung zurück. Er möchte nicht den Eindruck erwecken, als habe ihn die

Schwangerschaft seiner Frau verändert. Er weiß, dass er sich nur selbst etwas vormacht und dass er sich schon längst verändert hat. Chris mochte, wie er war, doch er gesteht sich ein, dass er sich wahrscheinlich zum Besseren gewandelt hat.

4

»Wie wäre es mit Brecht? Oder doch lieber Goethe?«

Annette sitzt mit ihrem Smartphone auf dem Sofa und scrollt durch die Programme der Berliner Theater. Sie hat beschlossen, dass sie heute Abend schick ausgehen. Sie hat verkündet: »Ich möchte noch einmal mein Kleid tragen, solange ich noch reinpasse«.

»Weder noch. Ich möchte heute nicht über die Welt nachdenken«, antwortet Chris.

Annette ist verblüfft. Wann wollte Chris das letzte Mal nicht über irgendetwas nachdenken?

»Wie wäre es hiermit: Im Deutschen Theater läuft ›Der Hauptmann von Köpenick‹«, fragt Annette und tippt auf ZU DEN TICKETS.

»Damit könnte ich leben.«

»Ich habe das Gefühl«, sagt Annette, »dass du heute Abend gar nicht schick ausgehen willst.«

»Doch, doch«, versichert Chris. In ihm ist jetzt wieder der Grübelmotor angesprungen. Die anfängliche Euphorie hat nachgelassen. Chris hätte nicht gedacht, dass das so schnell geht. Es sind doch erst sechs Stunden vergangen, seit sie von Annettes Schwangerschaft wissen.

»Soll ich vorher noch einen Tisch reservieren?«, fragt Annette, »Oder willst du mich bekochen?«

Chris stellt den Motor ab. Grübeln kann er auch später noch.

»Ich werde für dich kochen. Und während ich am Herd stehe, kannst du dich in das engste Kleid zwängen, das du im Schrank hast.«

5

Annette hat ein wirklich enges Kleid herausgesucht. Es ist grau, mit schwarzen Streifen und reicht ihr bis knapp über die Knie. Chris hat ebenfalls versucht, sich in Schale zu werfen. Er verflucht seine Schuhwahl schon jetzt, da ihm bereits nach wenigen Schritten die Fersen wehtun.

Das Taxi steht an der Straße und Chris hält Annette galant die Tür auf. Als sie sich gesetzt und er ihr den Gurt gereicht hat, geht er um den Wagen herum und setzt sich hinter den Fahrer auf die Rückbank.

6

Ottmar Franke ist 55 Jahre alt und schon seit seiner Zeit bei der Bundeswehr Fernfahrer. Er fährt hauptsächlich für zwei Speditionen Lebensmittel durch Deutschland. Seine Wohnung ist die Autobahn. Er liebt es, stundenlang bei eingeschaltetem Tempomat immer geradeaus zu fahren und dabei Hörbüchern oder Radiosendungen zu lauschen.

Früher hat er immer laute Schlagermusik gehört, doch seit er einmal das Inforadio eingeschaltet hat – er weiß schon selbst nicht mehr, wieso er das getan hat –, hat er es am liebsten, wenn er einen Beitrag über ein gesellschaftlich relevantes Thema hört. »Lasterfahren bildet«, sagt er dann immer.

Doch in letzter Zeit geschieht etwas Seltsames mit ihm. Wie man beim Lesen eines Buches manche Sätze nur überfliegt und gleichzeitig doch ihren Sinn erfasst, so dass man gar nicht merkt, dass man in der letzten Stunde drei Kapitel gelesen hat, überfliegt Ottmar auch einige Straßen. Er ist einfach plötzlich am Ziel, ohne zu wissen, wie er dorthin gekommen ist. Er schläft nicht während der Fahrt ein; das ist ihm nur einmal als Fahranfänger passiert und er hat prompt den Mercedes seines Vaters zu Schrott gefahren. Doch als Erwachsener hatte er noch nie Probleme, am Steuer wachzubleiben. Aber manchmal erinnert er sich einfach nicht mehr daran, bestimmte Strecken gefahren zu sein.

Ottmar hat es mit allem Möglichen probiert: Kaffee, eiskaltem Wasser, Energydrinks oder auch mit saurer Zitrone. Auf diese Weise haben sie sich immer bei der Bundeswehr wachgehalten, wenn mal wieder eine Nachtwache im Biwak anstand.

Seiner Frau gegenüber hat er zunächst nichts von seinen Aussetzern erzählt. Sigrid hätte sich nur wieder unnötige Sorgen gemacht.

Während der letzten Untersuchung beim Firmenarzt

hat er auch nichts gesagt. Er wurde gründlich durchgecheckt, abgehorcht und an allen möglichen und unmöglichen Stellen begrabscht, doch gefunden wurde nichts. Beim Fragebogen musste Ottmar natürlich ein wenig schummeln. Er wollte zwar selbst herausbekommen, worin die Ursache für seine Unkonzentriertheit liegt, doch er wollte um alles in der Welt nicht seinen Job verlieren.

Vielleicht ist das ja auch der Grund für sein Problem: Er ist finanziell von seinem Beruf abhängig. Doch, wer ist das nicht? Selbst die reichen Idioten, die mehr Geld verdienen, als er je ausgeben könnte, haben sich an einen Lebensstandard gewöhnt, der dafür sorgt, dass sie auf ihren Job angewiesen sind. Ottmar ist zweimal in seinem Leben arbeitslos gewesen und beide Male waren eine Tortur für ihn und seine Frau.

Seine jetzigen Jobs sind beide zwar nicht gut bezahlt, doch sie sind sicher. Das glaubt Ottmar zumindest. Er weiß, dass es viele junge Leute gibt, die gerne seinen Job hätten. Er darf die Jobs nicht verlieren, darf auf keinen Fall aussortiert werden.

Vielleicht macht Ottmar sich aber auch einfach selbst zu viel Druck. Und dieser Druck schadet seiner Konzentration.

Oder es liegt ganz einfach am unzureichenden Schlaf. Ottmar liegt nachts oft wach und starrt die Decke an. Irgendwann steht er dann immer auf, um sich vor den Fernseher zu legen. Dort sieht er sich irgendwelchen Schwachsinn an und schläft meistens spät in der Nacht auf dem Sofa ein.

Einmal hat Ottmar sich einem Kollegen anvertraut. Manni liest jeden Tag irgendwelche Wissensmagazine und sieht sich im Netz nur Dokus an. Er war überzeugt, Ottmar leide an einer neuronalen Hirnerkrankung, was auch immer das heißen mochte.

Ottmar hatte schließlich gelernt, mit seinen Aussetzern zu leben.

Jetzt sitzt Ottmar hinter dem Steuer seines LKW. Eben hat er eine Ladung Lebensmittel zu einem Supermarkt gefahren. Im Radio läuft eine Sendung über die bevorstehende Klimakatastrophe und irgendwelche wildgewordenen Klimaschutzaktivisten. Ottmar hört nur mit einem Ohr zu. Er muss wieder raus aus der Stadt, auf die Autobahn. Vor ihm ist eine Baustelle. Ottmar blinkt, wirft einen Blick in den Spiegel und umfährt die Baustelle. Grüne Ampel, Ottmar fährt durch. Häuserzeilen fliegen an ihm vorüber. Ottmar schaut auf sein Navi, um zu sehen, wie die Straße heißt, auf der er sich befindet: Torstraße.

8

Annette hat es sich auf der Rückbank des Taxis bequem gemacht. Chris hält ihre Hand. Er spielt verträumt mit ihren Fingern. Annette lässt ihre Gedanken schweifen. Sie freut sich auf die Theateraufführung. Sie haben zwar keine guten Plätze mehr reservieren können (seitlich auf der Empore, Annette befürchtet schon jetzt, dass sie die nächsten drei Tage Nackenprobleme haben wird, weil sie die ganze Zeit den Kopf drehen muss), doch da es der erste Theaterbesuch seit Jahren ist, kann sie damit leben.

Früher, noch während des Studiums, ist sie öfter mit ihren Freundinnen ins Theater oder in die Oper gegangen. Mit Chris war sie nur vier- oder fünfmal dort. Er wollte immer ins Kino. Umso mehr freut sich Annette, dass er für diesen Abend einfach so zugesagt hat.

»Ab wann kann man feststellen lassen, ob es ein Junge oder ein Mädchen wird?«, fragt er jetzt gedankenverloren.

»Weiß nicht. Ich denke so ab dem dritten Monat.«

Chris will sein Smartphone aus dem Jackett ziehen, um diese Frage zu recherchieren, doch Annette legt ihre Hand auf seinen Arm.

»Lass uns uns heute Abend nur auf uns konzentrieren«, sagt sie und denkt: Nur wir beide. Wahrscheinlich das letzte Mal nur wir beide.

Sie beugt sich zu ihm rüber und gibt ihm einen Kuss. Er erwidert den Kuss und lässt sein Smartphone wieder in die Tasche gleiten.

In diesem Moment wird das Taxi gepackt, zusammengedrückt und brutal zur Seite geschleudert. Annette knallt ruckartig nach hinten. Vorne explodiert der Fahrerairbag. Chris prallt gegen die Tür. Etwas knackst so laut, dass es das Knirschen des Metalls übertönt. Ein stechender Schmerz durchzuckt seine Seite. Der Wagen kommt zum Stehen. Danach ist alles schwarz.

9

Ottmar fährt. Grüne Ampel. Fußgänger. Er fährt. Radiosendung über irgendwas. Er fährt. Rote Ampel.

Ottmar erwacht.

Ulli isst eine Currywurst aus dem Imbiss gleich neben dem Supermarkt. Er liebt Currywurst, obwohl sie ihm selten schmeckt. Seiner Meinung nach sorgen die türkischen Gastarbeiter dafür, dass die Würste immer schlechter schmecken, damit sich ihre Dönerbuden – von denen es sowieso schon zu viele gibt –, vermehren wie die Karnickel.

Die Currywurst in seiner Hand jedenfalls schmeckt ihm. Eine Ausnahme. Aber Ausnahmen bestätigen ja die Regel, wie es so schön heißt. Ulli schlendert durch die Straßen. Er ist auf dem Weg zur nächsten Bushaltestelle. Ein Laster überholt ihn. Es gibt einen lauten Knall und danach das hässliche Geräusch, wenn Metall auf Metall trifft.

Ulli reißt den Kopf hoch und dann sieht er die Katastrophe: Der Laster ist über eine rote Ampel gerast und hat ein Taxi erwischt. Frontal.

Ulli lässt die Currywurst fallen und rennt auf die beiden Fahrzeuge zu. Der Motor des Lasters läuft noch einen Moment, dann säuft er ab. Der Fahrer sitzt wie versteinert hinter seinem Lenkrad. Ulli lässt den Laster links liegen und geht auf das Taxi zu. Der Anblick, der sich ihm bietet, raubt ihm den Atem.

Die Motorhaube ist auf der Beifahrerseite völlig eingedrückt. Die hintere Tür ebenfalls. Ulli sieht bereits von außen, dass es um die Frau auf der Rückbank nicht gut steht. Mit zittrigen Händen zieht er sein Smartphone aus der Hosentasche. Mit seinem Daumen hinterlässt er einen

Fingerabdruck aus Currysauce. Das Handy fällt runter. Als er es wieder aufhebt, ist das Display zersprungen. Ulli entsperrt das Smartphone, dann wählt er die 112.

»Notrufeinsatzzentrale, was kann ich für Sie tun?«

»Hier hat es einen Unfall gegeben«, sagt Ulli.

In der vierten oder fünften Klasse haben sie einmal einen Ersthelferkurs gemacht. Da Ulli keinen Führerschein hat, hat er seitdem keinen Kurs mehr belegt. Jetzt kramt er in seinem Gedächtnis nach allem, was er aus dieser grauen Vorzeit noch weiß. Weiß. Wie. W. Es gab fünf Ws.

»Hier spricht Ulli Dröger«, sagt er schnell hinterher.

»Herr Dröger, können Sie mir sagen, was genau vorgefallen ist?«, fragt der Mann am Telefon.

»Ein LKW ist hier einfach in ein Taxi reingerast. Das Taxi ist ziemlich hinüber.«

W, W, W ... Wie lauteten gleich noch diese verdammten Ws?

»Dem Fahrer des Lasters geht es gut«, sagt Ulli. Doch dann verbessert er sich. »Also, er ist nicht verletzt. Sieht zumindest nicht so aus. Es könnte aber sein, dass er einen Schock hat.«

»Wo genau befinden Sie sich?«, fragt der Mann am Telefon.

Ulli, der schon immer gewusst hat, dass einen die Smartphones ausspionieren, ist ein wenig verblüfft, dass er diese Frage überhaupt noch beantworten muss. Er sieht sich kurz um, dann sagt er: »An der Kreuzung ›Torstraße – Schönhauser Allee‹. Aber warten Sie einen Moment. Ich guck mal nach den Leuten im Taxi.«

Ulli geht um das Taxi herum. Keine der Türen lässt sich öffnen. Er späht durch die Fenster.

»Im Taxi sitzen der Fahrer und ein Pärchen. Ich krieg die Türen nicht auf.«

»Okay, bleiben Sie ruhig und warten Sie auf weitere Anweisungen. Wir schicken sofort jemanden zu Ihnen.«

Ulli stellt sein Handy auf Lautsprecher. Dann versucht er noch einmal, die Türen zu öffnen. Mittlerweile sind noch weitere Passanten zur Unfallstelle gekommen. Eine Frau mit einer giftgrünen Jacke steht neben Ulli und schüttelt den Kopf.

»O Mann, o Mann, o Mann«, murmelt sie immer wieder vor sich hin.

Ulli blickt wieder rüber zu dem LKW. Der Fahrer hat mittlerweile die Tür geöffnet. Er steigt langsam und unbeholfen die Leiter herab. Dann setzt er sich auf den Asphalt und kratzt sich am Kopf. Ulli geht zum Fahrer und beugt sich zu ihm herunter.

»Geht es Ihnen gut?«

»Wieso? Ich bin doch gefahren.«

Ulli packt den Fahrer an der Schulter und rüttelt ihn. Der Fahrer schlägt mit seiner Hand nach Ullis Arm.

»Können Sie mir sagen, wie Sie heißen?«, fragt Ulli.

»Ich weiß gar nicht, was passiert ist. Das Radio hat doch gesagt, das Klima sei in Gefahr.«

Ulli wedelt mit seiner Hand vor den Augen des LKW-Fahrers. Als das nichts bringt, hebt er wieder sein Handy ans Ohr.

»Hallo, sind Sie noch dran?«

Ulli wartet einen Moment. Schließlich meldet sich der Mann von eben.

»Herr Dröger, es ist bereits ein Rettungswagen zu Ihnen

unterwegs. Bitte sorgen Sie dafür, dass die Sanitäter freie Fahrt haben.«

»Okay. Aber hören Sie: Dem LKW-Fahrer geht es überhaupt nicht gut. Der brabbelt nur unverständliches Zeugs.«

»Okay, Herr Dröger. Ich werde diese Information an den Notarzt weitergeben. Können Sie die Beine des LKW-Fahrers irgendwie hochlegen?«

»Wie?«, fragt Ulli.

»Können Sie seine Beine vielleicht leicht anwinkeln?«

»Mach ich«, sagt Ulli noch, dann stopft er das Smartphone wieder in seine Hosentasche. Er bückt sich runter zum LKW-Fahrer und versucht vorsichtig, ihn auf den Rücken zu legen. Der Fahrer folgt jeder von Ullis Bewegungen. Als er auf dem Boden liegt, hebt Ulli die Beine des Fahrers an und lehnt sie vorsichtig gegen das Vorderrad des Lasters. Dann geht er auf die Passanten zu, die in einem Kreis um das Taxi herumstehen. Es sind mittlerweile vielleicht zehn oder zwölf Leute hinzugekommen. Einige machen Fotos mit ihren Smartphones. Andere versuchen die Türen des Taxis zu öffnen. Die Dame mit der grünen Jacke hockt neben dem LKW-Fahrer und hält seine Hand. Vielleicht versucht sie auch nur, den Puls zu messen.

»Macht Platz, geht zur Seite!«, ruft Ulli laut und in der Ferne hört er bereits die Sirene des Rettungswagens. Kurze Zeit später kommen ein Einsatzwagen der Feuerwehr, ein Polizeiwagen, zwei Rettungswagen und ein Notarztwagen angebraust. Die Menge macht Platz und Ulli ist ein wenig stolz auf sich.

II

Christin Feith ist eine junge Ärztin Mitte dreißig. Sie sitzt auf dem Beifahrersitz des Notarztwagens. Am Steuer sitzt ihr Kollege Holger Schröder. Er überfährt vorsichtig eine rote Ampel. Das Blaulicht und das Martinshorn zeigen ihre Wirkung: Die Kreuzung ist frei. An der nächsten Kreuzung sehen sie schon die verunfallten Fahrzeuge. Hinter dem LKW parkt ein Einsatzwagen der Feuerwehr. Christin wirft einen Blick auf ihr Tablet. Laut Einsatzprotokoll müssen drei Insassen aus einem Taxi befreit werden. Der vierte Beteiligte, der Fahrer des LKW, hat vermutlich einen Schock. Holger parkt direkt neben dem LKW. Christin steigt aus, geht zum Kofferraum und holt ihre Tasche heraus. Holger schultert den schweren Rucksack.

Die Schaulustigen bilden eine Gasse, als Christin auf das Taxi zugeht. Einer der Rettungssanitäter – die Wagen parken rechts auf der Kreuzung – kommt ihr entgegen.

»Es sind drei Schwerverwundete. Eine Frau und zwei Männer. Die Türen auf der Beifahrerseite sind noch nicht auf, aber die Kollegen von der Feuerwehr haben immerhin die Türen auf der Fahrerseite aufgestemmt.«

Christin nickt nur. Sie hat sich im Gehen ihre Handschuhe übergestreift.

»Wie sind die Vitalfunktionen?«, fragt sie den Sanitäter.

»Alle drei normal. Aber der Fahrer des Taxis hat ziemlich viel Blut verloren. Und die Frau ...«

Christin sieht selbst, was mit der Frau ist. Die Frau liegt bereits auf einer Trage. Christin schätzt sie auf Anfang dreißig, vielleicht auch jünger. Ihre langen blonden Haare sind blutverklebt. Ihre Augen zucken. Sie ist allem Anschein nach bewusstlos. Christin geht neben der Trage in die Hocke. Der Rettungssanitäter von eben – auf seinem Anzug steht Andreas Schramm – hockt sich neben sie.

»Wir haben bereits alle Vitalfunktionen überprüft, wollten mit dem Abtransport aber noch auf Sie warten.«

Christin wirft einen Blick auf das Display des Messgeräts an der Trage. Dann sieht sie wieder in die Augen der Frau. Sie zucken wild umher, wie bei einem Kind, das schlecht träumt.

»Verdacht auf schweres Schädel-Hirn-Trauma. Die Frau muss sofort ins Krankenhaus.«

Der Sanitäter nickt nur, dann dreht er sich um und ruft seinen Kollegen.

»Auf geht's Manu. Die Dame kommt ins Bundeswehrkrankenhaus.«

Ein zweiter Sanitäter eilt herbei. Zu zweit heben sie die Trage hoch und schieben sie hinten in den Rettungswagen. Andreas Schramm steigt vorne ein, sein Kollege hinten. Ein Polizist schlägt die beiden Türen zu.

»Wo ist der Fahrer des Taxis?«, fragt Christin den Polizisten.

»Der liegt schon im Rettungswagen. Die Sanitäterin ist bei ihm.«

Christin steuert auf den Rettungswagen zu. Aus den Augenwinkeln sieht sie, wie Holger sich neben einer weiteren Trage niedergelassen hat. Auf der Trage liegt ein Mann. Vermutlich der Fahrgast. Im zweiten Rettungswagen steht eine junge Rettungssanitäterin neben einer

Trage. Auf der Trage liegt ein Mann mit bleichem Gesicht und blutgetränkter Kleidung.

»Wie steht es um ihn?«, fragt Christin in den Wagen.

»Sehr schlecht. Wir müssen ihn jeden Moment abtransportieren.«

Christin wendet sich von dem Rettungswagen ab und geht zum dritten Einsatzfahrzeug, das mit einiger Verzögerung am Unfallort angekommen ist. Holger kommt mit einem weiteren Rettungssanitäter. Gemeinsam schieben sie das dritte Unfallopfer in den Wagen.

»Vitalfunktionen in Ordnung. Hat einige Brüche. Innere Blutungen können nicht ausgeschlossen werden.«

Christin sieht sich den Mann an. Er ist ebenfalls Anfang dreißig. Seine rechte Seite ist scheinbar unverletzt, auf seiner linken Seite hingegen zeigen sich schon erste größere Hämatome und Quetschungen. Das linke Knie ist verdreht.

»Ich fahre mit Ihnen«, sagt Christin zu dem jungen Sanitäter, der hinten im Rettungswagen sitzt. »Holger, du kommst nach, sobald du dich um den Fahrer des LKW gekümmert hast!«

»Bis gleich!«, ruft Holger und schlägt die Türen zu.

12

Der Knall, das kreischende Metall, der Schmerz, die Schwärze.

Chris merkt, wie er angehoben wird. Stimmen, hektisches Rufen. Immer mal wieder kehrt er an die Oberfläche zurück. Dann sieht er durch den schmalen Spalt seiner Augen die Blaulichter der Einsatzfahrzeuge. Eine Frau redet. Chris versteht sie nicht. Alles geht zu schnell. Er taucht wieder ab. Schwärze.

Ein Knall, eine Vibration, Stimmen, ein Ruck.

»Ich bin in einem Auto«, denkt es in Chris. Er schaukelt hin und her. Dann greifen Finger nach ihm und er wird fixiert.

Chris versucht, die Augen zu öffnen.

Vergebens.

Er taucht wieder ab in die Dunkelheit. Hier ist alles dumpf. Die Geräusche dringen wie durch Watte zu ihm. Und plötzlich wird alles ganz hell – und dann sieht Chris Annette, die sagt: »Wahrscheinlich das letzte Mal nur wir beide.«

Das Baby, denkt Chris und bemüht sich, wieder an die Oberfläche zu kommen.

13

»Hat er was gesagt?«, fragt der junge Sanitäter. Christin blickt von dem Unfallopfer auf.

»Wie?«, fragt sie. »Was gesagt? Nein, er ist zwar stabil, aber immer noch bewusstlos. Ich würde ihn nur ungern während der Fahrt aufwecken.«

»Ich dachte, er hätte was gesagt.«

Sie fahren zügig durch die Stadt. Vor ihnen ist einer der anderen beiden Rettungswagen, bis der plötzlich anhält. Sie überholen den Wagen.

Christin betätigt die Sprechfunktaste, um mit dem Fahrer zu reden.

»Was ist mit dem RTW los?«, fragt sie.

»Komplikationen mit dem Patient. Sie mussten lebenserhaltende Maßnahmen einleiten.«

Der Notarzt darf während eines Patiententransports keine Behandlung am Unfallopfer vornehmen. Christin hofft, dass es dem Unfallopfer in dem Rettungswagen gut geht. Sie wendet sich wieder dem Mann auf der Trage zu. Noch sind alle seine Werte normal.

Der Fahrer meldet sich über Funk: »Wir sind da.«

Der Wagen hält abrupt an. Kurz darauf werden die Heckklappen aufgerissen. Draußen wartet bereits ein junger Arzt mit zwei weiteren Sanitätern.

Die Sanitäter bringen den jungen Mann, den sie aus dem Taxi geborgen haben, rein. Christin folgt ihnen.

14

Wieder Hektik überall. Er bewegt sich jetzt nicht mehr. Dann wieder Stimmen: Kommandotonfall. Dann wieder Ruhe. Jetzt wird er angehoben. Er spürt, wie er durch die Luft gleitet. Es ist wie Fliegen im Dunkeln.

Als Kind ist er einmal mit einer Achterbahn im Dunkeln gefahren.

Komisch, dass er sich an seine Kindheit erinnert, aber vergessen hat, wie er heißt. Immer, wenn er sich auf die Suche nach seinem Namen macht, sieht er nur das Gesicht einer Frau und eines Katzenbabys. Es ist Schrödingers Katze, das weiß er. Wieso ist sie noch am Leben? Müsste sie nicht eigentlich gleichzeitig tot sein?

Da ist wieder die Frau. Sie heißt Annette. Sie sagt zu ihm: »Wahrscheinlich das letzte Mal nur wir beide.« Dann ruft sie seinen Namen. Es klingt zunächst, als würde sie ihn unter Wasser rufen. Er hört nur ein Blubbern. Und dann, ganz deutlich: »CHRIS!«

Er heißt Chris und seine Frau heißt Annette und das Geschlecht des Babys werden sie erst in zwei oder drei Monaten erfahren.

Getragen von der Flut der Erinnerung nimmt Chris alle Kraft zusammen und stößt sich vom Boden der Dunkelheit ab. Er treibt nach oben. Die Stimmen um ihn herum werden immer deutlicher. Er kann ein Piepsen hören. Er nimmt den Geruch wahr, den jedes Krankenhaus verströmt. Er ist.

Er ist wach.

15

Die Sanitäter bringen den Taxifahrer in die Notaufnahme. Der Operationssaal ist schon vorbereitet. Doch auf halbem Wege wird aus dem Herzrasen, das während der Transportfahrt eingesetzt hat, ein Kammerflimmern und schließlich ein Herzstillstand. Die Sanitäter versuchen noch, den Fahrer wiederzubeleben, jedoch ohne Erfolg.

Eine Tür weiter spielt sich Ähnliches ab.

16

Christin Feith geht neben Christoph Tränker her. Sie spürt, wie er langsam zu sich kommt. Seine Vitalfunktionen sind in Ordnung. Die Sanitäter bringen ihn zum Operationssaal. Die beiden Not-OPs sind belegt. Von dort hört Christin wieder hektische Rufe. Sie weiß, was das zu bedeuten hat: Einer der Patienten ist verstorben. Oder beide.

Aber bei dem Mann, den sie jetzt in den Operationssaal schieben, hat sie noch Hoffnung. Natürlich muss man auch bei ihm mit schweren inneren Verletzungen rechnen, aber allem Anschein nach ist er mit ein paar Brüchen davongekommen.

Und mit dem schweren Verlust. Falls die junge Frau seine Frau war – wovon Christin stark ausgeht –, und falls die junge Frau stirbt – wovon Christin ebenfalls ausgeht.

Neben ihr bewegt sich etwas. Sie sieht nach unten. Der Mann hat die Augen geöffnet.

»Wie geht es ...«

»Psst, seien Sie ruhig. Wir bringen Sie schon wieder auf die Beine.«

Christin ist klar, dass der Mann fragen wollte, wie es seiner Frau geht. Aber er braucht jetzt Kraft, um die Operation zu überstehen. Und in einem solchen Fall kann er keine Schreckensnachricht vertragen. Außerdem ist Christin jetzt zu müde, um ihm die traurige Botschaft zu überbringen. Sollen das doch die anderen morgen früh machen. Falls der Patient bis dahin wieder aufgewacht ist.

Sie sieht wieder nach vorne. Die übernächste Tür ist die richtige.

Wieder greift der Patient nach ihr. Da sie den Operationssaal erreicht haben, bleiben sie stehen. Christin blickt nach unten in das fragende Gesicht des Mannes.

»Wie geht es dem Baby?«, fragt er, und schlagartig wird Christin klar, was los ist.

In dem Taxi waren vier Menschen.

Die junge Frau war schwanger.

Therapie

I

Christoph Tränker erwacht. Sein Mund ist so trocken wie die Wüste Gobi. Die Augen zu öffnen kostet ihn Kraft. Über sich sieht er eine hell erleuchtete weiße Decke. Chris erahnt neben sich einen Schatten. Er versucht den Kopf zu drehen, schafft es jedoch nicht.

Piep ... Piep ...

Von links hört Chris die mechanischen Geräusche einer Pumpe. Wird er beatmet? Er tastet mit seiner rechten Hand nach seinem Gesicht. Dort ist nichts. Das Piepen wird lauter. Chris fällt wieder in einen tiefen Schlaf.

Sekunden später weckt ihn das Geräusch von Metall auf Metall.

»Ah, endlich sind Sie wach«, sagt eine Stimme neben ihm. Eine dicke Schwester beugt sich über ihn.

Natürlich, er ist im Krankenhaus. Der Unfall. Das Theater. Das Essen, das er gekocht hat. Annette. Das Baby.

»Wie ... Wie geht es meiner Frau und dem Baby?«, fragt er.

Die Krankenschwester blickt zur Seite.

»Ich glaube, es ist besser, wenn ich den Arzt rufe«, sagt sie, klopft auf Chris' Kopfkissen und geht raus.

Piep ... Piep ... WUMMS!

Chris wird im Taxi an die Tür geworfen. Annettes Kopf schlägt brutal gegen die Nackenstütze. Die Fensterscheiben zerspringen. Das ganze Auto wird auf unnatürliche Weise zur Seite geschoben. Dann folgt Schwärze.

»Guten Tag Herr Tränker, wie geht es Ihnen?«

Ein alter Arzt steht neben dem Bett und beugt sich so, dass er in Chris' Gesichtsfeld ragt. Chris hat nur zwei Gedanken im Kopf: Wie geht es meinem Baby? Wie geht es meiner Frau?

Beinahe hätte er gefragt: »Wie geht es Schrödingers Katze?«

Das Bild lässt ihn nicht los, und Chris weiß, dass er jetzt in einer ähnlichen Situation ist, wie ein Paar, das erfahren möchte, ob das Kind ein Junge wird oder ein Mädchen. Nur ist seine neue Situation viel perfider. Leben oder nicht Leben, das ist hier die Frage!

»Wie geht es meiner Frau? Was ist mit dem Baby?«, fragt er den Arzt.

Dieser atmet einmal tief durch, bevor er antwortet: »Herr Tränker, es tut mir aufrichtig leid, Ihnen mitteilen zu müssen, dass Ihre Frau bereits vorgestern ihren Verletzungen erlegen ist. Das erlittene Schädel-Hirn-Trauma war zu groß.«

Er macht eine Pause, ehe er den Satz sagt, den Chris schon so oft in irgendwelchen Fernsehserien gehört hat: »Wir konnten nichts mehr für sie tun. Es tut mir leid.«

Sein trockener Mund ist ihm egal. Seine Verletzungen sind ihm egal. Er will nicht wissen, wie es jetzt weitergeht. Er will nur noch weinen. Doch seine Augen füllen sich nicht mit Tränen. Sie bleiben so trocken wie die Wüste Gobi.

2

Dr. Simon, der Arzt, ist gegangen. Die Krankenschwester – Schwester Elisabeth – bleibt noch einen Moment im Zimmer. Ebenso das Piepen. Dann, nach einer Ewigkeit, umhüllt Chris eine tiefdunkle Wolke. Die Geräusche von außerhalb dringen kaum noch zu ihm durch. Er liegt in seinem Bett und verspürt Frieden. Und Schmerz.

3

Als Chris erwacht, ist es dunkel im Zimmer. Er sieht sich – so weit es geht – um. Sein linker Arm steckt in Gips. Aus dem rechten ragen Schläuche. Sein linkes Bein liegt in einer Schlaufe. Vor ihm baumelt ein Notrufknopf von der Decke. Er wird ihn später drücken. Jetzt sehnt er sich nur noch zurück in die Dunkelheit.

Doch die Tür wird geöffnet und herein kommt eine weitere Krankenschwester. Sie hat einen Beutel dabei, den sie an den Ständer irgendwo über oder neben Chris hängt. Chris versucht den Namen auf ihrem Shirt zu lesen, doch es ist zu dunkel.

»Können Sie ...«, versucht er zu sagen, doch alles was er zustande bringt, ist ein unverständliches Röcheln.

»O, Sie sind wach?«, fragt die Schwester. »Sie sollten aber jetzt wirklich schlafen.«

Chris will den Kopf schütteln. Erfolglos.

»Können Sie den Arzt rufen?«

»Der Doktor kommt morgen erst wieder. Schlafen Sie jetzt einfach weiter.«

Sie nimmt den Notrufknopf in die Hand und hält ihn Chris vors Gesicht. »Wenn Sie starke Schmerzen haben, drücken Sie einfach auf diesen Knopf.«

Chris versucht es noch einmal: »Mein Mund ist schrecklich trocken.«

»Ich bringe Ihnen gleich ein Glas Wasser.«

Die Schwester geht nach draußen. Chris wartet, bis sie wiederkommt. In der Hand hat sie ein Glas mit Wasser, das sie neben Chris auf den Tisch stellt.

»Ich kann nicht ...«

»O, klar, ich helfe Ihnen sofort.«

Die Schwester hebt das Glas an Chris' Mund. Er trinkt es vorsichtig aus. Mit jedem Schluck geht es ihm besser.

Als die Schwester gegangen ist, kann Chris endlich weinen.

4

»Guten Morgen Herr Tränker!«

Die Schwester kommt ins Zimmer gestürmt und reißt die Fenster auf. Es muss die Erste sein, da sie dicker ist als die Krankenschwester, die zuletzt nach Chris gesehen hat. Sie hebt die Bettdecke hoch und sieht nach dem Katheter. Chris hatte ihn bis dahin noch gar nicht bemerkt.

»Wie geht es Ihnen heute?«, fragt sie. Chris möchte ihr von den Schmerzen erzählen, die er in der Hüfte verspürt, aber die Krankenschwester plappert einfach weiter: »Dr.

Simon kommt heute zu Ihnen und erklärt Ihnen, was Sie sich alles gebrochen haben. Mögen Sie Hähnchen?«

Chris versteht den Zusammenhang nicht. Doch dann begreift er, dass sie ihn nach seinem Wunschessen gefragt hat.

»Ja«, gibt er zur Antwort. »Wann kommt der Doktor?«

»Gleich nach dem Frühstück.«

Schwester Elisabeth schließt die Fenster wieder und marschiert zur Tür hinaus. Gedämpft kann Chris hören, wie sie das Nachbarzimmer mit einem fröhlichen »Guten Morgen!« erstürmt.

Chris sieht sich erneut im Zimmer um. Er kann mittlerweile auch den Nacken drehen. Er liegt allein im Zimmer. (Sein Versicherungsvertreter hat ihm schon vor Jahren eine Zusatzversicherung angedreht, mit der er ein Anrecht auf ein Einzelzimmer und eine Behandlung durch den Chefarzt hat.) Die piepsende Maschine neben ihm ist verstummt. Auf einem Herzmonitor springt eine Linie zum Takt seines Pulses. Am Tropf hängen zwei Behälter. Auf dem einen steht »NaCl«: Kochsalz.

Chris dreht den Kopf zur anderen Seite. Links von ihm am Fenster steht Annette. Auf ihrem Arm wiegt sie ein Baby. Sie lächelt Chris an und er lächelt zurück. Plötzlich fängt das Baby an zu weinen. Es schreit und schreit, immer höher und schriller, bis es sich anhört wie Metall, das verbeult wird. Chris schießen die Tränen die Augen. Mit einem Mal hat Annette eine riesige Platzwunde an der Stirn. Sie zuckt hin und her. Dann sind die beiden weg.

Der Apparat neben Chris hat wieder begonnen, zu piepsen. Jetzt springt die Linie wild umher. Die Tür geht auf und die Schwester, die Dicke, kommt hereingestürmt. Sie bleibt kurz vor dem Bett stehen, da sie gesehen hat, dass Chris weint. Die Linie auf dem Herzmonitor beruhigt sich wieder. Schwester Elisabeth drückt auf einen Knopf und der Apparat verstummt.

»Können Sie bitte den Arzt rufen?«, fragt Chris.

Schwester Elisabeth nickt nur. Dann verlässt sie das Zimmer.

Die Zeit bleibt stehen. In seinem Kopf zählt Chris die Sekunden (»einundzwanzig, zweiundzwanzig...«), bis der Arzt kommt. Chris ist gerade bei 900 angelangt, als die Tür sich öffnet und der Alte von gestern – war es wirklich gestern? – hereinkommt.

»Guten Morgen Herr Tränker, was kann ich für Sie tun?«, fragt er in freundlichem Tonfall.

»Können Sie mir sagen, was mir fehlt? Wann kann ich hier raus?«

»Sie werden uns wohl noch eine Weile beehren müssen, Herr Tränker. Ihre linke Körperseite wurde durch den Aufprall stark in Mitleidenschaft gezogen.«

Dr. Simon klappt sein Klemmbrett auf.

»Die schlimmsten Verletzungen sind wohl Ihr gebrochener Beckenknochen und das gerissene vordere Kreuzband. Aber das ist nichts, was sich nicht wieder beheben ließe. Sie hatten Glück: Ihre Wirbelsäule hat den Unfall völlig unbeschadet überstanden.«

Ich hatte Glück, denkt Chris und sogleich schießen ihm wieder die Tränen in die Augen und Magensäure steigt in seinem Hals auf.

»Würden Sie es wirklich als Glück bezeichnen, wenn Ihre Frau umkommt?«, fragt er laut.

Dr. Simon räuspert sich. Nach einem kurzen Moment des Schweigens, in dem er über seine Wortwahl nachzudenken scheint, sagt er: »Was mit Ihrer Frau passiert ist, tut mir aufrichtig leid. Aber Sie sollten dennoch froh sein, dass Sie noch leben. Sie haben eine zweite Chance erhalten. Irgendwann werden Sie noch dankbar sein, dass es Sie nicht auch erwischt hat.«

Chris spürt, wie eine Mischung aus übermächtiger Trauer und Zorn in ihm anwächst. Er schluckt beides herunter und mit ihnen auch die Magensäure. Schließlich fragt er: »Was ist mit meinem Arm?«

»O, der ist gebrochen. Sie haben einen gebrochenen Unterarm und ein gebrochenes Schlüsselbein. Wir haben in den vergangen zwei Tagen sowohl Ihr Becken wieder gerichtet als auch ihren Arm und ihr Schlüsselbein. Wenn Sie wollen, werde ich Ihnen nachher bei der offiziellen Visite noch die Details erläutern.«

Chris erinnert sich schwach an den Grübler, der er einmal war: Vor dem Unfall, vor der Schwangerschaft. Er will jetzt nicht wieder allein im Bett liegen und auf den Arzt warten. Chris schiebt den Grübler zur Seite und fragt: »Wie wäre es mit jetzt?«

»Nun gut.« Dr. Simon zieht sich einen Stuhl heran und setzt sich. »Wir haben Ihre Beckenringfraktur operieren müssen. Ihr Becken war zu sehr in Mitleidenschaft gezogen. Leider bedeutet das für Sie, dass Sie die nächsten drei Wochen absolute Bettruhe einhalten müssen. Wir konnten den Beckenknochen mithilfe von Schrauben in die richtige Position bringen. Zur besseren Regeneration der Knochen erhalten Sie eine Infusion mit Calcium, Magnesium, Vitamin D und noch einigen anderen Sachen.«

Dr. Simon deutet auf den zweiten Beutel, dessen Beschriftung Chris nicht hatte lesen können. »Ihr Schlüsselbein haben wir durch einen sogenannten ›Rucksackverband‹ wieder zurechtgerückt. Diesen werden Sie etwa drei Wochen tragen müssen. Ihr Kreuzband haben wir flicken können. Sie sollten – sobald es geht – mit der Therapie beginnen.«

Dr. Simon macht eine kurze Pause. »Allerdings können wir damit erst richtig beginnen, sobald Ihr Beckenknochen wieder halbwegs stabil ist. Andernfalls riskieren Sie, dass sich die Bruchstücke wieder verschieben. Gönnen Sie Ihrem Körper jetzt erst einmal etwas Ruhe. In drei Tagen kommt dann Frau Kleinschmidt vorbei. Sie ist Physiotherapeutin in einer Rehaklinik und arbeitet Teilzeit hier im Krankenhaus. Frau Kleinschmidt wird alles Weitere mit Ihnen besprechen.«

»Und was ist mit meinem Arm?«, fragt Chris.

Der Arzt lächelt.

»Ich sage immer: Wenn man sich nicht mindestens mal den Arm gebrochen hat, sollte man wirklich daran zweifeln, dass man eine glückliche Kindheit gehabt hat.«

5

Jedes Mal, wenn Schwester Elisabeth in Christoph Tränkers Zimmer kommt, weint er.

Jetzt steht Elisabeth wieder im Zimmer des verunfallten Herrn Tränker und weiß nicht, was sie sagen soll. Weil sie sich nicht besser zu helfen weiß, sagt sie einfach: »Mir hat es damals gutgetan, mit jemandem zu reden.«

Der junge Mann sieht sie fragend an.

»Wie meinen Sie das?«

»Ich habe vor einigen Jahren meine Schwester verloren. Wir hatten uns echt gut verstanden. Obwohl es manchmal auch heftig zwischen uns gekracht hat. Doch man erinnert sich nur an die schönen Dinge. Und an die ganz schrecklichen.«

Elisabeth merkt, wie ihr jetzt selbst die Tränen kommen. Sie zieht ein Taschentuch aus ihrer Gesäßtasche und schnäuzt sich geräuschvoll.

»Sie starb so plötzlich. Bei einem Unfall. Ähnlich wie Ihre Frau. Ich wollte es nicht glauben. Aber es war wahr. Amelie war nicht mehr. Sie war tot. Für immer.«

Sie muss sich erneut schnäuzen.

»Mir hat es damals sehr geholfen, mit jemandem zu reden. Ich habe viel mit unserem Pfarrer geredet, obwohl ich gar nicht religiös bin. Aber irgendwie hatte ich das Gefühl, dass er mich verstand.«

»Ich ... bin auch nicht religiös. War ich nie und werde ich auch nie sein. Aber ich kann Ihnen sagen, ich gäbe einiges dafür, jetzt mit einem Pfarrer reden zu können.«

»Ich kann den Krankenhauspfarrer, Pater Reimer, zu Ihnen schicken«, sagt Elisabeth und schiebt nach: »Er kann Ihnen bestimmt helfen.«

6

Am Nachmittag kommt Sabrina zu Besuch. Sie ist – war! – Annettes beste Freundin. Sie ist ganz in schwarz gekleidet. Sabrina hat ein Foto von Annette dabei. Behutsam stellt sie es auf den Tisch. Chris kann es nicht ansehen. Er erträgt es nicht. Ihr Lächeln, ihre Haare, ihre Augen.

»Wie kommst du damit klar?«, fragt Sabrina, als sie sich gesetzt hat.

Chris versucht, nicht auf das Foto zu schauen.

»Ich weiß nicht. Ich denke an sie, und wenn ich zum Fenster sehe, steht sie dort. Ihr Gesicht. Ihr Parfüm. Überall. Aber sie lebt nicht mehr.«

Chris kämpft mit den Tränen. Irgendetwas in ihm hat beschlossen, dass er nicht mehr weinen möchte.

»Ihre Lieblingsblumen waren Tulpen. Rote Tulpen«, sagt Sabrina ein wenig zusammenhangslos. »Und sie liebte klassische Musik.«

»Was machen wir hier gerade?«, fragt Chris.

Sabrina wischt sich mit einem Taschentuch die Tränen aus dem Gesicht. Dabei verschmiert sie ihre Schminke. Ein schwarzer Streifen verläuft jetzt unter ihrem Auge bis hin zur Wange. Sie sieht aus, als sei sie geschlagen worden.

»Ich will sie wenigstens noch einmal sehen«, sagt Chris leise.

Doch dann erinnert Chris sich daran, dass der Arzt ihm mehrere Wochen absolute Bettruhe verordnet hat, und ihm wird klar, dass man das Unaufschiebbare nicht so lange aufschieben kann. Annettes Vater wird wollen, dass seine Tochter beerdigt wird.

»Weiß Ralf Bescheid?«, fragt Chris.

»Er weiß Bescheid. Er ist sofort gekommen. Ich habe ihn in eurer Wohnung schlafen lassen.«

Wieso hat er mich dann noch nicht besucht, denkt Chris. Doch eigentlich ist es ihm ziemlich recht so. Er ist noch nie gut mit seinem Schwiegervater ausgekommen. Außerdem muss er jetzt allein sein.

»Ich komme hier nicht weg«, sagt er. »Der Arzt hat mir absolute Bettruhe verordnet. Später kommt die Physiotherapeutin. Vielleicht kann die mir sagen, wann ich hier raus kann.«

Sie schweigen einen Moment.

Schließlich sagt Chris: »Wir könnten Annette einäschern lassen. Dann könnte die Beisetzung irgendwann stattfinden.«

Sabrina schaut Chris ungläubig an.

»Das meinst du doch nicht ernst, oder?«, fragt sie.

»Wieso? Guck mich doch an.«

»Annette wurde bereits an ein Bestattungsunternehmen über ...« Fast hätte Sabrina »übermittelt« gesagt, wie bei einem Postpaket oder einer E-Mail. Schließlich sagt sie: »Wir haben sie zu einem Bestatter gebracht. Ralf und ich.«

Chris schluckt einen Kloß in seinem Hals herunter. Dann sieht er doch hinüber zu dem Foto, das Sabrina mitgebracht hat. Er muss lächeln. Und gleichzeitig heulen.

»Ich weiß nicht, was ich tun soll!«, sagt er schließlich. »Kannst du mir einen Gefallen tun?«

»Sicher«, sagt Sabrina.

»Entscheide du! Triff du die Entscheidung und mach, was du für richtig hältst.«

Der rationale Teil seines Denkens ist wieder ins Stottern geraten und schließlich abgestorben. Chris schließt die Augen. Er sieht Annette vor sich, in ihrem engen grauen Kleid, das sie noch einmal tragen wollte, bevor sie zu dick würde. Dann schläft er ein.

7

Ralf Thaler sitzt in der schicken kleinen Küche seiner Tochter und trinkt Kaffee. Es ist bestimmt die siebte oder achte Tasse.

Ich krieg hier noch einen Herzkasper, denkt er und trinkt den letzten Schluck. Vielleicht wäre ein Herzinfarkt nicht das Schlechteste. Mechanisch stellt er die Tasse unter den Automaten und drückt auf den Knopf. Das Display zeigt an, dass er Wasser nachfüllen muss. Also füllt er den Wassertank und brüht sich eine neue Tasse Kaffee auf.

Er hat sich eigentlich vorgenommen, in der Wohnung Dinge zu suchen, die seiner Tochter gehört haben, um sie später auf ihrer Beerdigung vorne neben das Grab zu stellen, doch er kann sich nicht dazu aufraffen.

Das Telefon klingelt. Ralf lässt die Tasse fallen, die am Boden zerschellt, und geht nach draußen in den Flur.

»Bei Tränker«, meldet er sich.

»Sind Sie das, Herr Thaler?«, fragt eine Frauenstimme.

»Mit wem spreche ich, bitte?«, fragt er zurück.

»Sabrina Reuther. Ich war gerade eben bei Ihrem Schwiegersohn. Er hat mich gebeten, die Beisetzung

Ihrer Tochter zu arrangieren. Wollen Sie mir dabei helfen?«

»Wieso plant er das nicht selbst?«, fragt Ralf und verflucht sich dafür, dass seine Stimme so hart klingt. Er weiß ja gar nicht, wie es seinem Schwiegersohn geht. Vielleicht liegt er mit schweren Verletzungen im Krankenhaus. Ralf hatte noch keine Zeit, Christoph zu besuchen. Oder vielmehr hat er sich noch nicht dazu überwinden können. Er weiß einfach nicht, was er zu seinem Schwiegersohn sagen soll. Also schiebt er den Besuch in der Klinik immer weiter hinaus.

»Er liegt noch im Krankenhaus. Sein Arzt hat ihm absolute Bettruhe verordnet.«

Ralf geht mit dem Telefon in die Küche. Er nimmt sich eine neue Tasse, macht einen weiteren Kaffee.

»Dann ist es wohl an uns, die Beisetzung zu organisieren«, sagt er ins Telefon.

Wieder kommt ihm der Gedanke, dass er sich einfach in ein Taxi setzen und Christoph besuchen sollte. Doch er weiß nicht, wie er ihm begegnen soll. Er befürchtet, dass Christoph Annette mehr vermisst als er. Und als Ralf das klar wird, hasst er sich dafür. Er beschließt, seinen Schwiegersohn auf jeden Fall zu besuchen. Schließlich fragt er: »Wann wollen wir uns treffen?«

»Ich könnte gleich zu Ihnen kommen«, antwortet Sabrina.

»Sie kommen hierher in die Wohnung?«, fragt Ralf. »Wann können Sie da sein?«

»In etwa einer halben Stunde.«

Sie verabschieden sich voneinander, dann legt Ralf auf.

Er geht durch die Wohnung. Überall hängen Bilder von seiner Tochter und ihrem Mann. Urlaubsfotos, Bilder von Geburtstagsfeiern, Bilder mit Freunden. Auf zwei Fotos ist Sabrina zu sehen.

Plötzlich wird es Ralf schlecht. Sein Magen rebelliert und er spürt, wie ihm der Kaffee hochkommt. Er rennt ins Badezimmer und beugt sich über die Toilettenschüssel. Er erbricht einen Schwall bitter riechenden Mageninhalts. Als nichts mehr kommt, wischt er sich den Mund mit einem Papiertaschentuch ab und wirft es in den kleinen Badezimmermülleimer. Als er den Deckel gerade wieder schließen will, fällt sein Blick auf den Streifen des Schwangerschaftstests.

8

Die angekündigte Physiotherapeutin ist eine zierliche Frau. Chris schätzt sie auf Anfang vierzig. Ihm fällt sofort ihr unglaublich gerader Rücken auf. Als hätte sie einen Besenstiel verschluckt, denkt er. Ihre blonden Haare sind kurz geschnitten, keine Ähnlichkeit mit Annette.

»Guten Tag Herr Tränker, mein Name ist Barbara Kleinschmidt vom ›Rehazentrum Moabit‹. Ich bin Ihre Physiotherapeutin.«

»Tag«, sagt Chris nur knapp.

Heute geht es ihm ein wenig besser. Die Schmerzen, die er gestern noch verspürt hat, sind zurückgegangen. Und er hat Annette heute erst zweimal gesehen. Das erste Mal saß sie auf dem Stuhl neben seinem Bett und hat seine

Hand gehalten. Sie hat die ganze Zeit geschwiegen und ihn nur angelächelt. Irgendwann ist sie dann einfach aufgestanden und gegangen.

Beim zweiten Mal kam sie mit einem Schwangerschaftstest aus dem kleinen Bad gestürmt. Sie wollte zu ihm gehen und ihm von der blauen Färbung erzählen. Doch plötzlich kam ein Lastwagen und erfasste sie. Es ging so schnell, dass Chris es nicht wahrhaben konnte.

Chris versucht, nicht an den LKW-Fahrer zu denken, der den Unfall verursacht hat – der verantwortlich ist, für Annettes Tod. Immer, wenn seine Gedanken zu diesem Mann schweifen, kommt in Chris ein Gemisch aus Zorn und Traurigkeit auf. Er weiß – und er will glauben –, dass den Fahrer, dessen Namen er nicht einmal kennt, keine Schuld trifft. Doch was, wenn doch?

»Ich denke, Dr. Simon hat Ihnen bereits erklärt, was bei Ihnen alles kaputt ist«, sagt die Therapeutin und reißt Chris aus seinen Gedanken (wie ein LKW).

»Ja, heute Morgen.«

»Das Wichtigste wird sein, dass Ihr Kniegelenk nicht steif wird. Wir werden mit einigen Übungen anfangen, die das Knie fordern, aber gleichzeitig die Hüfte schonen.«

Die Therapeutin zieht sich ihre Handschuhe an und fragt: »Darf ich?«

Sie berührt ihn leicht am Knie. Dann übt sie auf einige Stellen Druck aus.

»Ich werde jetzt prüfen, ob wir schon ein paar Übungen machen können, solange Sie noch ans Bett gefesselt sind. Sie sagen mir Bescheid, sobald sie Schmerzen verspüren, okay?«

Chris nickt nur. Teilnahmslos beobachtet er, was die Therapeutin macht. Sie tastet nach seinen Oberschenkelmuskeln und beginnt dann vorsichtig, sie zu massieren. Dabei sieht sie ihm immer wieder fragend ins Gesicht, um sich zu vergewissern, dass er keine Schmerzen verspürt.

»Merken Sie etwas an Ihrer Hüfte?«, fragt sie und als Chris den Kopf schüttelt, verstärkt sie den Druck. Chris wundert sich darüber, wie viel Kraft in den zierlichen Fingern steckt.

»Das gefällt mir sehr gut. Ihre Muskulatur ist noch locker.«

Sie drückt noch ein wenig auf Chris' Bein herum. Dann sagt sie »Genug fürs Erste« und reicht ihm die Hand.

»So wie es aussieht, können wir ab morgen vorsichtig mit der Therapie beginnen. Wir sehen uns dann ab jetzt jeden Tag, Herr Tränker. Ich wünsche Ihnen noch gute Besserung.«

Chris will sie noch fragen, ab wann er im Rollstuhl sitzen kann, um seine Frau zu beerdigen, aber alles, was er sagt, ist: »Danke, Frau ...«

»Kleinschmidt«, sagt sie, wirft ihre Handschuhe in den Müll und geht.

9

Barbara Kleinschmidt kommt von nun an jeden Tag. Sie drückt und zerrt an Chris' Knie herum. Dabei erklärt sie ihm, dass es wichtig ist, das Knie wieder vollständig strecken und beugen zu können. Chris lässt alle Übungen über sich ergehen. Er akzeptiert die Therapiesitzungen, da sie seine Konzentration erfordern. Jeden Morgen kommt Annette ins Zimmer. Manchmal erscheint sie auch einfach oder sitzt bereits auf ihrem Stuhl, wenn er erwacht.

Am dritten Tag der Therapie trägt Barbara Kleinschmidt keine Handschuhe mehr. Und noch etwas passiert: Schwester Elisabeth kommt in Begleitung des Pfarrers.

»Das ist Pater Reimer, unser Krankenhausseelsorger«, sagt Schwester Elisabeth.

»Mein aufrichtiges Beileid. Es tut mir leid, dass wir uns erst jetzt sehen, aber die letzten Tage waren sehr arbeitsintensiv«, sagt der Pfarrer, als er Chris die Hand gibt.

»Danke.« Chris fällt nichts anderes ein. Schließlich sagt er, mehr zu Schwester Elisabeth als zu dem Pfarrer: »Ich sehe sie jeden Morgen. Meistens geht sie nach einer Weile, doch manchmal wird sie auch von dem LKW überfahren.«

Schwester Elisabeth nickt nur. Sie hat gemerkt, dass es am besten ist, wenn sie ihn einfach reden lässt.

»Ich würde so gerne noch einmal mit ihr reden, ihr Lachen hören, doch sie schweigt nur. Sie spricht nicht mit mir.«

»Es fällt uns immer schwer, einen geliebten Menschen gehen zu lassen«, sagt der Pfarrer und Chris merkt, dass er lieber auf diesen Seelsorger verzichten würde.

»In der Bibel steht: Es gibt Zeit zum Trauern und Zeit zum Lachen. Nehmen Sie sich Ihre Zeit.«

»Sie können mir mit Ihrem Geschwafel Annette auch nicht zurückbringen!«, sagt Chris.

»Heißt das, Sie wünschen, dass ich gehe?«, fragt der Pfarrer.

»Ja Pater, ich denke, ich muss andere Wege finden, damit klarzukommen.«

»Ich respektiere Ihren Wunsch natürlich«, sagt der Pfarrer, »aber ich möchte Ihnen doch ans Herz legen, sich professionelle Hilfe zu holen. Ich kann Ihnen die Nummern einiger guter Therapeuten geben.«

»Meinetwegen«, sagt Chris und denkt: Auch das kannst du dir sparen.

10

Chris liegt im Bett und schläft, als sein Schwiegervater Ralf ins Zimmer kommt. Ralf will Chris nicht wecken. Also setzt er sich leise neben ihn auf den Besucherstuhl. Verlegen sieht er sich im Raum um. Sein Blick fällt auf die Anzeigen auf den Überwachungsmonitoren. Die Linien heben und senken sich im Gleichschritt mit der Atmung seines Schwiegersohns.

Ralf sieht den Linien einen Augenblick bei ihrem Auf und Ab zu. Dann schweifen seine Gedanken weg. Immer wieder muss er an den Schwangerschaftstest im Badezimmermülleimer denken. Er hat den Arzt angesprochen, der die Sterbeurkunde ausgestellt hat. Es handelte sich um eine Ärztin, die Ralf mitteilte, dass sie diese Information per Mail bereits an den Ehemann der Verstorbenen übermittelt hat. Ralf konnte sich nur mit großer Mühe zusammenreißen. Am liebsten hätte er der Ärztin ins Gesicht geschrien, dass der Ehemann seiner toten Tochter im Koma liegt.

Jetzt sitzt er an Chris' Bett und ist fest entschlossen seinem Schwiegersohn zu sagen, dass er von dem Test weiß, doch je länger er da sitzt und die Wand anstarrt, desto mehr wächst in ihm die Gewissheit, dass ihm dazu die Kraft fehlen wird.

Schließlich hält Ralf es nicht mehr aus. Er steht auf, legt Chris die Hand auf die Schulter, dann verlässt er das Krankenzimmer.

II

Der Arzt kommt nur noch dreimal die Woche. Chris ist das egal. Er verbringt die Tage damit, an die Decke zu starren und die Sekunden zu zählen. Sabrina war noch ein paarmal da. Sie hat ihm erzählt, dass sie auf seinen Vorschlag eingegangen ist. Annette wurde also eingeäschert. Sie hat außerdem mit dem Arzt gesprochen: Chris wird Ende der Woche in die ›Rehaklinik Berlin Moabit‹ verlegt. Sabrina hat für Chris' letzten Tag im Krankenhaus die Beerdigung terminiert. Sie werden Chris im Rollstuhl auf den Friedhof fahren.

Barbara Kleinschmidt kommt nach wie vor jeden Tag. Chris kann sein Bein immer weiter strecken, doch es wird noch Monate dauern, bis er es wieder ganz gerade halten kann.

Da Chris die Beerdigung vor Augen hat, arbeiten sie daran, dass er sich in den Rollstuhl setzen kann. Vor Schmerz würde Chris am liebsten laut aufschreien.

Nach einer Woche harter Arbeit und einen Tag vor der Beerdigung schafft Chris es, sich mithilfe von Barbara Kleinschmidt und Schwester Elisabeth in den Rollstuhl zu setzen.

Zwischendurch kommt Trochowski von der Arbeit vorbei und erkundigt sich nach Chris. Wie es ihm geht, wie lange er noch krankgeschrieben ist und ob er nicht vor seiner Wiedereingliederung eine längere Auszeit nehmen wolle. Er habe mit der Chefetage gesprochen. Chris könne durchaus ein halbes Jahr zuhause bleiben und dann wieder einsteigen. Zwischendurch würden zwei Praktikanten eingestellt – an dieser Stelle verdreht Trochowski die Augen. Chris weiß, dass die meisten Praktikanten eine Vollkatastrophe sind. Er versichert Trochowski, über das Angebot nachzudenken.

Nachdem Trochowski gegangen ist, liegt Chris wie schon all die Tage zuvor regungslos in seinem Bett und starrt die Decke an. Und Annette steht am Fenster und schaukelt das Kind in ihren Armen.

12

Die Trauergäste bilden einen Kreis um das Grab. Ganz vorne sitzt Chris in seinem Rollstuhl. Neben ihm stehen Ralf und Sabrina. Neben dem Grab steht ein großes Foto von Annette. Die meisten der Anwesenden sind Freunde oder Arbeitskollegen von Annette. Einen Trauerredner wollte Chris nicht, also sagte Sabrina dem bereits gebuchten Trauerredner wieder ab.

Jeder der Anwesenden hat einen Gegenstand mitgebracht, der eine Verbindung zu Annette hat. Ein altes zerschlissenes T-Shirt mit dem Aufdruck ihres Gymnasiums. Ihr Vater hält ihr Lieblingsstofftier. Ein anderer Gast hat einen Strauß Tulpen dabei. Chris' Finger umklammern die Theaterkarten für »Der Hauptmann von Köpenick«.

Gerade hat Sabrina eine kurze Rede beendet. (»Wir werden dich immer vermissen. Dein Lächeln, deine Offenheit, deine Wärme.«)

Nun tritt Ralf nach vorne ans Mikrofon. Er macht den Mund auf, doch er bringt keinen Ton heraus. Eine Minute lang steht er schweigend am Mikrofon, dann sinkt sein Kopf nach unten und er geht weinend wieder auf seinen Platz zurück. Die Blicke der Anwesenden folgen ihm. Dann ruhen alle Augen auf Chris.

Sabrina schiebt seinen Rollstuhl langsam nach vorne. In seiner Hand hält er immer noch die Theaterkarten. Eine Million Gedanken schwirren durch seinen Kopf, doch nur einer ist ihm wichtig: Niemand hier weiß, dass Annette schwanger war.

»In den letzten Wochen habe ich wieder und wieder dein Gesicht gesehen. Du warst bei mir, als ich im Krankenhaus an mein Bett gefesselt war, und ich weiß, dass du auch bei mir sein wirst, wenn ich ab morgen in der Rehaklinik die Decke anstarren werde. Die Welt ist so leer ohne dich. Du hast es immer geschafft, mich zum Lachen zu bringen und mich aus meinem Grübeln zu zerren, vor allem, als du ...«

Chris gerät ins Stocken. (Niemand weiß Bescheid!) Vor seinem inneren Auge sieht er Annette mit dem Baby auf dem Arm. Er sieht, wie sie am letzten Tag ihres Lebens gestrahlt hat. Annette in ihrem Kleid, ihre langen blonden Haare, die ihr über die Schultern fallen. Annette, die lebt. In diesem Moment beschließt Chris, dass Annettes Schwangerschaft ihr letztes gemeinsames Geheimnis bleiben soll.

»Jetzt bist du nicht mehr bei uns. Ich wünschte, ich könnte daran glauben, dass wir uns irgendwann einmal wiedersehen.«

Chris stellt sich einen Moment lang vor, Annette säße auf einer Wolke und schaue auf ihn herab. Was gäbe er dafür, wenn er das nur glauben könnte?

»Aber es ist egal, was ich glaube oder nicht. Richard Feynman hat einmal an seine tote Frau geschrieben, dass er weiß, dass es richtig ist, zu glauben, er stehe nach wie vor in Kontakt mit ihr. Ich will das ebenfalls glauben können. Ich ...«

In Chris' Hals bildet sich ein Kloß und er muss mehrmals schlucken, ehe er weitersprechen kann.

»Ich wünsche mir, dass ich das glauben könnte.«

13

Chris sitzt im Rollstuhl und starrt aus dem Fenster auf den Garten der Rehaklinik. Dort drehen die Patienten mit den Pflegekräften ihre Runden. Chris fragt sich, wie lange es noch dauern wird, bis er wieder ohne Hilfe gehen kann.

Barbara Kleinschmidt, die er schon aus dem Krankenhaus kennt, kommt in sein Zimmer und sagt: »Heute werden Sie das erste Mal seit sechs Wochen wieder auf Ihren eigenen Füßen stehen.« Während sie das sagt, lächelt sie optimistisch.

Chris teilt ihre Zuversicht nicht! Heute ist der dritte Tag in Folge, an dem Annette nicht erschienen ist.

»Wenn Sie meinen«, sagt er nur und sieht auf seine Beine herunter. Sie sind dünn und wirken kraftlos.

»Wir warten noch auf Pfleger Johannes, dann fahren wir Sie in den Trainingsraum«, sagt die Therapeutin.

Während sie auf den Pfleger warten, beugt und streckt Barbara Chris' Bein. Er verspürt dabei keinerlei Schmerzen. Den Rucksackverband an seiner Schulter hat man ihm bereits vor zwei Wochen abgenommen. Der Gips an seinem Arm wird wohl noch ein wenig länger bleiben.

»So, ich wäre dann da«, verkündet Pfleger Johannes.

»Okay, dann mal los«, sagt Barbara und schiebt Chris Richtung Tür.

Die Flure in der Rehaklinik sind wie die Krankenhausflure weiß gestrichen, doch wirken sie auf Chris nicht ganz so hektisch. Erst als sie am Fahrstuhl angekommen sind, wird Chris klar, was hier anders ist: Man hört keine Herzmonitore und keine Notrufklingeln. Zumindest nicht tagsüber.

»Okay, wir fahren jetzt in den Gymnastikraum. Dort versuchen Sie dann mit meiner Hilfe aufzustehen. Aber keine Sorge: Der Boden dort ist gut gepolstert.«

Chris nickt nur, doch während sie nach unten fahren, breitet sich ein mulmiges Gefühl in seiner Magengegend aus. Der Fahrstuhl kommt mit einem dezenten »Pling« zum Stehen und Barbara Kleinschmidt schiebt Chris einen kurzen Gang entlang. Pfleger Johannes geht voraus und hält eine große zweiflüglige Tür auf. Dahinter befindet sich der Gymnastikraum.

Barbara fährt Chris vor einen Läufer aus blauen Matten. Sie arretiert die Rollstuhlbremsen und stellt sich dann neben Chris.

»Gut, jetzt wollen wir doch einmal sehen, ob wir Sie hochbekommen«, sagt Frau Kleinschmidt. Gemeinsam mit Pfleger Johannes hievt sie Chris aus dem Rollstuhl. Dann stützt sie ihn mit ihrer Hand an der rechten Schulter.

Chris steht. Das erste Mal seit sechs Wochen.

»Das machen Sie sehr gut. Verlagern sie jetzt das Gewicht auf ihr linkes Bein. Ich stütze Sie dabei.«

Chris ist so konzentriert darauf, das Gleichgewicht zu halten, dass er die Anweisungen der Physiotherapeutin beinahe nicht hört. Dann lehnt er sich langsam nach links.

Sein Bein hält. Weder das Knie noch die Hüfte versagen.

Chris atmet ein paarmal tief ein und aus. Dann fängt er an zu zittern. Barbara Kleinschmidt packt ein wenig fester zu, der Pfleger ebenfalls.

»Ich möchte mich setzen«, sagt Chris.

Frau Kleinschmidt und der Pfleger helfen ihm zurück in den Rollstuhl.

»Das war doch für den Anfang schon einmal nicht so schlecht«, sagt Frau Kleinschmidt. »Gleich noch mal.«

Chris stöhnt auf, doch er beißt die Zähne zusammen und richtet sich mit Hilfe der Therapeutin ein zweites Mal auf.

Später, als Chris wieder auf seinem Zimmer ist, stellt er erstaunt fest, dass er für die paar Übungen, die sie gemacht haben – aufstehen und hinsetzen – fast eine halbe Stunde gebraucht hat.

Erschöpft fällt er in einen tiefen Schlaf. Ein Schlaf ohne dunkle Watte, die ihn umschließt. Ein Schlaf ohne Annette, ohne das Baby.

14

Chris verbringt die Wochen und Tage damit, sich Serien auf Netflix anzusehen. Lieber erträgt er diesen Stumpfsinn, als dass er an den Unfall denkt – und an das Baby.

Bei seinem täglichen Training macht er große Fortschritte. Mittlerweile kann er schon einige Schritte gehen – anfangs nur mit der Unterstützung von Pfleger Johannes und Barbara Kleinschmidt, später dann nur noch mithilfe seiner Physiotherapeutin. Bei jedem Schritt zuckt ein Schmerz durch Hüfte und Knie, doch Chris erträgt diesen Schmerz. Er will endlich wieder allein laufen können.

Nach den Therapiestunden liegt er immer erschöpft im Bett und döst bei einer weiteren Folge irgendeiner nichtigen Serie dahin.

Sein Freund Ben kommt jede Woche mehrmals zu Besuch. Sie reden dann über das Wetter, Chris' Fortschritte bei der Therapie, Bens und Saschas neue Wohnung, die Arbeit und alles Mögliche. Nur nicht über Annette.

»Wann kannst du wieder hier raus?«

»Meine Rehamaßnahme wurde auf sechs Wochen ver-
längert. Also habe ich noch zwei Wochen.«

»Und danach?«

Chris überlegt einen Moment. Er weiß auch noch nicht,
ob er es schaffen wird, wieder in seine (IHRE!) Wohnung
zu ziehen.

»Das werden wir sehen.«

15

Der Gips ist ab und das, was darunter zum Vorschein
kommt, stinkt fürchterlich. Eine Schwester wäscht Chris
mit einem Schwamm ab. Den Arm schrubbt sie gleich
dreimal. Er stinkt immer noch.

Chris hat in den letzten Tagen viele kleine Fortschritte
gemacht. Er kann zwar noch nicht allein aus dem Bett
aufstehen, sich aber schon ohne Hilfe in den Rollstuhl setzen und wieder aufstehen. Barbara Kleinschmidt kommt
jeden Tag. Mittlerweile braucht sie keine Unterstützung
mehr, wenn sie ihm aus dem Bett hilft. Er arbeitet jetzt
selbst mit und zieht sich mit der rechten Hand nach oben.

Im Gymnastikraum geht Chris bereits die ersten Meter
ohne Hilfe, doch auf dem Rückweg zum Rollstuhl – er
geht die Strecke jetzt immer zweimal – hilft die Physiotherapeutin ihm dann doch noch.

»Wenn Sie in diesem Tempo weitermachen, können Sie
demnächst allein zur Toilette gehen«, sagt sie.

»Na prima«, antwortet Chris.

Als er wieder im Bett liegt, holt Frau Kleinschmidt einen

gelben Gummiball aus einer Tasche und legt ihn auf den Tisch.

»Wenn Sie sich wieder erholt haben, nehmen Sie diesen Ball in die linke Hand und drücken ihn zusammen.«

Sie nimmt den Ball und zeigt es ihm.

»Achten Sie bitte auf Ihre Schmerzen, und übertreiben Sie es nicht. Denken Sie immer daran, dass Sie Ihren linken Arm fast sieben Wochen lang in Gips hatten.«

Chris nickt, dann lehnt er sich in sein Kissen zurück. Die Gehübungen im Gymnastikraum erschöpfen ihn nach wie vor.

16

»Ich habe Ihnen etwas mitgebracht«, sagt Barbara und überreicht Chris einen Stein. Er ist schwarz, matt und verkantet. »Den habe ich einmal auf einer Wanderung durch Island eingesammelt.« Sie lächelt verlegen. »Eigentlich ist es nicht erlaubt, Lavabrocken mitzunehmen, aber ich habe ihn in einem günstigen Moment eingesteckt, als der Reiseleiter gerade nicht hingesehen hat.«

Barbara wartet Chris' Reaktion ab. Als nichts kommt, fügt sie hinzu: »Denken Sie immer an den Weg, den Sie gegangen sind, und an den Weg, den Sie noch gehen müssen.«

Chris lächelt leicht.

Er weiß nicht, was er sagen soll, und überlegt einen Moment. Schließlich sagt er nur: »Danke.«

»Ich hoffe, wir sehen uns nicht wieder«, sagt Barbara.

lächelnd. »Ab sofort kümmert sich ein anderer Physiotherapeut um sie. Die Überweisung stellt Ihnen Ihr Hausarzt aus.«

Als die Therapeutin weg ist, legt Chris den Stein neben
das Foto von Annette. Sie lächelt immer noch. Sie wird
immer lächeln auf diesem Foto. Nur in seinen Träumen
lächelt sie nicht mehr. Dort stirbt sie. Meistens.

17

Aus dem Taxi ruft Chris seinen Freund Ben an.

»Hallo Chris, schön, dass du anrufst. Wie geht es dir?
Bist du aus der Rehaklinik entlassen?«

Chris setzt sich in eine angenehmere Position. Seine
Hüfte ist noch ein wenig steif.

»Danke der Nachfrage. Weiß nicht so recht. Körperlich
geht es mir gut. Aber ...«, er hält kurz inne. »Ich weiß noch
nicht, wie ich mich fühle, wenn ich gleich in meine Wohnung komme.«

»Ja klar. Willst du, dass ich vorbeikomme?«, fragt
Ben.

»Das wäre nett. Ich sitze schon im Taxi. Wir müssten in
einer Viertelstunde da sein. Geht das?«

»Das wird auf jeden Fall knapp, aber ich gebe mein
Bestes.«

»Danke. Bis gleich.«

Chris legt auf. Ihn überkommt diese Erschöpfung, die
er anfangs immer verspürt hat, wenn er auf den blauen
Gymnastikmatten auf und ab gegangen ist. Doch diesmal

hat sie einen anderen Grund. Chris weiß, was noch alles vor ihm liegt.

Das Taxi hält vor ihrer Wohnung, die jetzt nur noch seine Wohnung ist, und Chris reicht dem Fahrer das Geld. Der Taxifahrer stellt Chris' Koffer auf die Straße. Chris nimmt seinen Hausschlüssel und schließt die Eingangstür auf. Ein Schwall warmer Luft weht ihm entgegen. Der Taxifahrer trägt den Koffer ins Treppenhaus und verabschiedet sich dann. Chris verzichtet darauf, ihm ein Trinkgeld zu geben.

Die Krücken, die Chris vom Krankenhaus bekommen hat, lehnt er an die Wand. Dann setzt er sich auf den Koffer und wartet. Er zieht sein Smartphone aus der Tasche und surft im Internet. Aus Langeweile liest er die Nachrichten. Dann tippt er »Unfall – Taxi – LKW« ein. Bisher hat er es immer aufgeschoben, die Nachrichten über seinen Unfall zu lesen, doch jetzt, wo er seinem alten Leben wieder so nah ist – der Wohnung mit all den Erinnerungen – verspürt er das Bedürfnis, zu lesen, was die Zeitungen über den Tod seiner Frau – das Ende seines bisherigen Lebens – geschrieben haben.

Sofort werden ihm mehrere Berichte über den Unfall – seinen Unfall – aufgelistet. »Zwei der Unfallopfer erlagen ihren Verletzungen.« So einfach kann man die Realität ausdrücken. Aber sie ist komplexer. Eines der Opfer war schwanger. Eines der Opfer hat einen trauernden Ehemann hinterlassen. Eines der Opfer ...

Chris hört leise Stimmen vor der Haustür. Er stemmt sich mithilfe der Krücken hoch. Dann geht er zur Tür und öffnet sie. Vor ihm stehen Ben und Sascha.

»Hallo Chris, lass dich umarmen.«

Ben umarmt ihn kurz. Danach Sascha.

»Mein aufrichtiges Beileid«, sagt Sascha. Chris antwortet nur: »Danke.«

Ben nimmt den Koffer in die Hand und trägt ihn rauf in die Wohnung. Chris, der von Sascha gestützt wird, folgt ihm.

18

Ihre Präsenz ist spürbar. Annette schwebt überall. Er kann sie riechen. Hin und wieder sieht er sie, wie sie am Fenster steht oder auf einem Stuhl sitzt. Es ist fast so, als könne er sie auch hören. Es wäre das erste Mal seit dem Unfall, dass er sie hört.

Der Staub tanzt durch die Luft, tanzt, wie es Annette sonst getan hat. Die Vorhänge starren aus dem Fenster, starren, wie es Annette immer getan hat. Chris' Schritte hallen durch die Stille, die sonst ausgefüllt war mit ihrem Lachen, ihrer Stimme, ihrem Atem.

Annette, fragt Chris in Gedanken in die leere Wohnung hinein. Ich kann dich spüren.

»Ich lüfte erstmal«, sagt Sascha und geht zum Fenster. Er reißt es auf und Chris spürt deutlich, wie ein Stück von Annette wegweht.

»Kannst du es bitte wieder schließen?«, fragt er und Sascha schließt das Fenster wieder.

Ben kommt aus der Küche. In den Händen hält er zwei Müllbeutel. Sie stinken bestialisch. Fast erinnert der Geruch Chris an seinen linken Arm, als der Gips abgenommen wurde.

»Ich glaube, ich bringe die hier erstmal nach unten.«

»Und ich mache uns mal einen Kaffee«, sagt Sascha und verschwindet in der Küche.

Chris geht zu der kleinen Wohnzimmerkommode. Dort liegt der Wohnungsschlüssel, den sein Schwiegervater benutzt hat. Daneben steht ein Foto von Annette, das wahrscheinlich sein Schwiegervater oder Sabrina aufgestellt hat. Chris hebt es hoch. Dann stellt er es wieder an seinen Platz. Er holt den Lavastein aus seiner Tasche und legt ihn daneben.

Ich darf nie den Weg vergessen, den ich gekommen bin, und niemals den Weg aus den Augen verlieren, den ich noch gehe, denkt er.

Die Klingel reißt ihn aus seinen Gedanken. Sascha betätigt den Summer und kurze Zeit später ist Ben wieder in der Wohnung. Sascha bringt drei Tassen Kaffee ins Wohnzimmer. Aus seiner Umhängetasche zaubert er eine Packung Kekse. Sie setzen sich hin.

Gerade als sie sitzen, vibriert Chris' Smartphone. Er sieht auf dem Display, dass es sein Schwiegervater ist.

»Hallo Christoph, ich habe in der Klinik angerufen. Dort sagte man mir, dass du wieder zuhause bist. Ich wollte mich bei dir melden, wegen der ...«

»Ralf, ich bin wieder zuhause. Ich habe gerade Besuch. Ich ruf dich nachher zurück.«

Er legt auf, ohne auf eine Antwort seines Schwiegervaters zu warten.

»Wenn wir noch irgendetwas für dich tun können, dann meldest du dich, versprochen?«, sagt Ben.

»Klar«, versichert Chris.

Sie sitzen noch eine Weile und trinken Kaffee. Ben fragt mehrmals, ob Chris allein klarkäme. Chris beteuert, dass er es schon schaffen wird. Zum Beweis geht er ohne fremde Hilfe in die Küche und holt drei weitere Tassen Kaffee.

Eine nach der anderen.

19

Als Ben und Sascha weg sind, sitzt Chris stumm auf dem Sofa. Er will mit niemandem reden. Also schaltet er sein Smartphone und das Festnetztelefon aus und legt sich auf das Sofa. (Vor acht Wochen hat hier noch Annette gelegen und Theaterkarten reserviert.) Er starrt die Decke an und die Decke starrt zurück.

Stille. Nur das Ticken der Uhr. Chris steht auf und nimmt die Uhr von der Wand. Er entfernt die Batterie und legt sie auf den Tisch. Danach legt er sich wieder auf das Sofa. Wieder starrt er die Decke an. Diesmal glaubt er, in der Holztäfelung Annettes Gesicht zu sehen. Er kneift die Augen zu. Als er sie wieder öffnet, ist dort nur die Decke. Und Stille.

Ihn umgibt nichts als Stille. Wie in Watte gepackt, liegt er da und sieht ins Leere. Nichts dringt zu ihm durch. Nichts, bis auf das Rumpeln des LKWs, der seine Frau überfährt.

20

Chris fährt dreimal in der Woche mit dem Taxi ins Fitnessstudio zur Physiotherapie. Dort wird er von einem älteren Physiotherapeuten, Herrn Hermann, verbogen, gestaucht und gedehnt. Seine Gelenke funktionieren so weit ganz gut, doch er hat nach wie vor zu schwache Muskeln. Also macht er brav seine Übungen.

»Versuchen Sie, meine Hand mit Ihrem Fuß wegzudrücken«, fordert der Therapeut.

Chris drückt gegen die Hand des Alten und spannt die Muskeln in seinem Oberschenkel an. Sein Knie beginnt zu zittern. Er hält den Druck aufrecht, bis der Therapeut ihn bittet, das Bein wieder zu beugen.

»Und jetzt, ziehen Sie die Ferse nach hinten, gegen den Widerstand meiner Hand.«

Das gleiche Spiel in entgegengesetzter Richtung. Chris befolgt die Anweisung. Er mag den Alten – Herrn Hermann – nicht besonders, aber alles ist besser, als auf dem Fahrrad oder dem Laufband zu stehen und bei einer stupiden Tätigkeit irgendwann den Gedanken freien Lauf zu lassen.

»Das war sehr gut. Jede Richtung noch viermal, dann kümmern wir uns um Ihre Schulter.«

Chris drückt den Fuß wieder nach vorne, hält die Position und dann zieht er die Ferse wieder nach hinten. Der Alte lobt ihn bei jeder Wiederholung. Chris konzentriert sich darauf, so starken Druck aufzubauen, wie es nur geht. Er konzentriert sich auf jede Kleinigkeit. Bloß nicht abschweifen.

Die Tür geht auf und Annette kommt herein. Sie hat sich ein Handtuch über ihre Schultern geworfen. Sie geht zu den Laufbändern und fängt an zu laufen. Langsam steigert sie ihr Tempo. Auf Chris' Stirn bricht der Schweiß aus.

»So, jetzt machen wir mal eine Pause. Sie sollen sich nicht überanstrengen.«

Chris nickt. Dann nimmt er einen Schluck aus seiner Wasserflasche und wischt sich mit dem Handtuch über die Stirn.

Die Frau auf dem Laufband ist eine leicht pummelige Zwanzigjährige mit roten Locken. Chris schüttelt den Kopf und geht rüber zur nächsten Station. Herr Hermann sitzt schon mit einem Gymnastikball auf dem Schoß auf einem Stuhl.

»Ich will, dass Sie sich hier draufsetzen und dann diesen Ball hoch über Ihren Kopf heben.«

Chris befolgt die Anweisungen. Er hebt den Ball über seinen Kopf und hält ihn dort. Seine Schulter schmerzt. Aber Schmerz ist gut, denn so bleibt er in der Realität.

»Gut, senken Sie den Ball jetzt und halten Sie ihn mit ausgestreckten Armen vor Ihrer Brust«, sagt Hermann.

Chris hält die Luft an. Und während er den Ball vor sich hält und er die Sekunden zählt, pocht das Blut in seiner Schläfe und er wird umgeben von dunkler, wohliger Watte. Die Geräusche dringen nur noch gedämpft zu ihm durch, wie durch eine alte Eichentür. Vor seinen Augen taucht Annette auf, mit dem Baby. Und ein Laster kommt von links und reißt sie mit sich. Und das Baby schreit.

Der Ball wird immer schwerer und fällt Chris aus der

Hand. Herr Hermann ist so geistesgegenwärtig und fängt ihn sicher auf, bevor er auf Chris' lädiertes Knie aufschlagen kann.

»Das reicht dann für heute. Ich empfehle Ihnen, diese Übung zuhause zu machen.« Hermann hält den Ball vor sich, dann über den Kopf, dann wieder vor sich. »Nehmen Sie statt des Balls einfach eine Flasche Wasser oder ein dickes Buch. Aber zählen Sie die Sekunden. Halten Sie das Buch nie länger als zehn Sekunden vor sich. Und achten Sie darauf, dass Sie gleichmäßig atmen und nicht wieder die Luft anhalten.«

Chris nickt. Annette ist weg, das Baby auch.

Ich brauche dringend Hilfe, denkt er. Aber nicht für die Muskeln.

21

Chris betritt die Praxis. In seiner Nähe gibt es fünf Psychotherapeuten. Sein Hausarzt hat ihm, ohne weiter nachzufragen, eine Überweisung zur Gesprächstherapie geschrieben. Bei den ersten dreien hatte er kein Glück – er hätte vier Monate warten müssen. Bei der vierten Praxis – sie gehört einer Frau Dr. Susanne Walter – hat er sofort einen Termin bekommen. Chris ist so froh, eine Therapeutin gefunden zu haben, dass er sich keine Gedanken darüber macht, wieso er so schnell einen Termin bekommen hat.

Die Sprechstundenhilfe ist eine ältere Dame, die mit ihrer Brille auf der Nasenspitze – eine zweite baumelt an einer Kette um ihren Hals, während sie eine dritte wie einen Haarreif auf den Kopf gesteckt hat – hinter einem Mac sitzt und im Schneckentempo seine Personalien aufnimmt.

»Gut, Herr Träger, Frau Walter hat dann jetzt Zeit für Sie.«

Ohne Wartezeiten, denkt Chris verblüfft und folgt der alten Dame.

Als Chris das Sprechzimmer betritt, ist es leer. Erst nachdem er sich gesetzt hat, kommt eine junge Frau zur Tür herein. Chris schätzt sie auf Anfang dreißig. Sie lächelt ihn an und reicht ihm die Hand.

»Guten Tag Herr Tränker. Bitte entschuldigen Sie meine leichte Verspätung, aber auch Therapeuten müssen einmal zwischen zwei Gesprächen auf die Toilette gehen.«

Wieder lächelt sie, doch Chris tut ihr nicht den Gefallen und lächelt ebenfalls. Angespannt sieht er sich in dem Raum um.

In der Ecke steht ein rotes Sofa. Die berühmte Couch, denkt Chris. Neben dem wuchtigen Schreibtisch, auf dem allerlei Unterlagen liegen, stehen zwei bequem aussehende Sessel.

»Nehmen Sie doch Platz.«

Die Therapeutin deutet auf einen der Sessel und setzt sich selbst in den zweiten.

»Wie ich Ihrer Krankengeschichte entnehme, haben Sie Ihre Frau durch einen tragischen Unfall verloren. Ich vermute, dass Sie deshalb bei mir sind.«

Chris räuspert sich. Er war noch nie besonders gut darin, anderen Menschen von seinen Problemen zu erzählen.

»Ich sehe immer wieder meine Frau«, fängt er an. Die Therapeutin sieht ihm interessiert ins Gesicht. »Annette wurde von einem LKW überfahren. Aber das wissen Sie ja schon.«

»Wann ist das passiert?«, fragt die Therapeutin.

Chris erzählt von Annette. Von dem Abend, an dem das Unglück passierte. Von der Zeit im Krankenhaus, als er jeden Tag ihr Gesicht gesehen hat. Davon, wie er sie immer noch in ihrer (seiner) Wohnung sieht, riecht und hört.

»Was empfinden Sie, wenn Sie sie sehen?«, fragt die Therapeutin, und Chris muss sich eingestehen, dass er sich darüber uneins ist.

Schließlich sagt er: »Meistens bin ich nur traurig, weil ich weiß, dass ich sie nie wieder sehen werde. Ich werde sie nie wieder in den Arm nehmen können! Manchmal bin ich auch froh, dass ich sie sehe. Ich fühle mich dann nicht mehr so allein.«

Chris hält für einen Moment inne. Dann sagt er: »Ich denke, ich will, dass die schrecklichen Visionen aufhören. Die, bei denen Annette überfahren wird. Die mit dem ...« Fast hätte er gesagt: »Die mit dem Baby.« Stattdessen sagt er: »Die mit dem Laster.«

Frau Walter macht sich ein paar Notizen. Dann legt sie ihren Füller und ihr Notizbuch zur Seite und sieht Chris ins Gesicht.

»Was Sie hier beschreiben, bezeichnet man in der Psychologie als posttraumatischen Stress. Ihr Geist versucht, das Erlebte zu verarbeiten. Wir werden zur genaueren Diagnose einen Anamnesebogen durchgehen und dann einen Therapieplan aufstellen. Doch Sie müssen sich zunächst einmal selbst Zeit geben.«

Die Stimme der Therapeutin ist ruhig. Chris wird ruhig. Zu ruhig. In der Ecke auf dem Sofa sitzt jetzt Annette. Sie bestellt die Theaterkarten im Internet. Sie trägt ihr graues Kleid. Er hört ihre Stimme: »Ich möchte noch einmal mein Kleid tragen, solange ich noch reinpasse.«

»Herr Tränker, wo sind Sie gerade?«

Die Psychotherapeutin holt ihn wieder zurück in die Realität.

»Ja, Entschuldigung. Ich dachte nur gerade, dort säße ...« Chris bricht mitten im Satz ab.

»Haben Sie Ihre Frau gesehen? Lassen Sie mich an Ihren Gedanken teilhaben.«

Chris nickt. Seine Augen füllen sich mit Tränen. Frau Walter reicht ihm eine Packung Taschentücher.

»Ich sehe sie immer häufiger. Überall.«

»Was tut sie, wenn Sie sie sehen?«

»Sie sitzt oft nur da. Und manchmal sehe ich, wie sie stirbt.«

Chris schnäuzt sich geräuschvoll ins Taschentuch.

»Okay, wir werden uns ab jetzt regelmäßig treffen. Zunächst schlage ich fünf Probetermine vor. Meine Sprechstundenhilfe wird Ihnen einen Termin für nächste Woche geben. Bis dahin gebe ich Ihnen eine Hausaufgabe: Bitte notieren Sie, wann Sie Ihre Frau sehen. Notieren Sie außerdem, ob es sich um positive Flashbacks handelt – oder um negative.«

Chris nickt. Dann schnäuzt er sich die Nase. Frau Walter hält ihm ihren Papierkorb hin und Chris wirft das benutzte Taschentuch hinein.

»Sollten Sie noch andere Symptome aufweisen – Kopfschmerzen zum Beispiel, oder Schlafprobleme – so kann man diese Dinge natürlich zunächst einmal medikamentös in Angriff nehmen. Aber diese Medikamente sind keine Wundermittel. Langfristig sollte es unser Ziel sein, Sie gemeinsam aus dieser Phase herauszugeleiten.«

Chris gefällt die Idee, Annettes Erscheinungen zu protokollieren. Er überlegt schon, dafür eine Tabelle auf seinem Smartphone zu erstellen, so wie er früher Ein- und Ausgaben protokolliert hat. Frau Walter bemerkt die Veränderung in Chris' Gesicht. Sie steht auf und reicht ihm die Hand.

»Wir sehen uns dann nächste Woche wieder. Bitte lassen Sie sich draußen einen Termin geben. Und denken Sie an Ihre Hausaufgabe.«

Sie lächelt ihm noch einmal zu und diesmal lächelt Chris zurück.

22

Chris sitzt wieder im Fitnessstudio und stemmt den Medizinball in die Luft. Mittlerweile kann er ihn schon fast eine halbe Minute lang über seinem Kopf halten.

»Ich denke, das genügt«, sagt Hermann und fügt hinzu: »Schließlich wollen wir keinen Bodybuilder aus Ihnen machen, sondern nur Ihre Muskulatur und Mobilität wiederherstellen.«

Chris setzt den Ball vorsichtig auf dem Boden ab. Er ist ein wenig ins Schwitzen gekommen. Aber er hat Annette heute noch nicht gesehen, den dritten Tag in Folge.

»Gehen wir rüber zum Fahrrad«, schlägt der Physiotherapeut vor.

Chris wischt sich mit dem Handtuch das Gesicht ab. Dann steht er auf und folgt Hermann zu den Fahrrädern. Sein Puls beschleunigt sich. »Bitte erscheine nicht, bitte!«, denkt er, als er sich auf das Fahrrad setzt.

»Beginnen wir mit 40 Watt zum Aufwärmen«, sagt Hermann und stellt das Gerät ein. »Fahren Sie fünf Minuten, dann komme ich und stelle es eine Stufe stärker.«

Chris überlegt fieberhaft, was er den Therapeuten fragen könnte, um ihn in ein Gespräch zu verwickeln. Er will jetzt nicht allein sein und stumpfsinnig in die Pedale treten. Das würde Leerlauf bedeuten. Und Leerlauf in seinem Kopf führt seit dem Unfall immer dazu, dass Annette auftaucht und stirbt. Auftaucht und stirbt. Immer wieder.

»Ich hatte überlegt, ob ich nicht in meiner Freizeit auch ein wenig sportlich aktiv werden sollte, Jogging oder so«, sagt er.

»Das wäre auf jeden Fall gut für Sie. Gut für den Körper und gut für die Seele«, gibt Hermann zur Antwort. Dann fügt er leicht skeptisch hinzu: »Aber Sie sollten nicht erwarten, dass Sie gleich morgen anfangen können, für einen Marathon zu trainieren. Sie müssen langsam an die Sache rangehen. Generell würde ich Ihnen auch eher zu Nordic Walking raten. Dann können Sie sich, wenn es gar nicht anders geht, auf den Stöcken abstützen. Ihre Gelenke sind ja nichts mehr gewohnt.«

Bis auf die Schinderei hier an den Geräten, denkt Chris. Wie zum Beweis, dass er sich gut fühlt, tritt er fester in die Pedale.

»Was denken Sie, könnte ich tun?«, fragt Chris den Therapeuten.

»Sie könnten zum Beispiel anfangen, lange Spaziergänge zu machen. Und vielleicht steigern Sie sich ja dann irgendwann zu einer Wanderung. Was ist die längste Strecke, die Sie in letzter Zeit zu Fuß zurückgelegt haben?«

Chris denkt einen Moment nach. Er überlegt, wie weit die Bäckerei von seiner Wohnung entfernt ist.

»Ich würde sagen, etwa einen halben Kilometer. Vielleicht etwas mehr.«

»Na, dann sehen Sie doch mal zu, dass aus diesem halben Kilometer ein ganzer wird. Und jetzt stellen wir erst einmal das Fahrrad auf 50 Watt.«

23

Chris schlendert die Straße entlang. Er hat sich seine Kopfhörer aufgesetzt und hört laut Lady Gaga. Er versucht, die Liedtexte im Kopf mitzusingen. Gestern im Fitnessstudio hat er festgestellt, dass er Annette durch eine angeregte Unterhaltung fernhalten kann. Er hofft inständig, dass Musik die gleiche Wirkung hat. Er bewegt die Lippen, während er im Kopf die einzelnen Verse mitsingt. Seine Füße finden automatisch ihren Weg. Chris hat kaum Schmerzen in der Hüfte.

Nach einer halben Stunde kommt Chris an eine Kreuzung. Es ist DIE Kreuzung. Er ist, ohne es zu merken, den Weg des Taxis nachgelaufen. Jetzt steht er an der Ecke »Schönhauser Allee« und »Torstraße«. Das laute Dröhnen eines LKW-Motors lässt ihn zusammenzucken. Sein Herz pocht hektisch. Vorn an der Ampel steht eine junge Frau mit langen blonden Haaren. Sie trägt trotz der herbstlichen Kühle ein graues, enganliegendes Sommerkleid. Jetzt überquert sie die Straße.

24

Chris beugt sich über den Mülleimer am Straßenrand und erbricht sein Frühstück hinein. Der Anblick seiner Frau, wie sie über die Straße geht und überfahren wird (»Das war nicht Annette!«), war zu viel für Chris. Er konnte förmlich spüren, wie ihm das Blut in die Beine gesackt ist. Und dann krampfte sich sein Magen zusammen.

Eine Frau mit zwei Einkaufstüten in der Hand schaut verstohlen zu ihm rüber. Chris gibt ihr ein Zeichen, dass mit ihm alles okay ist. Doch nichts ist okay. Immer wieder sieht er vor seinem inneren Auge, wie Annette ...

Er hatte doch jetzt fast eine halbe Woche lang Ruhe. Wieso hat er nicht aufgepasst, wo er hinläuft? Warum musste er ausgerechnet zum Unfallort zurückkehren? Sicherlich, in Filmen hat das auf die Opfer meist eine heilende Wirkung, doch davon war das, was er eben erlebt hat, meilenweit entfernt.

Chris zieht sein Smartphone aus der Tasche und öffnet die Tabelle, die er eigens für seine Psychotherapie angelegt hat. Er tippt das Datum ein und schreibt dahinter: »Sehr schlecht!«

Dann öffnet er sein Adressbuch. Sein Finger schwebt über der Nummer seiner Therapeutin, Dr. Walter, doch sein nächster Termin ist erst in fünf Tagen. Also ruft Chris seinen Freund Ben an. Es klingelt dreimal. Dann meldet sich Ben.

»Hallo Chris«, sagt Ben nur. Chris hat befürchtet, dass er ihn fragt, wie es ihm geht.

»Hallo Ben, hast du kurz Zeit?«

»Klar, was ist los?«

»Kannst du mich abholen? Ich ... ich bin etwas neben der Spur«, sagt Chris.

»Eigentlich habe ich noch zu tun, aber ich wollte ohnehin gerade eine Pause einlegen. Wo genau bist du?«

»An der Haltestelle ›Rosa-Luxemburg-Platz‹.«

»Ich bin in einer Viertelstunde da.«

Chris weiß, dass das sehr optimistisch kalkuliert ist. Trotzdem ist er froh, dass Ben ihn abholen und zu seiner Wohnung zurückbringen wird.

25

Ben fährt Chris nachhause.

»Wir könnten vorher auch noch einen Kaffee trinken und du erzählst, was passiert ist«, schlägt Ben vor.

»Das ist wirklich nett, doch ich brauche jetzt meine Ruhe«, antwortet Chris.

»Klar.«

Ben klingt leicht eingeschnappt.

»Melde dich, wenn du wieder Hilfe brauchst«, sagt er zum Abschied.

»Das mache ich. Versprochen.«

Chris schließt die Haustür auf und geht auf wackligen Knien nach oben. Er geht ins Badezimmer und putzt sich die Zähne. Danach stellt er sich unter die Dusche und dreht abwechselnd heißes und kaltes Wasser auf. Langsam geht es ihm besser.

Als er sich frische Klamotten angezogen hat, geht Chris ins Wohnzimmer. Auf der Kommode steht immer noch das Bild von Annette. Daneben liegt der schwarze Stein, den Chris von seiner Physiotherapeutin geschenkt bekommen hat. Der Stein ist aus Island. Chris hat einmal eine Dokumentation über Island im Fernsehen gesehen. Er erinnert sich an weite, steinige Landschaften, auf denen nichts wächst, außer ein wenig Moos. Was hatte der Sprecher in der Doku noch gleich gesagt? In dieser Einsamkeit könne man wieder zu sich selbst finden.

Chris nimmt den Lavastein in die Hand. Dann geht er nach nebenan und startet seinen Laptop. Er sucht im Internet nach Flügen nach Keflavík. Dann greift er zum Telefon und ruft auf seiner Arbeit an. Trochowski meldet sich sofort.

»Chris, altes Haus, wie geht's dir?«

Er redet, als würden sie sich auf einer Party treffen.

»Hallo Peter. Mir geht es noch nicht gut.«

»Das tut mir leid«, sagt Trochowski.

»Das ist aber auch der Grund, weshalb ich anrufe. Ich wollte noch einmal auf dein Angebot von neulich zurückkommen. Also, nicht die Wiedereingliederung, sondern die Auszeit.«

»Das mit der Auszeit?«, fragt Trochowski. »Deswegen wollte ich dich sowieso noch einmal anrufen. Aber all der Stress hier. Du weißt ja, wie das ist. Die Praktikanten kriegen nichts allein hin.«

»Ja, ich kann es mir vorstellen. Ich wollte fragen, ob ich diese Auszeit heute noch beantragen kann. Für, sagen wir mal ... ein halbes Jahr.«

»Das muss ich natürlich noch mit den Chefs abklären und mit der Personalleitung, aber komm doch einfach in zwei Stunden mal vorbei. Dann weiß ich sicher mehr«, sagt Trochowski.

Chris versichert, dass er nachher vorbeischaut. Die beiden verabschieden sich. Chris legt das Telefon zur Seite. Dann nimmt er den Lavastein in die Hand und fasst einen Entschluss.

26

Fünf Tage später sitzt Chris wieder in einem der gemütlichen Sessel im Büro seiner Therapeutin. Dr. Walter hält wieder ihren Füller und ihr Notizbuch in der Hand. Gerade fragt sie: »Was empfinden Sie, wenn sie diese Flashbacks durchleben?«

Chris denkt einen Moment nach. »Trauer. Und immer auch: Schrecken.« Er macht eine kurze Pause. Dann sagt er: »Und Schuld.«

»Wieso, denken Sie, fühlen Sie sich schuldig?«

»Weil ... Weil ich noch lebe und sie nicht.«

»Sind Sie froh, dass Sie noch leben?«, fragt sie.

»Meistens ja, denke ich. Aber es gibt Tage, an denen schäme ich mich. Und dann gibt es Tage, an denen sehne ich mich danach, Annette noch einmal zu sehen, und an anderen Tagen hoffe ich, dass sie nicht auftaucht. An solchen Tagen schäme ich mich.«

»Ich frage Sie jetzt ganz direkt: Haben Sie Selbstmordgedanken?«

Chris schüttelt den Kopf.

»Nein, ich möchte mich nicht selbst umbringen«, sagt Chris.

»Das ist gut. Denn sonst sollten wir über einen Klinikaufenthalt nachdenken.« Frau Dr. Walter macht sich eine Notiz in ihrem Notizbuch. »Was ist mit dem Fahrer des LKW? Denken Sie manchmal auch an Ihn?«

Chris spürt, wie wieder diese seltsame Mischung aus Traurigkeit und Zorn in ihm aufkommt.

»Ich denke manchmal an ihn.«

»Was fühlen Sie dabei?«

Chris überlegt einen Moment, ob er ehrlich sein soll. Schließlich sagt er: »Er ist mir egal.«

Die Therapeutin sich erneut einige Notizen.

»Haben Sie manchmal Schwierigkeiten, sich zu konzentrieren?«

Wieder schüttelt Chris nur den Kopf.

»Wie sieht es aus mit Ihren Kopfschmerzen?«

»Die kehren nur noch manchmal wieder. Was schlimmer ist, sind die Phasen, in denen ich einfach nicht weiß, was ich denken soll. Ich habe Angst davor, zu denken, denn dann könnte es sein, dass ich an meine Frau denke, und davor habe ich Angst.«

»Und wenn Sie sich dessen bewusst werden, was empfinden Sie dann?«

»Scham.«

»Ich vermute, dass die Einnahme von Antidepressiva diese Phasen abflachen und eventuell ganz beenden könnte. Aber es dauert eine Weile, bis Sie auf die Medikamente eingestellt sind. Ich kann mich gerne mit Ihrem Hausarzt in Verbindung setzen, damit der Ihnen Escitalopram verschreibt, doch ich frage mich, ob wir nicht zunächst einen anderen Weg wählen sollten.«

»Was halten Sie für den richtigen Weg?«, fragt Chris. Er glaubt die Antwort bereits zu kennen.

»Ich halte es für das Beste, wenn wir Ihre Situation Stück für Stück aufarbeiten. Und das wird ein langer, beschwerlicher Weg. Glauben Sie mir. Es gab allein im letzten Jahr in Deutschland über dreitausend Unfälle mit Todesfolge und bei jedem einzelnen gab es Schicksale wie Ihres. Immer gibt es Überlebende. Und immer gibt es Leute, die sich schuldig fühlen. Ob sie es nun sind oder nicht.«

Chris braucht einen Moment, bis er alles verarbeitet hat. Dann sagt er: »Ich glaube, ich werde eine Auszeit von der Arbeit nehmen.«

»Das ist doch schon einmal ein guter Anfang«, sagt Frau Walter.

»Ich dachte an ein halbes Jahr. Ich habe genug gespart, und dann ist da noch die Lebensversicherung ...«

Chris stockt mitten im Satz. Als er sich wieder gesammelt hat, fängt er erneut an: »Ich habe mir überlegt, ob ich einen Wanderurlaub auf Island mache. Die Einsamkeit dort soll sehr heilsam sein.«

27

Chris sitzt wieder zuhause vor dem Laptop. Er hat bei seinem Vorgesetzten eine Freistellung von sechs Monaten erwirkt. Somit bleibt ihm noch fast ein halbes Jahr für ...

Glaubt er, dass er auf Island auf einmal zu sich findet? Mitten in der Lavawüste? Seine Schläfen fangen an zu pochen. Chris massiert sie mit Mittel- und Zeigefinger. Niemand bereitet einen auf eine solche Situation vor. »Aber es gibt Menschen, die einem helfen können«, sagt er sich. Freunde, die Arbeit, seine Therapeutin.

»Lauf nicht vor dir weg!«

Chris zuckt zusammen. Wer hat das gesagt? Es klang beinahe wie Annette. Aber Annette hat seit ihrem Tod noch kein Wort zu ihm gesagt. Jetzt hört er es noch einmal.

»Lauf nicht vor dir weg!«

Es klingt doch nicht wie seine Frau. Die Stimme ist ein wenig tiefer.

»Ist da wer?«, fragt Chris in die leere Wohnung hinein.

Keine Antwort.

»Wahrscheinlich habe ich mir das nur eingebild ...«

»Lauf nicht vor dir weg!«

Diesmal erklingt die Stimme direkt hinter ihm. Er dreht sich ruckartig um. Der Raum ist leer.

»Ich werde langsam wahnsinnig!«, denkt Chris. »Ich sollte dringend mit jemandem reden. Sofort.«

Er zückt sein Smartphone und wählt wahllos einen Kontakt aus.

Es tutet. Dann meldet sich eine Frauenstimme.

»Hallo Chris, schön, dass du dich mal wieder meldest!«

Chris kennt diese Stimme. Aber er kann sie keiner Person zuordnen. Er wirft einen Blick auf das Display. Es ist Susi, eine Freundin von der Uni. Er hat sie schon eine Ewigkeit nicht mehr gesprochen, geschweige denn gesehen.

»Hallo Susi, ich wollte mich einfach mal bei dir melden«, fängt er an. Dann hört er wieder diese Stimme: »Lauf nicht vor dir weg!«

»Ich ... ich glaube, ich werde hier gerade verrückt.«

»Was ist los?«, fragt Susi. »Geht es dir nicht gut? Hast du Stress mit Annette?«

»Annette ist tot! Sie ist schon seit drei Monaten tot.«

»O mein Gott!«, entfährt es Susi. »Wie ist das passiert?«

»Autounfall.«

»Kommst du klar?«

»Das ist es ja«, sagt Chris. »Ich dachte, ich komme damit klar. Doch auf einmal höre ich eine Stimme.«

Susi schweigt.

»Ich weiß es nicht. Ich wollte einen Urlaub auf Island buchen, um dort vielleicht beim Wandern wieder zu mir selbst zu finden, mit all dem abzuschließen. Plötzlich höre ich hinter mir eine Stimme, die sagt, ich soll nicht weglaufen. Ich habe schon mit meiner Therapeutin über gewisse ...« Chris sucht nach dem richtigen Wort. »Gewisse

Situationen gesprochen. Situationen, in denen ich mir einbilde, ich würde Annette sehen. Aber diese Stimme ist irgendwie ... Ich weiß nicht, wie ich es in Worte fassen soll.«

»Hm«, macht Susi. Sie scheint nach den richtigen Worten zu suchen. »Pfarrer Weinrich kennt sich aus mit solchen Fällen.«

»Fällen von Verrückten?«, fragt Chris.

»Nein. Er kennt sich aus mit Menschen, die ein schweres Trauma verarbeiten müssen. Glaub mir, er hat da schon vielen geholfen.«

Chris denkt an den Pfarrer im Krankenhaus und daran, wie er ihn abgewiesen hat. Er kann sich immer noch nicht vorstellen, wie ihm ein Mann helfen soll, der an einen Gott glaubt. Doch irgendwie fühlt er, dass er sich Susis Angebot wenigstens einmal anhören sollte.

»Okay, wie kann ich ihn erreichen?«, fragt Chris.

»Ich sehe ihn noch heute Abend. Komm doch einfach nach der Abendlesung in der Kirche vorbei. Es ist die ›Herz Jesu Kirche‹. Wir könnten uns da um neun Uhr treffen.«

Chris ist immer noch skeptisch. Eigentlich will er mit all dem Mumpitz nichts zu tun haben. Wenn er jedoch weiterhin ...

»Lauf nicht vor dir weg!«

Die Stimme ist glockenklar hinter ihm zu hören. Doch dort ist niemand.

Schwer atmend sagt Chris: »Okay, bis nachher.«

28

Die Luft in dem kleinen Nebenraum ist kalt. Der Pfarrer hat Chris zwar eine Tasse Tee eingeschenkt, aber er friert dennoch.

»Was kann ich für Sie tun?«, fragt der Pfarrer.

»Ich höre immerzu eine Stimme.«

»Was sagt diese Stimme zu Ihnen?«, fragt Weinrich.

»Sie sagt, ich soll nicht weglaufen. Immer nur diesen einen Satz: ›Lauf nicht vor dir weg!‹«

»Wieso sollten Sie vor sich weglaufen?«

»Ich habe vor einem Vierteljahr meine Frau verloren. Und jetzt habe ich überlegt, meine Traumatherapie zu unterbrechen und für einige Zeit auf Wanderschaft zu gehen. Zur Selbstheilung.«

»Haben Sie schon einmal darüber nachgedacht, dass diese Stimme Sie einfach nur davor warnen will, Ihre Therapie abzubrechen?«

»Ja, aber ich will nicht spinnen.«

»Solche Dinge brauchen Zeit«, sagt der Pfarrer. Er zündet sich eine Zigarette an. »Manche Menschen tragen so etwas ein Leben lang mit sich herum.«

»Aber ... ich schaffe das nicht. Ich kann es einfach nicht mehr ertragen, immer wieder ihr Gesicht zu sehen, sie zu riechen. Und dann immer wieder zu erleben, wie sie stirbt. Ich kann das nicht mehr.«

»Darf ich Ihnen einen Vorschlag machen?«, fragt Weinrich und Chris nickt. »Ich habe einen ... sagen wir mal ... einen Beinahekollegen. Ein alter Studienfreund von mir, der gemeinsam mit mir auf dem Theologieseminar war.

Er hat vor dem Ende des Studiums das Fach gewechselt und noch einmal Psychologie studiert. Ein Franzose, er heißt Clément Pittelout.«

Chris sieht den alten Pfarrer erwartungsvoll an. Weinrich pafft weiter an seiner Zigarette. Schließlich fährt er fort: »Clément hat sich schließlich auf einen besonderen Therapieansatz spezialisiert: Er hat unten in Bayern bei Oberammergau einen alten Bauernhof aufgekauft. Dort wohnt er mit seinen ›Patienten‹. Er hilft ihnen, wieder mit dem Leben in Einklang zu kommen. Ich könnte ihn heute noch anrufen und ihn fragen, ob er einen Platz für Sie freihätte.«

»Das ginge mir zu schnell. Können Sie mir nicht einfach die Kontaktdaten geben, dann kann ich mich selbst informieren.«

»Das würde nichts bringen«, antwortet Weinrich. »Soweit ich weiß, hat Herr Pittelout keine Internetseite für seinen Hof. Und an Plätze kommt man nur über Empfehlungen.«

Chris denkt an seine leere Wohnung, an die Stimmen, die er hört, an Annette, die wieder und wieder vor seinen Augen stirbt, an die Stille, die er nicht mehr erträgt, weil sie früher oder später von der seltsamen Stimme gebrochen wird. Er spürt, dass er das nicht länger erträgt.

Schließlich fragt er: »Würden Sie dann für mich bei diesem Monsieur Pittelout anrufen?«

»Das werde ich tun. Ich gebe Ihnen Bescheid, sobald ich mehr weiß. Auf bald.«

Der Hof

1

Chris hat gerade die letzten einsamen Ferienhäuser Oberammergaus hinter sich gelassen. Er fährt langsam den engen Feldweg entlang. Laut den Angaben seines Navis erreicht er sein Ziel in etwa zwei Minuten. Um ihn herum sind nur noch Wiesen, Felder und Berge. Nach einer Minute kommt er an ein Schild mit der Aufschrift ZUM LAUBERHOF. Er biegt ab und folgt dem Weg. Nach weiteren 500 Metern vermeldet sein Navi: »Sie haben Ihr Ziel erreicht.«

»Schön wär's«, denkt Chris und steigt aus.

2

Der Hof besteht aus drei großen Gebäuden, die um einen weitläufigen Platz angeordnet sind. Vor dem größten der drei Häuser parken einige Autos. In der Luft liegt der Geruch von Vieh, der von einem länglichen Stall herüberweht. Neben dem Stall steht eine alte Scheune mit einem großen, schweren Holztor.

Chris steuert auf das Wohngebäude zu. Es besteht im Erdgeschoss aus einer massiven Steinwand. Die zweite Etage besteht, wie es scheint, nur aus dicken Holzbalken. Kurz bevor er den Eingang erreicht, kommt ihm ein Mann entgegen. Freudestrahlend reicht er ihm die Hand.

»Grüß Gott, wie man hier in Bayern sagt. Sie müssen der Herr Tränker sein, richtig?«

Chris nimmt die angebotene Hand und schüttelt sie. Der Mann – ein großer kräftiger Typ mit Halbglatze – hat einen festen Händedruck. Auf Chris wirkt er wie der Vorarbeiter einer Baustelle. Einzig seine Kleidung – Jeans, Hemd und eine vollkommen fehlplatzierte Krawatte – deuten darauf hin, dass er nicht auf einer Baustelle arbeitet.

»Das ist richtig, Christoph Tränker ist mein Name. Sind Sie Herr Pittelout?«, fragt Chris.

»Nein, nein. Der Monsieur ist noch geschäftlich unterwegs. Mein Name ist Mark Lehmann. Ich bin hier der Hofverwalter.«

Lehmann deutet auf den Eingang.

»Wollen wir nicht reingehen und uns in meinem Büro weiter unterhalten?«

Er wartet gar nicht erst eine Antwort ab, sondern marschiert direkt los. Chris folgt ihm. Als sie das Haus betreten, schlägt ihm der Geruch von frischem Brot entgegen.

Lehmann schließt eine schwere Eichentür auf.

»Bitte, treten Sie ein.«

Der kleine Raum wird ausgefüllt von zwei Sesseln, die an einem Schreibtisch aus dunklem Holz stehen, und einem Bücherregal, das die gesamte Rückwand des Büros bildet. In dem Regal stehen einige antiquarisch wirkende Bücher und eine ganze Reihe, die sich – wie Chris sieht – mit der Psyche des Menschen befassen.

»Dies ist Monsieur Pittelouts Büro. Er hat mich beauftragt, mit Ihnen den Vertrag durchzugehen. Bitte nehmen Sie doch Platz.«

Chris setzt sich auf einen der Ledersessel. Lehmann

holt einen Stapel Papiere und setzt sich dann auf den zweiten Sessel.

»Sie werden, wie Sie ja bereits mit Monsieur Pittelout am Telefon besprochen haben, zunächst die nächsten sechs Monate hier bei uns auf dem Hof verbringen, mit der Option, diese Zeit zu verlängern«, sagt Lehmann. »Wir sind eine eingeschworene Gemeinschaft. Jeder hilft jedem. Und dadurch helfen alle mit, den Hof am Laufen zu halten.«

Chris nickt nur, während er Lehmann zuhört.

»Sie können die anderen fragen, was Sie beitragen können. Und wenn der Monsieur morgen wieder kommt, sprechen Sie mit ihm darüber, was Ihnen guttut.«

Lehmann nimmt das oberste Blatt vom Papierstapel und legt es so hin, dass Chris es lesen kann.

»Der Jahresbeitrag liegt bei 25 000 Euro. Da Sie zunächst nur für ein halbes Jahr bleiben wollen, berechnen wir Ihnen 15 000 Euro.«

Lehmann macht eine kurze Pause, dann legt er Chris die Unterlagen vor und reicht ihm einen Füller.

»Monsieur Pittelout wird Ihnen, sobald er zurück ist, alles Weitere erklären. Sobald wir hier fertig sind, zeige ich Ihnen Ihr Zimmer.«

Chris überfliegt den Vertrag. Dann nimmt er den Füller und unterschreibt.

3

»Das Haupthaus verfügt über neun Schlafzimmer und drei Badezimmer. Leider werden Sie nicht Ihr privates Badezimmer haben. Diesen Luxus haben bei uns nur die Frauen. Ihr Zimmer liegt oben. Aber zunächst zeige ich Ihnen die Gemeinschaftsräume.«

Lehmann geht voran. Vor dem Büro liegt ein großer Raum, dessen Wände mit allerlei Bildern und Hirschgeweihen behangen sind. Am seitlichen Ende des Raums führt eine Treppe nach oben. Lehmann öffnet eine Tür.

»Das ist unsere Küche. Hier bereiten unsere Gäste das Essen vor. Immer zwei Personen sind dafür verantwortlich. Sie werden in der nächsten Sitzung jemandem zugeteilt.«

Die Küche ist großzügig ausgestattet. In einer Ecke steht ein wuchtiger Ofen.

»Sie werden schnell lernen, welche Geräte und Messer und dergleichen Sie hier finden«, sagt Lehmann und öffnet eine weitere Tür. »Hier haben wir unseren Speisesaal.«

Chris folgt Lehmann in den Speisesaal. Eine Frau und ein älterer Mann legen Besteck auf die Tische.

»Das sind Simone und Harald. Sie sind heute mit der Versorgung der Belegschaft an der Reihe. Das ist Christoph Tränker. Er wohnt von jetzt an bei uns.«

Die Frau sieht nur kurz auf. Der Alte hebt den Kopf und lächelt Chris an. Dann macht er sich wieder an die Arbeit. Während er die Teller verteilt, murmelt er leise vor sich hin.

»Wir essen hier immer gemeinsam. Morgens um sechs, mittags um zwölf und dann wieder abends um sechs. Vermutlich wird es eine Weile dauern, bis Sie sich an diese Uhrzeiten gewöhnt haben, aber Monsieur Pittelout legt großen Wert darauf, dass immer die ganze Truppe zusammen isst.«

»Ich denke, ich werde mich daran gewöhnen«, sagt Chris.

»Davon ist auszugehen. Ich zeige Ihnen jetzt noch die Bibliothek und Ihr Zimmer.«

Lehmann nickt Simone und Harald noch kurz zu, dann geht er zurück auf den Flur. Chris folgt ihm. Sie gehen die Treppe hinauf. Durch das ganze Obergeschoss zieht sich ein langer dunkler Flur. Mark Lehmann öffnet die erste Tür. In dem Raum müffelt es nach alten Büchern. In einer Ecke stehen drei Sessel um einen kleinen Tisch. Die Wände sind mit Bücherregalen zugestellt. Es gibt keine Lücke.

»Hierher können Sie sich zum Lesen zurückziehen. Monsieur Pittelout vertritt die Meinung, dass der Mensch in der Literatur zu sich selbst findet.«

Chris, der seit Jahren kein Buch mehr gekauft hat, verdreht die Augen.

»Ich werde Ihnen jetzt Ihr Zimmer zeigen.«

Lehmann schließt die Tür zur Bibliothek wieder. Dann gehen sie den langen Flur entlang. Am Ende macht der Gang einen Knick. Lehmann öffnet eine Tür, die nur in einen weiteren, ebenfalls dunklen Flur mündet. Von dort aus zweigt nur eine Tür ab. Lehmann zückt einen Schlüssel und schließt die Tür auf.

»Dies ist Ihr Zimmer.«

Er überreicht Chris den Schlüssel und tritt einen Schritt zur Seite, so dass Chris sein neues Zimmer betreten kann.

Der Raum ist klein und rechteckig. Es gibt zwei Fenster. Links neben der Tür steht ein kleines Bett. Es ist frisch bezogen. Am Kopfende des Bettes steht ein großer alter Holzschrank mit vielen Verzierungen. »Der würde neu sicherlich ein Vermögen kosten«, denkt Chris und sieht sich weiter um. Rechts neben der Tür steht ein kleiner Schreibtisch mit einem unbequem wirkenden Stuhl. Auf dem Schreibtisch steht ein Computer.

»Ist das noch ein 486er?«, fragt Chris. »So einen hatte ich als kleiner Junge in meinem Zimmer.«

Lehmann lächelt entschuldigend. »Tut mir leid, aber von solchen Dingen habe ich keine Ahnung. Monsieur Pittelout meinte lediglich, Sie könnten etwas mit diesem Gerät anfangen. Er stammt von einer Haushaltsauflösung.«

»So einen hatte ich in meiner Jugend«, sagt Chris verträumt.

»Na, da haben wir es doch: Nostalgie kann sehr heilsam sein.«

4

»Wir müssten noch eine Kleinigkeit besprechen«, sagt Lehmann, bevor er Chris' Zimmer verlässt. »Vielleicht kommen Sie noch einmal kurz mit ins Büro, nachdem Sie sich etwas ausgeruht haben.«

Chris nickt nur und lächelt gezwungen. Lehmann schließt die Tür und Chris ist allein in dem kleinen Zimmer, das für die nächsten sechs Monate sein Heim sein wird.

Ziemlich wenig Luxus für so viel Geld, denkt Chris. Er weiß nicht genau, was er erwartet hat – vielleicht eine moderne Klinik mit Entspannungsbereich und Bastelwerkstatt –, doch sicher nicht einen so rustikalen Hof wie den Lauberhof.

Chris macht sich daran, seine Sachen auszupacken. Die Schranktür quietscht fürchterlich. Als Chris den Schrank wieder geschlossen hat, fällt ihm zum ersten Mal auf, wie ruhig es auf dem Hof ist. Er geht zum Fenster, öffnet es und lauscht nach draußen. Stille. Wie in seiner Wohnung zuhause. Doch diese Stille ist irgendwie anders. Chris spürt – er hofft –, dass diese Ruhe nicht unterbrochen wird von seltsamen Stimmen, die ihm raten, nicht vor sich selbst davonzulaufen.

Chris schließt das Fenster wieder. Dann nimmt er seinen Kulturbeutel aus dem Koffer und geht in Richtung Badezimmer. Er wird sich frischmachen und dann zu Lehmann gehen.

5

Mark Lehmann sitzt in Pittelouts Büro und geht einige Notizen durch. Als Chris anklopft und eintritt, legt er die Papiere zur Seite.

»Ah, Herr Tränker. Das ging aber schnell. Haben Sie Ihre Sachen schon ausgepackt?«

»Ein paar Kleinigkeiten für den Anfang. Ich dachte mir, dass wir die Formalitäten vielleicht noch vor dem Abendessen klären können.«

»Sicher, obwohl ich Sie keineswegs zur Eile drängen möchte.«

»Das geht schon in Ordnung«, sagt Chris.

Sie setzen sich wie schon zuvor in die zwei Ledersessel.

»Es gibt eine äußerst wichtige Regel hier auf dem Hof, die Sie unbedingt beachten sollten. Sollten Sie gegen diese Regel verstoßen, werden Sie ohne Vorwarnung des Hofes verwiesen. Selbstverständlich erhalten Sie dann Ihr Geld zurück. Jedenfalls einen Teil.«

Chris ist leicht verwirrt. Neugierig fragt er: »Um was für eine Art von Regel handelt es sich?«

»Nun, Sie dürfen unter keinen Umständen den anderen Klienten erzählen, aus welchem Grund Sie hier sind. Nicht einmal ich weiß, was Sie hierhergeführt hat. Das ist ein Geheimnis zwischen Ihnen und dem Monsieur.« Lehmann macht eine Pause. Dann fügt er als Erklärung hinzu: »Wir haben hier die Vorstellung, dass man sein früheres Leben am besten hinter sich lassen kann, wenn man nicht dauernd von anderen darauf angesprochen wird.«

Chris fällt seine Therapeutin Frau Dr. Walter ein.

»Meine Psychotherapeutin vertrat die Ansicht, dass sich solche Traumata am besten verarbeiten lassen, indem man viel drüber spricht.«

»Selbstverständlich werden Sie auch hier Therapiegespräche führen, sobald Monsieur Pittelout wieder da ist. Wir verfolgen hier den Ansatz, dass jeder seinen eigenen

Weg geht, ohne von den Schicksalen der anderen beeinflusst zu werden. Aber das wird Ihnen der Monsieur noch erläutern.«

Chris nickt stumm, obwohl ihm dieser Widerspruch seltsam vorkommt.

»Na, dann ist ja alles in Ordnung«, sagt Lehmann.

6

Chris denkt über das nach, was Lehmann zu ihm gesagt hat. Er ist gespannt, wie Herr Pittelout diesen Ansatz erklären wird. Chris öffnet den kleineren der beiden Koffer und holt sein Ladekabel heraus. Er schließt sein Smartphone an. Dann öffnet er eine neue Notiz auf seinem Smartphone. Er schreibt: »Mit niemandem über Annette reden. Wieso sollen hier alle schweigen?«

Es klopft leise an der Tür. Chris legt das Smartphone zur Seite, dann ruft er: »Herein.«

Es ist Harald, den Chris bei seinem Rundgang in der Küche gesehen hat.

»Es gibt gleich Abendbrot. Kommst du mit?«

Chris wundert sich ein wenig, wie selbstverständlich Harald ihn mit Du anspricht. Entweder gehört auch das zum Konzept des Hofs oder Harald ist von Natur aus offen.

»Klar.«

Chris zieht das Ladekabel wieder heraus und lässt sein Smartphone in seiner Hosentasche verschwinden. Als er die Tür hinter sich zuzieht, entscheidet er sich dafür, sie zusätzlich noch abzuschließen.

Sie gehen in den großen Speisesaal. An den zwei großen Tischen sitzen sechs Männer und Frauen. Darunter sind Simone, die er schon auf seinem Rundgang gesehen hat, und Mark Lehmann. Also scheint die Hofleitung zusammen mit den Klienten zu essen.

Harald setzt sich ein wenig abseits der anderen. Chris folgt ihm und setzt sich neben ihn. Harald quittiert das mit einem Grunzen.

Chris füllt seinen Teller und beginnt dann langsam zu essen.

»Sie heißen Harald, richtig?«, fragt Chris.

»Kannst mich Harry nennen«, antwortet Harald.

»Ich bin Chris. Also, eigentlich heiße ich Christoph, aber alle sagen nur Chris zu mir.«

»Hm.«

Harry beißt in sein Schinkenbrot.

»Haben Sie das hier heute vorbereitet?«

»Zusammen mit Simone. Wir machen das immer zusammen.«

Eine harte Nuss, denkt Chris und fragt: »Sind das alle? Also, bis auf Monsieur Pittelout?«

»Ne. Nicht alle. Toni fehlt. Schläft schon.«

»Er schläft schon? Um sechs Uhr?«, fragt Chris.

»Sie. Toni backt für uns das Brot. Da muss sie morgens schon um drei Uhr aufstehen. Deshalb legt sie sich immer schon um sechs Uhr schlafen.«

»Hm«, sagt Chris. »Geht hier jeder einer bestimmten Tätigkeit nach?«

»So in der Art. Der Chef wird es dir noch erklären. Jeder macht das, was gut für ihn ist.«

»Und was ist das bei dir?«, fragt Chris in der Hoffnung auf eine ausführlichere Antwort.

»Schreiben«, antwortet Harry knapp. »Ich schreibe ein Buch.«

»Du schreibst ein Buch? Worüber denn?«

»Krimi. Einen mit einem Kommissar. Ich schreibe einen Krimi. Außerdem lese ich gerne Krimis. Ich lese jeden Krimi, den ich finden kann. Besonders gern lese ich …«

Harry bricht mitten im Satz ab. Chris sieht ihn erwartungsvoll an.

»Welche Krimis lesen Sie am liebsten?«, fragt er.

»Was?«, Harry wirkt auf einmal verwirrt. »Ich lese am liebsten Agatha Christie«, sagt er hastig und Chris hat das Gefühl, dass das nicht ganz der Wahrheit entspricht.

7

Nach dem Essen werden Spielkarten ausgepackt. An einem der Tische sitzen zwei Männer – ein südländisch aussehender und ein breitschultriger mit Vollbart – und Simone, die sich offenbar mit dem Abwasch beeilt hat. Als Chris sich neben ihren Tisch stellt, sehen sie nur kurz auf. Dann spielen sie weiter.

»Darf ich mich dazusetzen?«, fragt Chris zögerlich.

»Setzen Sie sich nur«, sagt Simone.

»Mein Name ist Chris, ich wohne seit heute hier«, stellt er sich vor.

»Ich heiße Rolf und der da heißt Gökhan«, sagt der Breitschultrige.

»Wir wohnen schon ein wenig länger hier«, sagt Gökhan.

»Was verschlägt dich hierher auf den Lauberhof?«, fragt Rolf. Dabei schielt er rüber zu Gökhan.

»Ich dachte, es ist uns nicht gestattet, über den Grund unserer Anwesenheit zu sprechen«, sagt Chris.

Die drei brechen in schallendes Gelächter aus.

»Super, du hast den Test bestanden!«, sagt Simone.

»Wir wissen natürlich, dass du uns nichts erzählen darfst. Wir hatten ja auch alle unser Gespräch mit Monsieur Pittelout«, sagt Gökhan.

»O, das Vergnügen hatte ich noch nicht«, sagt Chris. »Ich habe bisher nur mit diesem Herrn Lehmann gesprochen.«

»Ja klar, Pittelout ist ja auch zurzeit noch auf Geschäftsreise«, sagt Simone.

»Wie kann ich mir diesen Monsieur Pittelout vorstellen?«, fragt Chris.

»Wie? Hm.« Rolf überlegt einen Moment. »Er ist, sagen wir mal, ein sehr belesener Mann. Und er weiß genau, wie er mit einem reden muss. Er findet genau den Punkt, der einem hilft, wieder klarzukommen.«

»Das klingt ja fast so, als sei er eine Koryphäe auf dem Gebiet der Psychotherapie.«

»Er ist schon sehr gut«, bestätigt Simone.

»Wieso hat man dann vorher noch nie etwas von diesem Hof gehört? Im Internet habe ich auch keine Informationen über den Hof gefunden.«

»Na, wenn du nachdenkst, kommst du sicher selbst drauf«, sagt Rolf.

Chris überlegt eine Weile. Schließlich sagt Gökhan:

»Wenn hier jeder drüber Bescheid wüsste, könnte er sich vor Anfragen kaum noch retten. Und dann wäre seine Arbeit nicht mehr möglich. Verstehst du?«

Chris nickt. Ihm ist aufgefallen, dass Gökhan vom Sie zum Du gewechselt ist.

»Spielst du Schafkopf? Oder Skat?«, fragt Rolf.

»Da muss ich leider passen«, sagt Chris.

»Ne, das macht man beim Poker. Beim Skat ist man ›weg‹!«, sagt Rolf und die anderen beiden lachen.

»Ich wollte ohnehin noch einmal einen Blick in die Bibliothek werfen. Lehmann sagte so etwas wie, dass man in der Literatur zu sich selbst finde. Ich dachte, ich leihe mir für heute noch ein Buch.«

»Geht klar. Wir sehen uns dann ja morgen beim Frühstück«, sagt Gökhan.

Chris steht auf und geht nach oben.

8

In der Bibliothek brennt kein Licht mehr. Der Raum ist dunkel, da draußen bereits die Sonne untergegangen ist.

Chris geht zu einem der Regale und sieht sich die Buchtitel an. Es gibt Historienromane, Biografien, Sachbücher und Krimis. Hat nicht Harry gesagt, er lese gerne Krimis? Chris geht die einzelnen Titel durch: Sherlock Holmes, Miss Marple und Hercules Poirot sagen ihm was. Unter Nick Charles und Hawthorne kann er sich nichts vorstellen. Chris geht die Reihen weiter durch. Schließlich findet er ein Buch, das er aus der Schule kennt: »Der Henker und sein Richter« von Friedrich Dürrenmatt. Chris nimmt das Buch und geht rüber zu den Sesseln. Er hat eigentlich gehofft, Harry anzutreffen. Da er keine Lust hat, allein in der Bibliothek zu lesen, nimmt er das Buch mit auf sein Zimmer.

Chris setzt sich auf sein Bett und beginnt zu lesen. Die etwas altertümliche Sprache ermüdet ihn schnell. Nach einer Weile legt er das Buch weg. Chris sieht auf die Uhr. Es ist bereits neun Uhr abends. Da es schon um sechs Uhr morgens wieder Frühstück geben soll, beschließt Chris, sich schlafen zu legen. Er kramt seinen Kulturbeutel aus dem Koffer. Da er kein Waschbecken auf dem Zimmer hat, geht er hinaus auf den Gang. Auf der Tür am Ende des Flurs steht: WC und DUSCHE.

Chris putzt sich gründlich die Zähne. Dann geht er wieder in sein Zimmer. Er stellt den Wecker seines Smartphones auf halb sechs und löscht das Licht. Von draußen dringt kein Licht ins Zimmer, so dass es stockdunkel ist. Chris liegt auf dem Rücken und starrt in die Schwärze. Er lauscht in die Stille. Er hört Holz knirschen und von unten noch leise Stimmen. Wahrscheinlich sind die drei immer noch am Skatspielen, denkt er.

Chris' Gedanken schwirren um die Ereignisse des Tages. Die lange Autofahrt, die Ankunft auf dem Hof, das Gespräch mit Lehmann und die Bekanntschaft mit Harry, Rolf, Simone und Gökhan.

Während Chris so daliegt, taucht er immer wieder ab, bis er schließlich ganz einschläft.

9

Chris erwacht durch ein leises Klopfen an der Tür. Verwirrt über den nächtlichen Besuch schiebt er die Bettdecke zur Seite und steht auf. Da er nicht sofort den Lichtschalter findet, leuchtet er mit dem Smartphone zur Tür.

Vor der Tür steht Annette. Sie trägt wieder ihr graues Kleid. Ihre Haare hat sie mit einer Spange zusammengebunden. Sie lächelt ihn an.

Chris' Herz schlägt so stark, dass er es im ganzen Körper spüren kann.

»Darf ich reinkommen?«, fragt Annette. Es ist das Erste, das sie seit dem Tag des Unfalls zu ihm sagt.

Chris will etwas sagen, doch er bekommt keinen Ton raus. Er schließt Annette in seine Arme und drückt sie fest an sich. Chris schließt die Tür vorsichtig mit seinem Fuß. In ihrer Umarmung gehen sie langsam auf das Bett zu.

Chris legt Annette vorsichtig aufs Bett und überdeckt ihren Körper mit Küssen. Tränen rinnen über sein Gesicht. Tränen der Freude. Und Tränen der Gewissheit, dass das alles nicht real ist.

Chris legt sich neben Annette. Sie schmiegt sich an ihn. Er küsst sie zart aufs Ohr.

»Ich habe dich vermisst«, sagen sie zueinander.

»Es ist so schwer, dich loszulassen«, sagen sie zueinander.

Dann liegen sie schweigend nebeneinander.

Toni

I

Es ist kurz vor sechs, als Chris in den Speisesaal kommt. Die drei Skatspieler vom gestrigen Abend sind noch nicht da. Chris steuert auf Harry zu. Neben ihm sitzt eine junge Frau. Chris setzt sich ihr gegenüber an den Tisch.

»Guten Morgen«, sagt er.

Harry murmelt nur ein unverständliches »Morgen« in seinen Bart. Die junge Frau sagt freundlich: »Guten Morgen.«

Sie ist etwa in Chris' Alter, hat schulterlange Locken und einen dunklen Teint. Sie wirkt, als mache sie viel Sport.

Wahrscheinlich so eine Sportverrückte, denkt Chris, der durch seine tägliche Gymnastik immer noch ins Schwitzen kommt. Laut sagt er: »Ich vermute einmal, dass Sie diejenige sind, die das Brot gebacken hat.«

»Ja, ich bin die Toni, also eigentlich Antonia«, antwortet die Frau. »Und wer sind Sie?«

»Ich heiße Christoph, aber meine Freunde nennen mich Chris. Sie dürfen sich aussuchen, wie Sie mich nennen wollen.«

»Also Chris. Wie wäre es mit ›Du‹? Wir werden uns hier wahrscheinlich noch so gut kennen lernen, dass wir auf das ›Sie‹ verzichten können.«

»Geht klar, Toni.«

»Ich hol' mal den Kaffee«, sagt Harry und steht auf.

»Bist du Bäckerin von Beruf?«, fragt Chris.

»Nein. Aber ich habe hier entdeckt, dass ich für mein Leben gerne backe. Und deshalb backe ich das Brot für die Truppe.« Toni macht eine kurze Pause, dann fährt sie fort: »Angefangen habe ich mit Rolf. Davor gab es immer Brot aus dem Dorf. Das schmeckte auch gut, aber die Leute haben sich an mein Brot gewöhnt.«

»Ich habe noch kein besseres gegessen«, sagt Chris, was Toni mit einem kurzen Danke quittiert. Sie lächelt dabei.

Unvermittelt fragt sie: »Was treibt dich an?«

»Was mich hierhergebracht hat?«, entgegnet Chris, »Sollten wir nicht vermeiden, über unsere Vergangenheit zu sprechen?«

»Nein, nein. Du hast mich falsch verstanden«, sagt Toni. »Ich wollte wissen, was du so machst, wenn du zu dir selbst finden willst. Hast du dir noch nicht überlegt, wie du dich am besten therapierst?«

Harry kommt mit einer Kanne Kaffee zurück.

»Wer will?«, fragt Harry und Chris reicht ihm seine Tasse.

Toni fragt: »Hattest du denn schon dein Gespräch mit Pittelout?«

»Der ist wohl noch auf Geschäftsreise. Ich habe mich bisher nur mit diesem Herrn Lehmann unterhalten. Warum fragst du?«

»Nur so«, sagt Toni kurz.

»Wie ist er denn so?«, fragt Chris.

»Wenn du mir nachher beim Saubermachen der Küche hilfst, verrate ich es dir«, antwortet Toni.

»Abgemacht.«

Sie essen eine Weile schweigend. Nach ein paar Minuten kommt Lehmann und setzt sich neben Chris.

»Hätten Sie nachher einen kurzen Moment Zeit für mich und kommen in mein Büro?«, fragt er.

»Ja, klar«, sagt Chris, und als Lehmann wieder gegangen ist, sagt er zu Toni: »Dann muss ich mein Angebot von eben leider zurückziehen.«

»Schade. Aber es wird nicht die letzte Gelegenheit sein.«

2

»Wo warst du denn beim Essen?«, fragt Gökhan, als er Chris am Nachmittag über den Weg läuft. »Ich darf dich daran erinnern, dass wir hier immer zusammen essen.«

Chris will gerade antworten, als Gökhan hinzufügt: »Lehmann hat versucht, dich anzurufen.«

»Ich war spazieren«, sagt Chris.

Seine Hose ist von dem kurzen Stück, dass er sich einen Berg hochgekämpft hat, schlammverschmiert.

Chris fragt sich, was Lehmann schon wieder von ihm gewollt haben könnte. Er hatte ihm doch am Morgen alles erläutert: Die Möglichkeit, seine Wohnung in Berlin zu verwalten, seine Termine für die ersten Therapiegespräche mit Pittelout und die monatlichen Gruppensitzungen.

»Okay. Wenn du Glück hast, ist noch was von der Suppe da«, sagt Gökhan. »Wobei ... Wenn ich es mir recht überlege, wäre es wohl eher dein persönliches Pech. Rolf und Alessia waren heute dran mit Kochen. Ich weiß ja nicht, wovon die sich früher ernährt haben oder ob sie beide jemanden hatten, der für sie gekocht hat, aber das, was die beiden da immer fabrizieren, kann man wirklich nicht als Essen bezeichnen.«

Gökhan lacht und Chris stimmt mit ein.

»Was hast du jetzt vor, wenn ich fragen darf?«, erkundigt Gökhan sich.

»Ich weiß nicht so recht. Ich dachte, ich sehe mich hier noch einmal ein bisschen um«, antwortet Chris.

»Wie wäre es, wenn du mir hilfst? Ich könnte ein bisschen Hilfe gebrauchen.«

»Was machst du denn?«, fragt Chris.

»Ich schraube an einem alten VW«, sagt Gökhan. »Und heute will ich den Motor wieder einsetzen. Die Dinger sind verdammt schwer. Da könnte ich deine Hilfe brauchen.«

»Ist in Ordnung. Dann ziehe ich mir vorher aber besser keine frische Hose an.«

»Was hast du denn gemacht? Hast du dir in die Hose geschissen?«, fragt Gökhan lachend.

»So ähnlich. Ich bin im Wald ausgerutscht.«

Sie gehen beide über den Hof zu der alten Scheune. Gökhan öffnet die Tür, die in das schwere Holztor eingelassen ist. Das, was früher einmal eine Scheune für Heu und Landwirtschaftsmaschinen war, ist jetzt umgebaut zu einer kleinen Werkstatt. Den Hauptteil bildet ein großer Raum, in dem ein alter VW Käfer steht. Die Motorhaube ist aufgeklappt. Darunter hängen nur einige Kabel. Neben dem Auto steht auf einer Holzvorrichtung der Motor.

Rechts vom Auto stehen einige Regale mit allerlei Gerümpel. Hinter den Regalen führt eine Treppe nach oben. Dort, wo früher der Heuschober gewesen ist, wurde bei der Renovierung der Scheune ein zweites Stockwerk errichtet.

Chris blickt nach oben. Die Decke besteht aus alten, staubigen Holzbalken und Brettern. Spinnenweben und Staubfäden hängen überall herab. Die Luft ist muffig. Es riecht nach Öl.

»Das ist mein Schätzchen«, sagt Gökhan stolz.

»Wo hast du den her?«, fragt Chris.

»Den hab' ich zusammen mit Ole einem Schrotthändler abgekauft. Es hat einen Heidenspaß gemacht, die Karre mit ihm gemeinsam zu restaurieren.«

»Wo ist Ole jetzt? Hilft er dir nicht mehr?«, fragt Chris.

»Nee, der ist am Ziel angekommen«, sagt Gökhan und – als er Chris' fragenden Blick bemerkt – fügt er hinzu: »Der ist geheilt. Er ist vor ungefähr einem halben Jahr von hier fortgegangen.«

Chris bemerkt nicht, wie sich Gökhans Blick verfinstert hat. Er ahnt nicht, dass Gökhan beim Gedanken an seine Therapiesitzungen nur zwei Wörter einfallen: Dunkelheit und Furcht.

»Du schraubst seit über einem halben Jahr an dem Auto und bist noch nicht fertig?«, fragt Chris ungläubig.

»Ich bin ja auch kein ausgebildeter Mechaniker«, sagt Gökhan. »Hier, zieh die an.«

Gökhan reicht Chris ein Paar ölverschmierter Handschuhe.

»Und jetzt hieven wir das Baby mal wieder dahin, wo es hingehört.«

3

Chris' linke Seite besteht nur noch aus Schmerz. Er hätte Gökhan sagen sollen, dass er solch schwere Sachen noch nicht wieder heben darf. Aber er hat tapfer gekämpft und versucht, sich nichts anmerken zu lassen.

Nachdem sie den Motor in den Motorraum eingesetzt haben, hat Chris sich verabschiedet und gesagt, er wolle doch noch versuchen, etwas zu Essen zu bekommen.

Er ist so verschwitzt, dass er überlegt, ein zweites Mal zu duschen. Also geht er zunächst hoch auf sein Zimmer, zieht sich aus und schleicht über den Flur ins Badezimmer. Fünf Minuten später geht er in frischen Klamotten die Treppe nach unten in die Küche. Als er den Türgriff in die Hand nimmt, hört er von innen Stimmen. Chris hält den Atem an und lauscht.

»Ich bin gerade am Backen.«

Das ist Toni. Danach Stille.

»Ich habe ihn heute erst kennengelernt«, wieder Toni. Wieder gefolgt von Stille.

Vermutlich telefoniert sie, denkt Chris.

Ein wenig schämt er sich. Er nimmt die Hand vom Türgriff und will schon gehen, als Toni sagt: »Ich finde ihn interessant.«

Redet sie über mich, schießt es Chris durch den Kopf. Er entschließt sich, zu bleiben.

»Nein, er hat nicht erzählt, ob er verheiratet ist.«

Chris wird die Situation nun doch zu unangenehm. Er klopft an die Tür und tritt einen Moment später in die Küche.

»Hallo Toni, dachte ich mir doch, dass ich dich hier antreffe«, sagt er und hofft, dass seine Stimme möglichst gelassen klingt.

»Hi Chris. Ja, ich backe einen Kuchen für später«, sagt Toni.

»Ich wollte dir ja eigentlich beim Saubermachen helfen. Darf ich dir jetzt ein bisschen in der Küche helfen?«

»Du darfst mir gerne bei der Arbeit zusehen, aber den Kuchen backe ich am liebsten allein«, sagt Toni. Als sie merkt, dass Chris darüber enttäuscht ist, fügt sie hinzu: »Später muss aber noch einmal sauber gemacht werden.«

»Dann setze ich mich einfach dort in die Ecke. Dann kannst du mir erzählen, was du mir über Monsieur Pittelout sagen wolltest.«

Als Chris den Namen erwähnt, ändert sich Tonis Blick. Nur ein klein wenig, aber Chris ist sich sicher, dass sie bei dem Namen Pittelout zusammengezuckt ist. Schnell fragt er: »Hast du eben telefoniert?«

»Ja, ich habe mit meinem Mann gesprochen.«

»Wo ist er?«, fragt Chris und wieder bemerkt er eine Veränderung in Tonis Gesicht. Es wird irgendwie hart und kühl.

»Nicht mehr da.«

Chris will Toni noch fragen, ob sie sich hat scheiden lassen, merkt jedoch, dass ihr dieses Thema offensichtlich unangenehm ist und sie nicht darüber reden will.

Außerdem will ich sie nicht in die Verlegenheit bringen, mir etwas aus ihrer Vergangenheit zu erzählen, denkt er. Stattdessen fragt er: »Wie ist Monsieur Pittelout? Ist er wirklich so gut?«

»Er kann in dich hineingucken. Es ist fast so, als blickten seine Augen in deine Seele.«

»Das klingt ein wenig unheimlich«, sagt Chris. »Ich für meinen Teil hätte Angst, wenn jemand die Gedanken in meinem Innersten lesen könnte.«

»Wieso? Was für Gedanken schlummern denn in dir?«, fragt Toni mit einem Grinsen im Gesicht. »Bist du in Wahrheit ein hochbezahlter Killer, der schon seine Nachbarin umgebracht hat, oder vielleicht noch was Schlimmeres?«

»Haha. Ich meinte, dass doch jeder Mensch Gedanken oder Erinnerungen in sich trägt, die für niemanden sonst bestimmt sind.«

Toni denkt einen Moment darüber nach. Dann schaltet sie den Mixer ein und fährt hektisch durch den Teig, gerade so, als habe Chris eine wunde Stelle berührt.

Über den Lärm des Mixers hinweg sagt sie: »Vielleicht ist das so, vielleicht auch nicht.«

»Na, komm. Du hast doch bestimmt Dinge in deiner Vergangenheit getan, von denen du niemandem erzählt hast. Welche Leichen hast du in deinem Keller begraben?«

Chris merkt, dass er mit diesem dummen Witz definitiv eine wunde Stelle getroffen hat. Schnell schiebt er nach: »Du hast mir übrigens nicht gesagt, wie du mit Nachnamen heißt.«

»Gerber«, sagt sie nur.

»Tränker«, sagt Chris.

»Ich weiß.«

Die Stimmung ist irgendwie gekippt. Chris will sich schon verabschieden, als Toni doch noch etwas sagt: »Jeder Mensch hat Leichen im Keller. Entweder die eigenen oder die der anderen.«

Danach ist sie still, der Mixer schweigt auch. Toni starrt an Chris vorbei ins Leere. Ihre Augen werden glasig.

»Ich glaube, ich helfe dir doch«, sagt Chris, um die Stille zu unterbrechen. »Ich habe früher mit meiner Oma immer Pizza gemacht. Da werde ich ja wohl auch einen Kuchen backen können.«

Chris geht zum Waschbecken und wäscht sich gründlich die Hände. Dann nimmt er sich eine Kuchenform und streicht sie mit Butter ein.

4

Nach dem Backen geht Chris allein die Treppe hoch. Er hofft, Harry in der Bibliothek zu treffen. Als er oben angekommen ist, hört er eine Violine. Die Musik kommt aus der Bibliothek. Leise öffnet er die Tür.

Eine Frau steht mit einer Geige vor einem Notenständer. Sie bemerkt Chris zunächst nicht, so konzentriert starrt sie auf die Noten. Erst, als Chris die Tür schließt, blickt sie auf.

»Entschuldigung, ich wollte dich nicht beim Spielen stören«, sagt Chris. Er denkt sich mittlerweile, dass sich die Bewohner des Hofs alle mit »Du« ansprechen – außer natürlich Herr Lehmann und wahrscheinlich der geheimnisvolle Monsieur Pittelout.

»Macht nichts, ich habe sowieso schon genug geübt«, sagt die Frau.

Chris hat sie am Morgen beim Frühstück gesehen, sich ihr aber noch nicht vorgestellt.

»Ich bin übrigens Chris.«

»Ich weiß«, sagt die Frau und lächelt. »Ich heiße Allessia.«

»Spielst du schon länger Geige?«, fragt Chris.

»Nein, ich habe erst vor einem Jahr begonnen. Ich hatte ja keine Ahnung, dass ein solches Talent in mir steckt.«

Chris, der während der Schulzeit leidvoll miterlebt hat, wie seine Freundin Charlotte versuchte, Geigenspielen zu lernen, hebt respektvoll eine Augenbraue an.

»Dafür klingst du aber verdammt gut.«

»Ja, das haben die anderen auch gesagt.«

»Darf ich einmal versuchen, auf der Geige zu spielen?«, fragt Chris.

»Na klar«, sagt Allessia und reicht ihm die Geige.

Er nimmt den Bogen in die Hand – so, wie seine Ex es ihm damals vorgeführt hat – und streicht vorsichtig über die Saiten. Er erwischt zwei Saiten gleichzeitig und es entsteht ein grauenhafter Doppelklang, ein hässlich kratzendes Geräusch, das Chris an ein anderes hässliches Geräusch erinnert. Schnell gibt er Allessia die Geige zurück.

»Hast du vorher schon Geige gespielt oder hast du damit erst auf dem Lauberhof begonnen?«, fragt Chris, um zu verbergen, dass ihn der kratzige Ton aus der Bahn geworfen hat.

»Damit habe ich erst hier angefangen. Es ist sozusagen mein ...«

Allessia sucht die passenden Worte.

»Dein Weg zurück?«, schlägt Chris vor.

»Ja, so könnte man es sagen. Mein Weg zurück.«

Sie guckt traurig aus dem Fenster, und Chris denkt: Zurück von woher?

5

Um kurz nach fünf wird es Chris auf seinem Zimmer langweilig. Vom Lesen sind seine Augen müde geworden und er braucht jetzt ein wenig Gesellschaft. Da er Harry in der Bibliothek nicht finden kann, geht er nach unten. Er entschließt sich dazu, ein wenig frische Luft zu schnappen, und geht er vor die Tür. Seine Hüfte hat sich von den Strapazen am Mittag wieder erholt, also kann er ruhig ein paar Meter spazieren gehen, ehe er zum Abendessen zurückkehrt.

Chris verlässt den Hof und geht an der Landstraße entlang. Etwa hundert Meter vor ihm läuft eine Frau. Es ist Toni. Chris läuft etwas schneller. Als er sie fast eingeholt hat, bemerkt Toni ihn und bleibt stehen. Chris ist nach wenigen Schritten bei ihr. In der Hand hält sie einen Korb.

»Wo treibt es dich denn hin?«, fragt Toni.

»Ich wollte mir etwas die Beine vertreten. Ich hatte heute Morgen Schmerzen in der Hüfte, da dachte ich, ein kleiner Spaziergang kann nicht schaden.«

»Da hast du wohl recht.«

Toni deutet auf den Korb.

»Möchtest du mitkommen? Ich wollte dort vorne bei dem Türmchen zu Abend essen.« Sie sieht Chris auffordernd an. Dann fügt sie hinzu: »Wenn du mitkommst, bin ich nicht so einsam beim Essen.«

Chris lächelt. Er guckt zu dem kleinen Turm, der einige Meter abseits der Straße steht, und sagt: »Aber nur, wenn du mich den Korb tragen lässt.«

Sie lässt ihn.

»Isst du immer schon so früh?«, fragt Chris.

»Ja. Dafür stehe ich jeden Morgen schon um drei auf. Also eher mitten in der Nacht.«

»Und du isst immer allein?«

»Ja.«

»Ich frage deshalb, weil wir doch in der Regel zusammen essen sollen«, sagt Chris. »Zumindest hörte sich das in meinem Gespräch mit Lehmann so an.«

Toni winkt lässig ab.

»Ach das. Diese ›Regel‹ ist nicht so wichtig.«

Bei dem Wort »Regel« zeichnet sie mit ihren Fingern Anführungszeichen in die Luft.

»Ich bin jetzt schon ein halbes Jahr hier und esse immer allein zu Abend.«

Sie erreichen ihr Ziel. Chris sieht an dem kleinen Gebäude hoch. Der Turm besteht im Erdgeschoss aus einer Steinmauer. An seiner Südseite führt eine Treppe nach oben auf einen kleinen Balkon. Das Obergeschoss wird durch vier Holzwände gebildet. Der Turm – eigentlich ist es eher ein sehr schmales Häuschen – wird von einem grünen Dach abgeschlossen.

»Gehst du oft hierher?«, fragt Chris.

»Jeden Abend. Komm, wir gehen nach oben.«

Toni geht vor ihm die Treppe hinauf. Chris holt einmal tief Luft und kämpft sich dann mit dem Korb die Stufen rauf.

»Ich finde es hier einfach herrlich. Wenn wir uns dort hinten ans Eck setzen, können wir den Sonnenuntergang bewundern«, sagt sie.

Der Wind pfeift kalt um den Turm herum. Chris ist jetzt froh, dass er seine dicke Jacke angezogen hat. Er zieht den Reißverschluss bis ganz oben zu.

»Es ist ganz schön zugig hier«, sagt Chris, als er neben Toni steht.

»Wenn wir uns setzen, merken wir es kaum.«

Toni setzt sich auf einen alten Stuhl, der allem Anschein nach schon seit mehreren Jahren hier steht.

»Was darf ich dir anbieten?«, fragt sie. »Ich hätte Brot mit Käse – oder Käse mit Brot.«

Chris muss über diesen kleinen Witz lächeln.

»Ich nehme ein Käsebrot. Was gibt es zu trinken?«, fragt er.

»Da hätte ich eine Flasche Rotwein. Leider habe ich jetzt nur ein Glas, aber mein Hausarzt hat bei der letzten Untersuchung gesagt, dass ich nicht mehr ansteckend bin. Wenn du ebenfalls keine Tollwut hast, können wir uns das Glas teilen.«

Sie nehmen sich jeder ein Käsebrot und essen schweigend. Nach einem Moment der Stille sagt Toni: »Es tut mir übrigens leid, dass ich heute so seltsam zu dir war. Ich war nicht ganz ehrlich zu dir.«

»Inwiefern?«, fragt Chris.

Toni sagt lange Zeit nichts, sondern kaut nur stumm auf ihrem Brot herum. Endlich nimmt sie einen Schluck Wein und sagt dann: »Was meinen Mann betrifft.«

»Von dem du dich hast scheiden lassen?«

Toni schüttelt den Kopf.

»Wir sind nicht geschieden. Er ...«

Tonis Augen werden wieder glasig. Chris kann im Licht der untergehenden Sonne sehen, wie sich eine einzelne Träne ihren Weg über Tonis Wange bahnt. Chris will schon etwas sagen, als Toni fortfährt: »Mein Mann ist tot. Er starb vor einem Jahr. Deshalb bin ich hier.«

Toni sieht Chris an und Chris sieht für einen Augenblick Annette, die am hinteren Teil des Balkons steht und sich dann in Luft auflöst.

»Manchmal sehe ich ihn, wenn ich am Backen bin, oder abends, wenn ich das Licht ausschalte. Dann spüre ich auf einmal, dass er im Zimmer ist. Und wenn ich dann das Licht wieder einschalte, ist das Zimmer natürlich leer.«

Chris will Toni erzählen, dass es ihm genauso geht, doch sie kommt ihm zuvor.

»Du kennst das, oder?«, fragt sie ihn. »Du hast auch jemanden verloren und, wenn du die Augen schließt, siehst du ihr Gesicht.«

Chris schüttelt den Kopf.

Wieso belüge ich sie, denkt er. Und wieso erzählt sie mir so frei, weshalb sie hier ist?

Chris beschließt, ebenfalls offen zu sein. Leise sagt er: »Manchmal rieche ich auch ihr Parfüm. Ich hatte gehofft, dass sich das hier gibt. Deshalb bin ich hier.« Er stockt kurz. »Es ist nicht so, dass ich sie für immer vergessen will, aber ich weiß nicht, wie lange ich es noch ertragen kann, sie immer zu sehen und zu wissen, dass sie nie wieder bei mir sein kann.«

Er nimmt sich das Glas und trinkt einen Schluck Wein. Es ist der erste Alkohol seit dem Abend des Unfalls.

»Du bist nicht hier, um zu vergessen. Du bist hier, um zu erkennen, was ...« Toni bricht mitten im Satz ab. Dann sagt sie in einem leichteren Tonfall: »Das soll dir Pittelout selbst sagen.«

Sie schweigt einen Moment, dann sagt sie: »Komm, lass uns gehen. Ich fange langsam an zu frieren.«

Chris steht auf. Er sieht auf den Korb und sagt: »Ich fürchte, den musst du tragen. Der Hinweg hat mich einiges an Kraft gekostet.«

»Kein Problem«, sagt Toni und geht mit dem Korb in der Hand die Treppe hinunter.

6

Als sie am Hof ankommen, geht Toni direkt zu ihrem Zimmer gegenüber der Bibliothek.

»Willst du jetzt schon schlafen?«, fragt Chris.

»Das hat mit Wollen nichts zu tun. Du kannst ja mal versuchen, jeden Morgen um drei Uhr aufzustehen und Brotteig zu machen. Ich brauche meinen Schönheitsschlaf.«

»Dann wünsche ich dir eine gute Nacht«, sagt er und fügt nach einer kurzen Pause hinzu: »Es war schön mit dir dort draußen.«

»Danke, gleichfalls.«

Toni lächelt ihm noch einmal zu und verschwindet dann in ihrem Zimmer.

Chris geht in die Bibliothek. Er hat den Krimi schon ausgelesen und möchte sich ein neues Buch aussuchen. Harry sitzt in einem der Sessel und blättert in einem Buch. Chris grüßt ihn kurz, dann wendet er sich den Regalen zu. Er geht die Bücher der Reihe nach durch, in der Hoffnung, ein interessantes zu finden. Die einzelnen Titel verschwimmen vor seinen Augen. Chris muss einige der Buchtitel mehrmals lesen. Schließlich entscheidet er sich für Dan Browns »Illuminati«. Den Namen hat er schon einmal irgendwo aufgeschnappt – hatten nicht Ben und Alex von der Verfilmung geschwärmt? Zumindest erinnert er sich dunkel daran, dass ihm das Buch mehrmals empfohlen wurde, doch früher hat er nie freiwillig gelesen.

Er setzt sich mit dem Buch auf einen der freien Sessel und beginnt zu lesen. Nach der dritten Seite sieht er vom Buch auf und guckt zu Harry rüber. Er beobachtet ihn etwa eine Minute und schließlich fällt ihm auf, dass Harry in seinem Buch immer vor- und zurückblättert und sich dabei auf einem kleinen Block Notizen macht. Er scheint eine Strichliste zu führen. Jedes Mal, wenn er eine Seite neu aufgeschlagen hat, überfliegt er sie und macht gleichzeitig immer wieder Striche auf seinen Block.

»Darf ich fragen, was du da machst?«, fragt Chris.

Harry zuckt zusammen.

»Wie, was?«

»Was machst du da? Du scheinst das Buch ja offensichtlich nicht zu lesen.«

Harry blickt auf das Buchcover – so als müsse er erst nachsehen, von welchem Buch Chris redet.

»O, das? Nun, ich analysiere den Schreibstil von Agatha Christie«, sagt er, als wäre es das Normalste der Welt.

»Du analysierst den Schreibstil. Und wie machst du das?«, fragt Chris.

»Nun ja, ich zähle bestimmte Wortgruppen. Also zum Beispiel zähle ich, wie oft sie Wörter benutzt, die nicht im aktiven Sprachwortschatz eines Durchschnittsbürgers vorkommen.«

»Dem aktiven Sprachwortschatz?«

»Nun, ich notiere mir zum Beispiel, wenn sie ›erdolcht‹ oder ›ermeuchelt‹ an Stelle von ›umbringt‹ schreibt. Und jedes Mal, wenn sie einen solchen Begriff verwendet, mache ich einen Strich in meiner Liste. Natürlich kann ich nicht das ganze Buch auf diese Weise durchforsten, deshalb mache ich Stichproben.«

Chris ist von Harrys Vorgehensweise fasziniert. Der Alte scheint doch nicht so einfältig zu sein, wie er zunächst vermutet hat.

»Und wieso tust du das?«, will er wissen.

Harry sieht ihn an wie einen Schulanfänger, der gefragt hat, wieso er lesen und schreiben lernen soll.

»Ich möchte selbst einen Krimi schreiben. Und da dachte ich mir, ich lerne von den erfolgreichen Kriminalautoren.«

»Ich verstehe. Du analysierst den Stil eines erfolgreichen Autors, um ihn dann in deinem Werk zu kopieren.«

»So ähnlich.« Harry legt seinen Block und das Buch auf den kleinen Tisch. »Ein Krimi lebt natürlich nicht nur von der Sprache, sondern vor allem von der Frage nach dem Mörder. Ich kann nicht erfolgreich werden, wenn ich nur die Stile kopiere. Genaugenommen sind die meisten der großen Meister heutzutage nicht mehr lesbar. Nimm nur mal die Geschichten über Sherlock Holmes.«

Chris zuckt nur entschuldigend mit den Schultern.

»Du hast noch keinen Holmes-Krimi gelesen?«, fragt Harry und winkt dann gleichgültig mit der Hand. »Wie dem auch sei: Die Sprache mag vor hundert Jahren noch erträglich gewesen sein, doch heute liest das niemand mehr wegen der Sprache. Der Reiz der Holmes-Geschichten ist, dass der Protagonist so verflucht schlau ist. Und das Gleiche gilt für Agatha Christie und Hammett und wie sie noch alle heißen.«

»Wieso analysierst du nicht einfach einen modernen Krimi? Die Welt ist doch voll von Krimis.«

»Zwecklos«, sagt Harry verächtlich. »Ich will ja einen guten Krimi schreiben und in den letzten zwanzig Jahren ist nichts Vernünftiges mehr erschienen.«

Harry hält inne, als wisse er nicht, ob er Chris ein Geheimnis anvertrauen soll. Schließlich sieht er auf seine Armbanduhr und stellt erschrocken fest: »Was, ist es schon so spät? Dann aber schnell, ehe nichts mehr vom Abendessen übrig ist.«

7

Chris liegt lange wach, bevor er endlich in einen unruhigen Schlaf fällt. Er erwacht auf einem weiten Feld. Die Getreidehalme wiegen sich im Wind. Düstere Watte umgibt ihn. Am Ende des Feldes steht ein kleiner Turm. An seiner Außenmauer führt eine Treppe zu einem kleinen Balkon. Chris weiß, dass er den Turm von irgendwoher kennt, kann sich aber nicht mehr erinnern, woher.

Er geht auf den Turm zu. Aus weiter Ferne dringt das Heulen eines Martinshorns zu ihm. Und da ist noch etwas: Eine Stimme, Rufe. Chris legt den Kopf schief und lauscht.

»Es ist gleich soweit!«, ruft Annette aus dem Badezimmer.

Zumindest glaubt Chris, dass er das gehört hat. Dann ruft die Stimme: »Er ist blau!«

Wer ist blau? Chris dreht sich nach der Stimme um. Sie scheint von überallher zu kommen. Chris dreht sich immer schneller im Kreis, bis ihm schlecht wird.

Bis er aus dem Bett fällt.

Er ist nass geschwitzt. Er reibt sich mit den Händen die Augen. Dann sieht er auf die Uhr. Es ist zwei Uhr in der Nacht. Er legt sich wieder ins Bett. Er fürchtet sich davor, wieder einzuschlafen. Zu sehr fürchtet er sich vor dem, was er dann sehen wird. (Was habe ich überhaupt gesehen?)

Chris starrt zur Decke und versucht, sich wachzuhalten.

Ohne Erfolg.

8

Toni erwacht bereits um kurz vor drei. Sie hat so gut geschlafen wie lange nicht mehr. Sie zieht sich an und geht leise nach unten in die Küche.

»Guten Morgen«, sagt ihr Mann Sören, der am Fenster steht.

»Morgen«, sagt Toni verschlafen.

»Hast du gut geschlafen?«, fragt Sören.

»Ja«, antwortet Toni nur, während sie die große Schüssel für den Brotteig auf den Tisch stellt. Sie holt eine kleine Schale, die mit einem Tuch bedeckt ist, vom Regal und kippt ihren Inhalt in die große Schüssel.

»Das ist der Sauerteig«, erklärt sie Sören, der dieses Schauspiel schon oft gesehen hat.

Dann gibt sie Mehl, Hefe und warmes Wasser in die Schüssel. Anschließend geht sie zur Kaffeemaschine und schaltet sie an.

»Wie ist er so?«, fragt Sören, als sie gemeinsam am Tisch sitzen.

»Wen meinst du?«, fragt Toni, die genau weiß, wen ihr Mann meint.

»Den Neuen. Wie heißt er noch gleich?«

»Chris.«

»Stimmt. Christoph, doch gute Freunde nennen ihn Chris. Bist du das? Ein guter Freund?«, fragt Sören.

»Er hat mir das Du angeboten. Von daher nenne ich ihn Chris«, antwortet sie und merkt, dass sie ausweicht.

»Ich habe euch gestern gesehen. Dort draußen am Turm. Es schien dir gefallen zu haben, mit ihm dort zu sein.«

»Es tat einfach gut, mal wieder ...« Toni sucht nach den richtigen Worten. Sie will ihren Mann nicht verletzen. Schließlich sagt sie: »Ich musste mich einfach mal wieder mit jemandem unterhalten, der ungefähr mein Alter hat und nicht so verrückt ist wie Gökhan oder Alessia.«

Sie steht auf und sieht nach dem Teig. Plötzlich fällt ihr ein, dass sie den Zucker vergessen hat. So kann die Hefe ja gar nicht aufgehen, denkt sie. Toni holt das Zuckerglas und gibt einen halben Teelöffel in den Teig. Dann setzt sie sich wieder zu ihrem Mann.

»Er gefällt dir«, sagt dieser. »Ich spüre das.«

Er sieht Toni direkt ins Gesicht und sie weicht seinem Blick aus. In ihren Augen bilden sich erste Tränen. Sie wischt sie mit dem Ärmel ihres Pullovers weg.

»Es wäre in Ordnung für mich«, sagt Sören mit sanfter Stimme. »Wirklich, das wäre es.«

»Wirklich?«, fragt sie.

Wie zur Bestätigung beugt Sören sich zu ihr rüber und küsst sie sanft auf die Stirn. (»Wie er es immer bei Johannes getan hat«, meldet sich eine Stimme tief in ihr, doch Toni blendet sie erfolgreich aus.)

»Wirklich«, sagt Sören. Dann steht er auf und geht zur Tür.

»Danke«, sagt sie. »Ich werde dich nie vergessen.«

Sörens Blick verrät, dass er das weiß, doch er sagt nichts, sondern lächelt seiner Frau nur zu.

9

Chris erwacht um vier Uhr erneut. Da er sich ausgeschlafen fühlt, steht er auf und geht ins Badezimmer unter die Dusche. Vor langer Zeit hat seine Frau aus dem Badezimmer herausgerufen, dass der Teststreifen sich blau gefärbt hat, dass sie ein Baby bekommen.

Nach dem Duschen geht er nach unten. Er hofft, in der Küche auf Toni zu treffen. Er wird nicht enttäuscht. Als er in die Küche geht, steht Toni gerade mit einer großen Teigschüssel am Tisch.

»Guten Morgen«, sagt Chris.

Toni zuckt leicht zusammen.

»O, entschuldige. Ich wollte dich nicht erschrecken«, sagt er schnell.

»Du hast mich nicht erschreckt. Aber wenn ich Teig knete, versinke ich irgendwie immer ganz in der Arbeit.«

Sie macht eine Pause und betrachtet ihre Hände, die den Teig umschließen. Schließlich fragt sie: »Willst du mir wieder helfen?«

»Wenn ich darf.«

Toni nimmt den Teig aus der Schüssel und teilt ihn in zwei Haufen.

»Wir müssen den Teig noch ungefähr zehn Minuten lang kneten. Danach muss er nur noch geformt und in den Ofen gelegt werden.«

Toni schiebt ihm den kleineren Teigklumpen zu. Dann beginnt sie ihren Klumpen zu kneten. Chris sieht ihr einen Moment zu, dann bearbeitet er seinen Teig.

»Stehst du immer so früh auf?«, fragt sie.

»Nein, eigentlich nicht. Aber heute Nacht konnte ich irgendwie nicht gut schlafen«, antwortet Chris. Seine Unterarme fangen an zu schmerzen. Vor allem sein linker Arm wird schnell müde.

Wozu mache ich eigentlich die ganzen Fitnessübungen, denkt er. Laut sagt er: »Ich habe irgendwie schlecht geträumt.«

»Willst du drüber reden?«, fragt sie und fügt hinzu: »Denn schlechte Träume soll man erzählen, damit sie nicht wahr werden. Hat meine Oma immer gesagt.«

Chris, der von seiner Oma das genaue Gegenteil erzählt bekommen hat – »Gute Träume muss man erzählen, damit sie sich erfüllen« –, sagt nur: »Wenn ich mich nur daran erinnern könnte, was ich geträumt habe. Ich weiß nur noch, dass ich aus dem Bett gefallen bin wie ein kleines Kind.«

Aber er erinnert sich: Das Feld, der Turm, die Stimme. Von überall her kommt diese Stimme.

Toni holt ein Backblech aus einer Schublade unter dem Ofen und legt es auf den Tisch.

»Kannst du die Brote drauflegen?«, bittet sie Chris.

Dieser platziert die Brote so auf dem Blech, dass sie sich gegenseitig nicht berühren. Toni nimmt das Blech und schiebt es in den Ofen.

»So, ab jetzt noch eine Stunde«, sagt sie. »Wir hätten also genügend Zeit für meine zweite Tasse Kaffee.«

Toni gießt zwei Tassen ein. Chris setzt sich zu ihr an den Tisch.

»Ich will ehrlich zu dir sein«, sagt er schließlich. »Ich habe von meiner Frau geträumt. Sie hat mir wieder zugerufen, dass ...« Er macht eine Pause. »Sie war überall. Ich war wieder bei dem Türmchen und sie war überall. Ich habe sie auch gestern auf dem Turm gesehen. Sie stand an einer Ecke des Balkons. Meine Therapeutin hat gesagt, solche Flashbacks seien normal, aber mich treffen sie immer wieder mit einer ungeheuren Wucht.« In Gedanken macht Chris für »ungeheuer« einen Strich auf Harrys Liste der ungewöhnlichen Wörter.

»Ich wollte dich fragen, wie du damit umgehst«, sagt er schließlich.

Toni überlegt einen Moment, ehe sie antwortet: »Ich habe angefangen, mit meinem Mann zu reden. Oder mit meiner Einbildung. Geholfen hat es nichts, da er nach wie vor auftaucht, aber es hilft mir, auf einige Fragen eine Antwort zu finden.«

Etwa auf die Frage, ob es für ihn okay wäre, wenn ich mich wie ein Teenager in dich verliebe, fügt sie in Gedanken hinzu.

10

Das Brot schmeckt Chris noch besser als am Tag zuvor. Wieder sitzt er mit Harry und Toni an einem Tisch. Diesmal hat sich noch Rolf zu ihnen gesetzt.

»Das Brot wird jeden Tag besser«, lobt Rolf und Chris fühlt sich insgeheim angesprochen.

»Das liegt alles nur am guten Weizen«, gibt Toni zurück.

»Damit habe ich nichts mehr zu tun. Die Felder bestellt jetzt Simone. Ich kümmere mich um die Kühe.«

»Es gibt hier Kühe?«, fragt Chris. Er ist zwar erst zwei Tage auf dem Hof, hat sich aber schon so sehr an den allgegenwärtigen Geruch gewöhnt, dass er ihn nicht mehr bewusst wahrnimmt.

»Ja. Ganze 20 Stück. Was denkst du, woher die Milch kommt, die du dir in deinen Kaffee gießt?«

»Und wo sind diese Kühe?«

»Noch sind sie zum Großteil auf der Weide oder Alm, wie man hier, glaube ich, sagt«, sagt Rolf. »Doch da es jetzt immer kälter wird, muss ich sie irgendwann in den Stall zurückholen. Vielleicht schon nächste Woche.«

»Was machst du eigentlich den ganzen Tag?«, fragt Rolf Chris.

»Zurzeit versuche ich noch, mich einzuleben. Ich wollte eigentlich viel spazieren gehen. Dabei soll man einen freien Kopf bekommen.«

»Hm«, macht Rolf. »Jeder, wie er kann. Aber eigentlich brauchen wir nicht noch so einen Kopfmenschen wie unseren Harry. Was wir brauchen, sind Leute, die mit anpacken können. Damit der Hof floriert.«

»Chris hat mir heute geholfen, das Brot zu backen. Also sei mal schön still«, fährt Toni Rolf an. Sie klingt fast schon ein wenig aggressiv.

»Außerdem hat hier jeder das Recht, das zu tun, was ihm guttut. Das hat zumindest der Monsieur gesagt. Und wenn schreiben mir guttut, dann schreibe ich, und dann lese ich. Und überhaupt, was geht es dich an, was ich mache oder nicht mache?«, sagt Harry.

»Ist ja schon gut, ich wollte niemanden beleidigen.«

II

Nach dem Essen gehen Chris und Toni spazieren. Toni führt ihn zu einer Wiese. Seltsamerweise ist sie trotz der Jahreszeit von Blumen übersät. Chris kennt sich nicht wirklich mit Botanik aus. Für ihn gab es immer nur rote Blumen und gelbe und blaue und lilafarbene. Für Annette gab es Rosen und Tulpen, Orchideen, Hyazinthen und Lupinen. Vor allem gab es Tulpen. Sogar auf ihrem Grab.

»Die Wiese ist wunderschön«, ist das Einzige, das ihm einfällt.

»Ich weiß«, sagt Toni.

»Wer hat dir diesen Tipp gegeben?«, fragt Chris und Toni tut so, als hätte sie die Frage nicht gehört.

(Am liebsten hätte sie gesagt: »Es war mein Sohn. Mein toter Sohn hat mir diesen Ort gezeigt.« Aber etwas in ihr – Hoffnung – rät ihr dazu, zu schweigen.)

»Es ist himmlisch«, sagt Chris noch einmal. Dann folgt er Toni, die ohne ein Wort zu sagen auf die Wiese geht.

Sie läuft noch ein Stück weit. Dabei streifen ihre Hände die Blüten der Blumen – es sind Lupinen, die in Lila und Rosa erblühen. Endlich bleibt Toni stehen. Chris holt sie ein.

»»Es ist okay!««, sagt Toni mehr zu sich selbst als zu ihm.

»Was?«, fragt Chris.

»Mein Mann. Er hat heute Morgen mit mir gesprochen. Er hat gesagt, für ihn wäre es okay.«

»Was?«, fragt Chris und hofft (fürchtet!) insgeheim, dass er die Antwort kennt.

»Das«, sagt Toni und küsst ihn auf den Mund.

Chris' Herzschlag verdoppelt sich schlagartig. Er verliert die Kontrolle über seinen Körper. Seine Beine werden taub, seine Arme kribbeln und mit einem Mal – wie durch einen Blitzeinschlag – kehrt alle Energie in seinen Körper zurück und er küsst Toni zurück. Er zieht sie enger an sich ran. Dann bemerkt er die Tränen, die ihr übers Gesicht laufen, und lässt von ihr ab.

»Du weinst. Ich wollte dich nicht verletzen, oder deinen Mann verdrängen, aber ...«, sagt er.

Toni fängt an zu lachen. Dann streicht sie ihm mit der Hand zart seine eigenen Tränen aus dem Gesicht.

»Ich bin nicht der Einzige, der hier weint«, sagt sie und küsst ihn wieder.

Toni zieht Chris nach unten ins weiche Gras und er folgt ihr vorsichtig, als fürchte er, er könne den Augenblick zerdrücken.

Zwischen hellstrahlenden Lupinen, die eigentlich schon längst hätten verdorrt sein sollen, lieben sie sich unter den Augen von Annette und Sören, die weit hinten am Wegesrand stehen geblieben sind und loslassen.

12

Sie liegen schweigend nebeneinander, wärmen sich gegenseitig, sind wie von der Welt abgeschottet.

»Ich glaube, wir müssen uns beeilen, wenn wir nicht das Mittagessen versäumen wollen«, sagt Toni irgendwann.

»Ob die anderen sich Gedanken machen?«, fragt Chris.

»Harry vielleicht.«

»Egal«, sagt Chris.

»Ja«, stimmt Toni zu. »Aber langsam wird es doch kalt.«

Sie ziehen sich wieder an. Dann machen sie sich auf den Weg. Die Sonne steht nicht mehr hoch über dem Horizont. Chris wirft einen Blick auf sein Smartphone.

»Es ist schon halb eins?«, fragt er fassungslos.

»Was? Wie kann das sein?«, fragt Toni nicht minder fassungslos.

»Keine Ahnung. Wir waren wohl zu beschäftigt«, will Chris sagen, belässt es jedoch bei »Keine Ahnung.«

Monsieur Pittelout

I

»Bitte, setzen Sie sich«, sagt der kleine Mann, der sich Chris als Clément Pittelout vorgestellt hat. Sie sitzen früh am Morgen in der Kälte vor dem Hauptgebäude auf der Terrasse. Die Sonne ist noch nicht aufgegangen. Drinnen im Haus wird gerade erst der Frühstückstisch gedeckt. Pittelout reicht Chris eine dampfende Tasse Kaffee.

»Probieren Sie. Es ist mein Lieblingskaffee. Er kommt aus einer kleinen Rösterei in Paris.«

Chris trinkt einen Schluck. Der Kaffee schmeckt bitter.

»Schmecken Sie die verschiedenen Aromen?«, fragt Pittelout.

Chris schüttelt den Kopf.

»Ich fürchte, dazu fehlen mir die entscheidenden Geschmacksknospen.«

»Zu schade. Wirklich schade. So viele Menschen gehen durch ihr Leben, ohne die Dinge so wahrzunehmen, wie sie sind«, sagt Pittelout.

Er nimmt zwei Croissants aus einem kleinen Körbchen.

»Ah, ich liebe diese kleinen Babys meiner Heimat«, sagt er. »Probieren Sie. Die sind frisch vom Bäcker.«

Chris nimmt sich ebenfalls ein Croissant. Er ist angespannt, denn obwohl Pittelout sich größte Mühe gibt, gelassen zu wirken, spürt Chris, dass der alte Franzose einen gewissen Plan verfolgt. Nervös zerpflückt Chris das Croissant über seinem Teller.

»Wie haben Sie sich auf dem Hof eingelebt?«, fragt Pittelout schließlich. »Wie ich gehört habe, verstehen Sie sich besonders gut mit unserer Toni.«

»Das, äh ...«, stammelt Chris – wie ein Teenager, der von seinen Eltern erwischt wurde.

»Entschuldigen Sie, Christoph. Ich wollte Sie keinesfalls in Verlegenheit bringen.«

»Sie müssen sich nicht entschuldigen«, sagt Chris schnell. »Aber Sie haben recht. Ich habe mich gut eingelebt.«

»Das ist doch großartig.«

Pittelout holt eine Pfeife aus seiner Jacke. Er stopft sie mit Tabak, während er weiterredet.

»Darf ich Sie fragen, wie Sie sich Ihre Therapie hier auf dem Hof vorstellen?«

Chris denkt einen Moment nach.

»Ich weiß nicht. Nach allem, was man mir erzählt hat, sollen meditative Dinge wie Backen oder Autos reparieren sehr hilfreich sein. Von dem Ansatz der Gesprächstherapie scheinen Sie hier ja nichts zu halten.«

»O, Sie meinen, weil wir unseren Klienten empfehlen, mit ihrer Vergangenheit nicht hausieren zu gehen?«

»Bei Lehmann hörte sich das radikaler an«, denkt Chris.

»Nun«, sagt Pittelout und steckt sich seine Pfeife an. »Wir verfolgen in der Tat den Ansatz, dass es besser ist, sein altes Leben weitgehend hinter sich zu lassen. Sie werden schnell merken, dass es Ihnen hilft, wenn Sie Ihr Trauma für eine Zeit ausblenden. Aber verstehen Sie mich nicht falsch. Sie sollen Ihre Frau keineswegs vergessen oder gar verdrängen. Es wird auch Zeiträume geben, in denen wir uns gezielt mit ihr beschäftigen.«

Wieder hält Pittelout inne. Schließlich sagt er: »Sie sehen sie, nicht wahr?«

Chris muss schlucken. Er spürt, wie sich seine Augen mit Tränen füllen. Er erinnert sich daran, was Toni über Pittelout gesagt hat.

(»Es ist fast so, als blickten seine Augen in deine Seele.«) Chris nickt nur stumm.

Pittelout spricht jetzt leiser. Seine Stimme klingt beinahe sanft: »Wir müssen gemeinsam herausfinden, was Ihnen Ihre Frau sagen möchte. Sie taucht ja nicht ohne Grund auf. Etwas in Ihnen ist noch nicht abgeschlossen. Das ist nur verständlich, denn schließlich ist Ihre Frau ja erst seit drei Monaten tot.«

Pittelout wartet ab, ob Chris etwas sagen möchte. Als dieser schweigt, redet er weiter: »Für uns ist es nicht so wichtig, woher man kommt, sondern vielmehr, wohin die Reise geht.« Er macht eine kurze Pause, ehe er fortfährt: »Kennen Sie die Geschichte des Propheten Elias?«

Chris schüttelt den Kopf.

»Es tut mir leid, aber ich bin nicht religiös.«

»O, ich auch nicht. Nicht mehr jedenfalls. Ich denke, Pfarrer Weinrich hat Ihnen erzählt, woher wir uns kennen. Ich habe die Geschichte des Propheten Elias damals in meinem Studium kennengelernt. Ich kenne den Bibeltext heute noch auswendig. Er lautet so: *Und der Prophet Elias ging hinaus in die Wüste, setzte sich unter einen Ginsterstrauch und sprach: ›Ich bin des Lebens überdrüssig. Herr, nimm mich zu dir.‹ Danach legte er sich hin und schlief. Der Engel des Herrn aber rührte ihn an und sprach: ›Steh auf und iss, denn dein Weg durch die Wüste ist lang und schwer.‹ Da stand Elias auf, aß das Brot, das der Engel ihm gereicht hatte, und wanderte 40 Tage durch die Wüste zum Berg Horeb, der ist der Berg des Herrn. Dort ging er in eine Höhle, um darin zu übernachten. Doch als er in der Höhle war, sprach der Herr zu ihm.«*

Pittelout nimmt einen Schluck Kaffee. Dann sagt er: »Eine fürchterliche Sprache. Finden Sie nicht?«

Chris lächelt verlegen.

»Die Kirche wird nie wieder die Relevanz haben, die sie einst hatte, wenn sie nicht endlich wieder die Sprache der Menschen spricht«, fährt Pittelout fort. »Aber genug davon. Was ich Ihnen eigentlich sagen möchte mit dieser Geschichte, ist, dass wir Ihnen hier helfen, Ihren Weg durch die Wüste zu gehen. Wir geben Ihnen hier die Nahrung, die Sie brauchen, und zeigen Ihnen den Weg zu Ihrer persönlichen Höhle. Welchen Gott Sie darin antreffen und was er Ihnen zu sagen hat, liegt bei Ihnen.«

Chris nickt nachdenklich.

»Sie werden etwas finden, das es Ihnen ermöglicht, diesen Weg leichter zu gehen. Wie ich hörte, führen Sie gerne Buch am Computer.« Pittelout zieht erneut an seiner Pfeife. »Das kann natürlich Ihr persönlicher Weg sein, doch bedenken Sie bitte auch, dass wir hier eine Gemeinschaft sind.«

Chris nickt zunächst nur. Dann fragt er: »Wollen Sie damit sagen, dass ich mir etwas suchen soll, das für alle auf dem Hof das ...«

Pittelouts Smartphone klingelt laut. Der Monsieur wirft einen kurzen Blick auf das Display. Dann steckt er das Smartphone zurück in seine Westentasche.

»Nun, ich denke, Sie müssen etwas finden, was Ihnen Ihren Platz zeigt, den Sie in unserer Gemeinschaft haben. Wenn Ihnen das hier gelingt, finden Sie auch Ihren Platz in der Welt wieder.«

»Es ist nicht so, dass ich nicht weiß, wo ich hingehöre«, erklärt Chris. »Vielmehr ist es so, dass ich es nicht ertrage, dass ich noch lebe und sie nicht.«

»Und nicht zu vergessen, der Mann, der den Unfall verursacht hat.«

Bei dieser Bemerkung zuckt Chris zusammen.

»Doch dieses Empfinden ist ganz natürlich«, fährt Pittelout fort. »Und wir werden gemeinsam eine Antwort auf diese Frage finden, vertrauen Sie mir.«

Pittelouts Smartphone klingelt erneut. Er sieht auf die Uhr. Dann sagt er: »Ich fürchte, dass unser erstes Gespräch ein recht abruptes Ende nehmen muss. Wir werden nächste Woche intensiver miteinander reden. Leider muss ich heute noch verreisen. Sie können mich aber im Notfall telefonisch erreichen. Sprechen Sie einfach Herr Lehmann an. Er ruft mich dann an.«

Pittelout steht auf. Bevor er ins Haus geht, legt er Chris eine Hand auf die Schulter.

»Ich sehe die Trauer in Ihren Augen. Aber da ist auch Hoffnung.«

(Und Angst.)

Pittelout nickt Chris ermutigend zu, dann geht er ins Haus.

Chris bleibt nachdenklich draußen sitzen.

2

»Zimmer 413 wurde für Sie reserviert«, lautet die Nachricht auf Pittelouts Smartphone.

Pittelout drückt sie weg. Dann wählt er Monets Nummer. Es klingelt nur ein einziges Mal, dann hebt der Franzose ab.

»Bonjour Monsieur Pittelout.«

»Bonjour Monsieur Monet. Was kann ich für Sie tun?«

»Es wäre sehr lieb von Ihnen, mein Freund, wenn Sie so schnell wie möglich nach Paris kommen könnten. Ich habe bereits den Flug und das Hotel für Sie gebucht.«

»Wann geht mein Flug?«, fragt Pittelout.

»In genau drei Stunden«, antwortet Monet.

»Das übliche Hotel?«, fragt Pittelout.

»Ja.«

»Dann sehen wir uns zum Mittagessen.«

»Ich lasse Sie wissen, wo wir uns treffen«, sagt Monet und legt auf.

Pittelout steckt sein Smartphone wieder in seine Westentasche. Dann geht er aus seinem Büro durch den Eingangsbereich und einen schmalen, fensterlosen Flur in sein Zimmer. Er öffnet den Koffer, der noch von seiner Geschäftsreise gepackt auf dem Bett liegt, und kippt die Wäsche aus. Dann stopft er schnell frische Wäsche, ein paar Hosen und Hemden hinein. Mit dem Koffer in der Hand geht er hinüber in den Speisesaal, in dem die anderen mittlerweile frühstücken. Pittelout winkt Lehmann zu sich heran.

»Fahren Sie mich bitte nach München an den Flughafen«, sagt er nur und Lehmann fühlt einmal mehr, dass er weit davon entfernt ist, mit Pittelout gleichgestellt zu sein.

3

Nach dem kurzen Flug landet der Flieger der Lufthansa auf dem Rollfeld des Pariser Flughafens Charles-des-Gaulle. Pittelout kennt sich auf dem Charles-des-Gaulles ebenso gut aus, wie auf allen anderen wichtigen Flughäfen Europas. Auch das unterscheidet ihn von Lehmann. Mark Lehmann würden diese vielen Reisen zu sehr stressen. Clément Pittelout genießt sie.

Er verlässt das Flughafengebäude und hält Ausschau nach einem Taxi. Er winkt eines heran. Der Fahrer steigt aus und lädt Pittelouts Koffer ein. Als Pittelout sich gesetzt und angeschnallt hat, fragt der Fahrer nach dem gewünschten Ziel.

Nach einer kurzen, chaotischen Fahrt erreichen sie das Hotel Ubu. Pittelout zahlt dem Chauffeur die Fahrt und gibt obendrein ein großzügiges Trinkgeld. Dann geht er mit seinem Gepäck ins Hotel und tritt an die Rezeption.

»Bonjour Monsieur«, sagt die junge Dame hinter dem Tresen.

»Bonjour Madame. Ich habe reserviert. Auf den Namen Pittelout.«

Pittelout reicht der Frau seinen Ausweis. Sie hält ihn kurz über einen Scanner und gibt ihn dann an Pittelout zurück.

»Oui, Monsieur Pittelout. Nummer 413 bitte.«

Sie reicht Pittelout eine Schlüsselkarte. Er gibt ihr ein Trinkgeld, das sie mit einem höflichen Lächeln entgegennimmt, und geht zum Aufzug.

Die Fahrt ins vierte Stockwerk dauert nicht lange. Der Aufzug ist eng – Pittelout kommt er jedes Mal enger vor – und so ist Pittelout froh, als er nach wenigen Augenblicken wieder auf den Flur hinaustritt. Der Gang scheint endlos zu sein. Links und rechts zweigen in regelmäßigen Abständen Türen ab in die verschiedenen Zimmer. Pittelout zieht seinen Koffer hinter sich her. Jedes Geräusch wird von dem roten Teppich gedämmt. Er erreicht sein Zimmer etwa in der Mitte des Flures und öffnet die Tür mit der Karte. Drinnen legt er seinen Koffer und seine Jacke aufs Bett. Dann zückt er sein Smartphone und schreibt Monet eine Nachricht.

»Zimmer 413 hat eine schöne Aussicht.«

Es dauert keine Minute, bis sein Smartphone vibriert. »Kommen Sie ins ›Le petit café‹.«

Pittelout zieht seine Jacke wieder an und geht nach draußen.

4

Monet hat sich darauf spezialisiert, die Probleme anderer Leute zu lösen. Er wird wegen allen möglichen und unmöglichen Problemen kontaktiert. Gerade erst vor einer Woche hat er für einen guten Bekannten die Leiche seines Bruders verschwinden lassen. Vor einem halben Jahr hat er einem Freund, einem Politiker, dabei geholfen, eine große Summe Geld zu waschen. Monet kennt sich mit all diesen Problemen aus. Er hat sie sich zum Beruf gemacht. Doch es gibt auch Kundenwünsche, die er nicht so einfach erfüllen kann. Und immer, wenn das der Fall ist, ruft er seinen alten Freund Pittelout.

Dessen Spezialität ist das Beseitigen von unerwünschten Personen. Er tut das zwar nicht im großen Stil, ist aber zuverlässig. Wenn etwa eine verzweifelte Frau ihren tyrannischen Ehemann loswerden will, oder ein kleiner Politiker aktiv in den Ruhestand befördert werden muss. Für solche Anfragen holt Monet Pittelout.

Jetzt sitzt er in einem seiner Lieblingscafés – er versucht die großen, mit Touristen überfüllten Cafés zu meiden – und blickt ungeduldig auf seine Taschenuhr.

Pittelout hätte schon vor fünf Minuten kommen sollen. Monet will ihn gerade anrufen, als er ihn am Eingang sieht. Er winkt ihn zu sich.

»Bonjour François«, sagt Pittelout. Er wirkt ein wenig gehetzt. »Entschuldige bitte die Verspätung, aber der Marokkaner, der mich chauffiert hat, hat sich ständig verfahren.«

»So sind sie«, sagt Monet trocken. »Was möchtest du essen?«

»Für mich bitte einen Kaffee und ein Croissant.«

Monet winkt nach dem Kellner und gibt die Bestellung auf.

»Was hast du für mich?«

Monet wartet noch, bis der Kellner den Kaffee und die Croissants gebracht hat.

»Es gibt da einen Herrn in München. Gunther Richter.

Ein Pharmaunternehmer, der die Welt mit Vitaminpräparaten zumüllt«, sagt Monet. »Seine Frau hat herausgefunden, dass er sich eine jüngere Freundin zugelegt hat. Jetzt hat sie Angst um den Wohlstand, an den sie sich gewöhnt hat. Auf eine Scheidung will sie es nicht ankommen lassen. Sie hätte es lieber, wenn er so bald wie möglich eines ›natürlichen‹ Todes stirbt. Herzinfarkt oder so. Sie fürchtet nämlich, dass er sie früher oder später aus seinem Testament streichen wird.«

Pittelout lauscht den Ausführungen seines Freundes schweigend. Wenn es darauf hinausläuft, was er vermutet, lautet sein nächster Auftrag, den Chef eines millionenschweren Unternehmens zu beseitigen.

»Ich denke, es wäre besser, wenn Herr Richter diese Welt so schnell und unauffällig wie möglich verlässt«, beendet Monet seinen Vortrag.

»Wie schnell?«, fragt Pittelout.

»Sagen wir, innerhalb der nächsten zehn Tage.«

»Wie unauffällig?«

»O, wie gesagt: Ich dachte da an etwas Unauffälliges wie eine Lebensmittelvergiftung, einen Herzinfarkt oder etwas Ähnliches. Du bist der Profi. Es soll nur niemand auf die Idee kommen, ich sei an allem schuld.«

»Das klingt doch nach einer lösbaren Aufgabe«, sagt Pittelout.

»Genau das wollte ich hören. Nimmst du den üblichen Preis?«, fragt Monet.

»Die üblichen 50 000 Euro«, bestätigt Pittelout.

»Das liebe ich so an dir, mein Freund. Du bist so unschlagbar günstig.«

Monet winkt den Kellner ein weiteres Mal heran und bestellt noch einen Kaffee.

5

Pittelout verlässt das kleine Café. Draußen am Ufer der Seine weht bereits ein herbstlicher Wind. Er macht sich zu Fuß auf den Rückweg zum Hotel Ubu. Er zückt sein Smartphone und wählt eine Nummer. Nach einer ganzen Weile – er hätte fast schon wieder enttäuscht aufgelegt – meldet sich eine tiefe Frauenstimme.

»Oui?«

»Hallo Liebes«, sagt er.

»Clément, bist du das?«, fragt die Frau am anderen Ende der Leitung.

»Oui, oui. Können wir uns treffen?«

»Ich weiß nicht«, will die Frau abwehren.

»Ich wohne im Hotel Ubu. In Zimmer 413. Komm doch bitte vorbei, Maria. Ich muss mit dir reden. Wir müssen miteinander reden.«

»Ich kann in einer halben Stunde dort sein«, sagt Maria zögernd. »Aber ich bleibe nur für zehn Minuten.«

»Ich danke dir.«

Pittelout will noch etwas sagen, doch Maria hat bereits aufgelegt.

Er steckt das Smartphone wieder in seine Westentasche. Dann beschleunigt er seine Schritte.

6

Maria Tiffunie trägt einen hellblauen Rock und eine dazu passende Jacke. Sie steigt aus dem Fahrstuhl und orientiert sich. Nach links hin werden die Nummern größer, nach rechts kleiner. Maria wendet sich nach links und geht den langen Flur entlang. Vor Zimmer 413 bleibt sie stehen. Sie öffnet ihre Handtasche und wirft einen prüfenden Blick hinein. Ihre Zimmerkarte ist an Ort und Stelle.

Sie hebt ihre Hand, um an die Tür zu klopfen. Doch dann hält sie noch einmal inne.

Ich werde es ihm sagen müssen, denkt sie. Er ist ein schlechter Mensch, doch er hat die Wahrheit verdient.

Maria atmet noch einmal tief ein, dann klopft sie an.

7

Pittelout stellt die Cognacflasche auf dem Tisch ab. Wenn er die kommende Situation meistert, wird es einen Grund geben, mit einem Glas anzustoßen. Er ist nämlich fest entschlossen, Maria zurückzugewinnen.

Es klopft. Also steht er auf und öffnet die Tür. Vor ihm steht Maria. Sie sieht so schön aus wie eh und je.

»Hallo Liebes«, sagt Pittelout und küsst sie auf die Wange.

Maria erwidert die Umarmung widerwillig.

»Hallo Clément«, sagt sie nur.

»Komm doch rein und setzt dich«, sagt er.

Maria folgt seiner Einladung. Sie behält ihre Jacke an. Sie sieht die zwei Gläser, die Pittelout auf den Tisch gestellt hat. Das Arrangement wirkt fast feierlich.

»Was willst du mir sagen?«, fragt sie, obwohl sie schon weiß, was er will.

»Ich denke, du weißt es«, sagt Pittelout und Maria fühlt sich wieder, als hätte er ihr in den Kopf geschaut.

»Du willst, dass ich deine Affäre mit dieser Schlampe vergesse.«

»Ich möchte, dass du mir noch eine Chance gibst. Die Sache mit Jacqueline war ein einmaliger Ausrutscher.«

»Wenn ich mich recht erinnere, bist du über einen Zeitraum von drei Wochen regelmäßig auf ihr ausgerutscht«, sagt Maria süffisant.

Pittelout verkrampft sich. Es scheint doch schwieriger zu werden, als er gedacht hat. Dabei konnte er früher so gut mit Maria umgehen. Er muss aufpassen, dass er sie nicht zu sehr manipuliert. Schließlich will er sie als seine Frau zurückhaben, nicht als Marionette. Sie hatte sich so gut formen lassen, aber er hatte es verbockt. Und das bloß, weil er auf einmal, als aus ihrer Liebe langsam Routine geworden war, Lust auf etwas Neues bekommen hatte. Dabei war Jacqueline noch nicht einmal die erste Frau, mit der er Maria betrogen hat.

»Du hast natürlich recht. Es ist nicht zu rechtfertigen, was ich dir angetan habe. Ich verlange von dir auch nicht, dass du es vergisst. Ich bitte dich nur«, er macht eine kurze Pause, »mir zu vergeben.«

»Dir vergeben?«, fragt Maria. Sie will gerade aufstehen, hält jedoch in ihrer Bewegung inne.

»Ich kann dir nicht vergeben. Auch, wenn ich dir unglaublich dankbar dafür bin, was du für mich getan hast. Wie du mich damals gerettet hast.«

»Maria, ich bitte dich«, sagt Pittelout und legt ihr eine Hand auf den Arm.

Maria streift seine Hand ab und greift nach ihrer Handtasche. Sie wirkt nervös, als wäge sie ab, was sie als Nächstes sagen oder tun soll.

»Clément, ich muss dir etwas sagen«, sagt sie schließlich.

»Ich höre.«

»Ich werde nicht mehr zu dir zurückkehren. Ich habe bereits einen neuen Mann gefunden. Wir leben glücklich hier in Paris.«

Plötzlich schlägt Pittelouts Stimmung um.

»Wie heißt er?«, fragt er.

»Das werde ich dir nicht sagen. Ich will nicht, dass du weißt, wo ich wohne. Ich will nicht, dass du weißt, wie mein Mann heißt. Ich will nicht, dass du irgendetwas über mein Leben weißt.« Sie holt tief Luft, ehe sie fortfährt: »Du musst lernen ‚die Vergangenheit hinter dir zu lassen und dich voll auf den Weg zu konzentrieren, der noch vor dir liegt. War das nicht immer dein Motto?«

»Wie heißt das Arschloch?«, fragt Pittelout erneut. Seine Stimme klingt jetzt gefährlich. Maria hat von seiner Stimme schon immer ein seltsames Gefühl bekommen – eine Mischung aus Beklommenheit und Begeisterung, Angst und Faszination. Doch erst seit sie ihn verlassen hat, gesteht sie sich das ein.

»Wage es nicht, ihn als Arschloch zu bezeichnen«, sagt Maria kühl.

»Oder was?«, fragt Pittelout. »Was willst du tun? Willst du das Arschloch anrufen, damit er mir eine runterhauen kann?«

»Das erledige ich selbst«, sagt Maria und greift nach der Cognacflasche. Sie springt vom Stuhl auf und schlägt sie Pittelout mit voller Wucht auf die Schläfe. Dieser sackt auf seinem Stuhl zusammen und kippt schließlich auf den Boden.

»Ich kann dir noch was verraten«, sagt Maria. »Ich bin schwanger von meinem Mann. Wir bekommen ein Kind. Er hat geschafft, was du nie geschafft hast!«

Maria wirft die Flasche auf Pittelout und trifft ihn am Rücken. Dann dreht sie sich um und verlässt das Zimmer.

8

Pittelout liegt für zwei Minuten wie betäubt auf dem Boden. Er kann nicht glauben, was er gerade erfahren hat. Maria hat einen neuen Mann. Und, was noch schlimmer ist: Sie ist von ihrem neuen Macker schwanger.

Das wird sie mir büßen, denkt er und springt auf. Sein Kopf schmerzt höllisch.

Er reißt die Tür auf und tritt nach draußen auf den Flur. Der Flur ist leer.

Wo hast du dich verkrochen, denkt er. Pittelout eilt den Flur entlang. Als er am Aufzug ankommt, drückt er alle Knöpfe. Einen Moment später – es fühlt sich an wie eine Ewigkeit – öffnen sich die Türen aller drei Fahrstühle. Die Kabinen sind leer.

Pittelout dreht sich um und rennt durchs Treppenhaus nach unten. In der Hotellobby sitzen mehrere Leute, die anscheinend nur die kostenlose Internetverbindung nutzen wollen. Nirgends ist Marias blaue Jacke zu sehen.

Wo zur Hölle bist du, denkt Pittelout erneut.

Sein Smartphone vibriert in seiner Westentasche. Er sieht auf das Display. Er hat eine neue Nachricht erhalten. Sie ist von Maria. Es sind nur drei Worte: »Fahr zur Hölle!«

Pittelout möchte am liebsten sein Mobiltelefon wegwerfen. Er steckt es zurück in sein Jackett. Dann fährt er mit dem Aufzug nach oben und geht in sein Zimmer. Er hebt die Cognacflasche auf und gießt sich beide Gläser voll. Er wird sie schon noch finden. Dessen ist er sich sicher. Und dann kann sie etwas erleben. Sie und ihr Mann.

9

Maria sitzt in Zimmer 411. Vor Aufregung zittert sie am ganzen Körper. Auf ihrem Schoß liegt eine Dose Pfefferspray, die sie aus ihrer Handtasche gekramt hat. Sie legt ihr Smartphone wieder in die Handtasche. Die Nachricht dürfte Clément in Rage gebracht haben. Dessen ist sie sich sicher.

Maria wartet noch weitere fünf Minuten. Dann verlässt sie das Zimmer.

10

Pittelouts Smartphone vibriert erneut, doch er nimmt es nicht wahr. Sein Kopf dröhnt immer noch von Marias Schlag. Außerdem zeigen die drei Gläser Cognac, die er in der Zwischenzeit getrunken hat, ihre Wirkung. Erst mit einigen Sekunden Verzögerung dringt das Signal zu ihm durch. Er greift in seine Westentasche. Doch die ist leer. Pittelout tastet sich ab. Er hat sein Mobiltelefon entgegen seiner Gewohnheit in sein Jackett gesteckt.

Auf dem Display wird eine neue Nachricht angezeigt. Pittelout erkennt sofort, von wem sie ist, obwohl er die Nummer nicht eingespeichert hat. Sie gehört Monet. Es ist ein vierstelliger Zahlencode: Die Kombination für das Fach einer Packstation.

Pittelout wird zornig. Er spürt, wie er die Kontrolle verliert. »Entspann dich«, murmelt er, doch schon gleich darauf hört er wieder Maria, die ihm erzählt, dass sie von ihrem neuen Freund schwanger ist, und er verliert die Kontrolle. Diesmal wirft er sein Smartphone tatsächlich fort. Es fliegt in hohem Bogen durchs Zimmer, prallt von der Wand ab und landet auf dem Bett.

Er steht von seinem Stuhl auf und geht mit unbeholfenen Schritten zu seinem Koffer. Er weiß nicht, ob die Taubheit in seinen Beinen vom Alkohol oder vom Zorn über Maria kommt. Er weiß nur, dass er noch heute zurück nach Deutschland reisen muss. Er nimmt sich fest vor, dass Maria wegmuss. Sie und das Arschloch, das sie als ihren Mann bezeichnet. Aber vor allem sie.

Der Weg durch die Wüste

I

Chris sitzt seit dem Frühstück in seinem Zimmer vor dem PC. Er hat in den letzten Tagen eine Menge Tabellen erstellt. Die Aufzeichnung über Annettes Erscheinen hat seit dem Tag im Feld keine weitere Eintragung erhalten. Chris hat es noch nicht über sich gebracht, auf seinen täglichen Spaziergängen mit Toni darüber zu sprechen.

Die Tabelle, die er jetzt erstellt, überschreibt er mit »Milch«. Er hat Rolf gefragt, wie viele Kühe er auf dem Hof hat und wie viel Milch eine Kuh im Durchschnitt liefert. Rolf hatte gelacht und geantwortet: »Du fragst Sachen. Ich glaube, die Pumpe kann das anzeigen.« Dann hatte er etwas auf dem alten Monitor der Pumpe abgelesen und Chris mitgeteilt: »In den letzten 365 Tagen waren es 5 490 Liter.«

Der Rest ist einfache Mathematik. Chris trägt in eine Spalte (»Anzahl der Kühe«) die Zahl 20 ein und in das Feld daneben 5 500 Liter. Er tippt einen Befehl ein und in einer neuen Spalte erscheint die Zahl 110 000 Liter.

Er speichert das Dokument und fährt den Rechner sicherheitshalber herunter. Dann verlässt er sein Zimmer, das er nach wie vor abschließt, und geht nach unten. Chris muss Rolf unbedingt etwas fragen. Als er durch den Eingangsbereich des Haupthauses geht, kommt Mark Lehmann gerade aus seinem Büro.

»O, hallo Christoph«, fängt er ihn ab. »Gut, dass ich dich sehe. Ich wollte dich nur fragen, wie es so läuft. Hast du etwas gefunden, was dir liegt, was dich antreibt?«

»Tabellenkalkulation«, sagt Chris nur knapp.

»Wie?«

»Ich mache Tabellenkalkulation am PC. Auf der alten Möhre, die da in meinem Zimmer stand.«

»Ach so. Und mit dem alten Teil kann man wirklich noch arbeiten?«, fragt Lehmann erstaunt.

»Wahrscheinlich ginge es mit einem C64 noch besser«, sagt Chris sarkastisch.

Chris mag Lehmann nicht. Er findet ihn noch seltsamer als Pittelout. Doch vermutlich liegt das nur an der völligen Inkompetenz, die Lehmann ausstrahlt. Irgendwas wird auch er können, ermahnt Chris sich im Stillen. Sonst wäre er nicht in dieser Position.

»Einen C was?«, fragt Lehmann nun.

»Einen C64. Der Traum meiner Jugend«, antwortet Chris.

Auch in Chris Jugendzimmer stand damals dieser von vielen Computerfreaks geliebte alte Rechner. Chris überlegt kurz, ob er Lehmann sagen soll, dass seine Bemerkung scherzhaft gemeint war. Doch dann lässt er ihn einfach stehen.

Er geht schnell über den Hof. Draußen peitscht ihm ein nasskalter Wind ins Gesicht. Chris verflucht sich, dass er ohne Jacke rausgegangen ist. Als er den Stall erreicht, ist er völlig durchnässt. Er zieht die ins Stalltor eingelassene Tür auf und tritt ein. Sofort strömt ihm warme Luft entgegen.

Da jetzt alle Kühe auf dem Hof im Stall sind, riecht es strenger, doch Chris nimmt den Geruch schon nicht mehr wahr. Die Kühe strahlen eine Wärme aus, die den ganzen Stall zu erfüllen scheint. Während er immer noch leicht fröstelt, sucht Chris den Stall nach Rolf ab. Da dieser nirgends zu sehen ist, geht Chris die Reihen entlang. In der letzten Reihe findet er ihn.

Rolf zieht gerade einen Sack Futter auf einen Karren. Als er Chris sieht, streift er sich seine Handschuhe ab.

»Was willst du denn hier?«, fragt er. »Ist der Computer nicht mehr interessant genug?«

»Ich habe eine Frage an dich«, entgegnet Chris.

»Was willst du diesmal wissen? Wie viel Methan eine Kuh ausstößt?«

Rolf lacht laut auf.

Chris möchte nicht auf diesen dummen Witz eingehen. Stattdessen sagt er einfach: »Mich interessiert, wie viel Geld wir für einen Liter Milch bekommen. Und wie viel Milch wir tatsächlich verkaufen.«

»Willst wohl groß ins Milchgeschäft einsteigen, was?«, sagt Rolf.

»Ich bleibe lieber bei meinem Computer.«

»Also, lass mich mal überlegen. Die Milch wird von der Molkerei abgeholt. Die zahlen ungefähr 30 Cent für den Liter. Und wir selbst trinken vielleicht zehn, fünfzehn Liter in der Woche. Wenn Toni mal einen Kuchen backt, ist es etwas mehr. Aber die Milch kriegen wir praktisch umsonst von der Molkerei.«

»Wir kriegen sie umsonst?«, hakt Chris nach.

»Ja, weil wir ihnen unsere Milch praktisch schenken. Andere Bauern kriegen ja viel mehr.«

»Und, wieso verkaufen wir die Milch so billig?«

»Was weiß ich. Das hat der Monsieur mal so ausgehandelt«, sagt Rolf.

»Danke«, verabschiedet sich Chris.

Er geht wieder zurück über den Hof. Er muss unbedingt diese Kalkulation zu Ende rechnen. Ganz hinten in einem dunklen Teil seines Kopfes regt sich ein Keim eines Zweifels, der sich langsam den Weg in sein Bewusstsein bahnt.

2

Der Duft von Leder erfüllt den Raum. Pittelouts Büro ist Chris mittlerweile vertraut. Hier treffen sie sich immer zu den Therapiesitzungen. Pittelout lässt ihn reden. Seltsamerweise muss Chris vor ihm nie weinen. Er erinnert sich noch an seine Gespräche mit Frau Dr. Walter, und daran, wie er immer geweint hat. Bei Pittelout vergießt er keine Träne. Nach den Sitzungen liegt Chris nachts lange wach und denkt darüber nach, wieso er nicht weinen musste.

Sie sitzen in den ledernen Sesseln. Pittelout schweigt wie jedes Mal zunächst. Nach einer Weile fragt er schließlich: »Habe ich Ihnen schon erzählt, dass auch ich einmal Stimmen gehört habe?«

Chris schüttelt den Kopf.

»Es war während meines Studiums. Ich war im dritten Jahr am Priesterseminar. Es wurde uns nahegelegt, ein Jahr im Ausland zu studieren. Ich entschied mich für Spanien. Und so kam es, dass ich einige Monate im Priesterseminar in Barcelona verbrachte. Was genau ich dort erlebt habe, tut nichts zu Sache. Wichtig ist nur, dass ich eines Tages – wir legten immer am ersten Wochenende des Monats ein Schweigegelübde ab – eine Stimme hörte, die mir sagte, ich solle das Seminar verlassen.«

Chris sieht Pittelout zweifelnd an. Er denkt an die Stimme, die er in seiner leeren Wohnung gehört hat. (»Lauf nicht vor dir weg!«)

»Ich brauchte eine Weile, bis ich begriff, was mir die Stimme sagen wollte. Sie müssen wissen, dass ich mit niemandem darüber reden konnte. Ich spreche zwar fließend Französisch, aber mein Spanisch ist miserabel.«

Pittelout macht eine Pause und beginnt seine Pfeife zu stopfen.

»Eines Abends habe ich der Stimme dann die einfache Frage gestellt, was sie mit dieser Aufforderung meint. Und es wird Sie verblüffen, aber ich habe keine Antwort erhalten. Ich sehe es Ihnen an. Sie haben erwartet, dass ich Ihnen jetzt sage, die Stimme hätte mir gesagt, was ich tun soll, doch so war es nicht. Ich musste von selbst den Entschluss fassen, das Studium hinzuschmeißen und noch einmal von vorn zu beginnen.«

Chris hat das Gefühl, dass die Luft im Raum sich auf gespenstische Weise verdichtet. Nicht zum ersten Mal fragt er sich, ob Pittelout ihn manipuliert. Und nicht zum letzten Mal beantwortet er sich diese Frage selbst mit einem »Ja«. Doch ihn stört dieser Gedanke nicht. Natürlich muss Pittelout seine Patienten manipulieren. Schließlich ist er so etwas Ähnliches wie ein Psychiater. Und ist es nicht das, was Psychotherapeuten tun: Jemandem andere Gedanken einpflanzen?

»Wollen Sie sagen, ich muss selbst herausfinden, was Annette mir sagen will?«, fragt Chris und ist sich nicht sicher, ob er selbst auf diesen Gedanken gekommen ist oder ob er ihm von Pittelout eingepflanzt wurde.

3

»33 000 Euro« zeigt der Computer an. Chris hat ausgerechnet, wie viel Euro Rolf durch den Milchverkauf verdient. Er überlegt, dass er Rolf noch fragen muss, wie viele Steuern sie auf die verkaufte Milch zahlen. Jetzt klickt er eine neue Zelle an und schreibt »Ausgaben«. Chris wird nach dem Mittagessen ein weiteres Mal mit Rolf reden und ihn fragen, wie viel Geld er für Futter ausgibt.

Es klopft an der Tür. Chris schließt das Programm. Dann steht er auf und öffnet die Tür. Es ist Toni.

»Darf ich reinkommen?«, fragt sie.

»Klar«, sagt Chris.

Toni geht ans Fenster und öffnet es. Draußen ist der Regen verstummt.

»Du musst mal ein bisschen Luft ins Leben lassen. Dann funktioniert dein Kopf auch wieder besser«, sagt sie.

Chris genießt es, wenn Toni bei ihm ist. Doch gleichzeitig hat er Angst, dass er Annette auf diese Weise hintergeht. Er kann noch nicht loslassen. (»Sie ist erst seit fünf Monaten tot!«) Ein Gefühl der Scham steigt immer dann in ihm auf, wenn er sich über Tonis Gegenwart freut. Ihr geht es wohl ähnlich. Nur tauchen in ihrem Kopf immer wieder unangenehme Fragen auf. (»Wieso hast du das getan? War ich an allem schuld?«)

»Was hältst du von einem kleinen Spaziergang?«, fragt Toni.

»Gerne. Aber dann können wir das Fenster ja auch wieder schließen.«

Chris lächelt, als Toni scherzhaft eine Augenbraue hochzieht. Er zieht seine dicke Jacke und seine Wanderstiefel an. Dann brechen sie auf.

4

Chris genießt es, Tonis Hand zu halten. (Annettes Hand wurde eingeäschert.) Sie gehen zügig über die Straßen. Toni hat entschieden, dass das Mittagessen für sie beide ausfällt, und sie bei Lehmann abgemeldet. Also haben sie Brot und Käse und Wasser eingepackt.

»Wo möchtest du hin?«, fragt Toni.

»Ich habe schon einmal versucht, auf den Gipfel von einem der umliegenden Berge zu kommen. Für den Anfang dachte ich mir, ich probiere es mal mit dem Laber – was für ein seltsamer Name für einen Berg. Aber das war an meinem zweiten Tag und da war meine Hüfte noch nicht so stabil.«

Chris wundert sich immer wieder darüber, dass ihm seine linke Seite so gut wie keine Schmerzen mehr bereitet. Er macht zwar nach wie vor jeden Tag seine Gymnastikübungen, hat aber dennoch leise Zweifel daran, dass es sich um einen normalen Heilungsprozess handelt.

»Okay. Dann aber los.«

Sie gehen die Ludwig-Lang Straße entlang durch den Ort Richtung Schwimmbad.

»Was beschäftigt dich?«, fragt Toni unvermittelt.

»Was?«, fragt Chris zurück.

»Du denkst doch über irgendwas nach. Was ist es?«

»Das weiß ich selbst noch nicht so genau«, sagt er.

»Dann denk auch nicht drüber nach. Vielleicht kommt dir die Lösung ja irgendwann in den Sinn, wenn du es gar nicht erwartest.«

Chris will Toni am liebsten fragen, wie viel Geld sie für Mehl, Butter, Eier, Salz und Zucker ausgibt, doch im Grunde hat sie ja recht: Er macht sich zu viele Gedanken. Also schaltet er den »Grübelmotor«, wie Annette es immer bezeichnet hat, ab.

»Ich habe dich heute Morgen beim Backen vermisst«, sagt Toni und lächelt ihn an. »Ohne dich macht das Ganze irgendwie keinen Spaß mehr.«

»Tut mir leid, Liebling. Ich habe verschlafen. Ich saß gestern noch bis spät in die Nacht am Rechner.«

»Was musst du auch ständig rumrechnen?«, sagt sie scherzhaft.

»Ich ...«, will Chris sich rechtfertigen, doch Toni fällt ihm ins Wort. »Das sollte nur ein Scherz sein. Jeder muss das tun, was ihn zurückbringt. Ich backe und du rechnest.«

Chris lächelt und legt seinen Arm um ihre Schultern. Sie erwidert die Umarmung.

»Okay, ich höre auf zu grübeln«, sagt er. »Spätestens beim Anstieg wäre damit sowieso Schluss gewesen.«

Chris hätte Toni gerne von seinen Zweifeln erzählt, doch weil er merkt, wie glücklich sie ist, verdrängt er seine Gedanken. Nur eine Frage lässt ihn nicht los: Was machen wir, wenn du zurück ins Leben gefunden hast und den Hof vor mir verlässt?

Sie erreichen das Freibad und kurz danach die Bergbahn. Hier überqueren sie den rechts von ihnen liegenden Fluss und folgen dem Bergweg durch Wald und Almwiesen Richtung Laber.

5

Die Aussicht ist trotz der Wolken am Himmel herrlich. Chris ist wieder zweimal ausgerutscht und nun ist seine Hose ist am rechten Knie ganz dreckig – Gott sei Dank ist er auf das rechte Knie gefallen und nicht auf das linke. Nun ist er überglücklich, als er auf der Aussichtsplattform am Gipfel steht. Die letzten Meter über das steinige Geröll waren für ihn noch einmal eine große Herausforderung. Jetzt lehnt er mit dem Rücken an einer Wand auf der Aussichtsplattform und bewundert die umliegenden Berge.

»Wahnsinn«, ist das Einzige, was Toni hervorbringt. Sie steht am Rand der Aussichtsplattform und dreht sich schon zum dritten Mal im Kreis.

»Dort unten kann man den Hof sehen«, sagt sie schließlich.

Chris steht auf und geht zu ihr herüber. Tatsächlich sieht er den Hof. Und den Turm, auf dem sie zum ersten Mal gemeinsam zu Abend gegessen haben. Und etwas weiter links glaubt er die Wiese zu erkennen, auf der sie sich inmitten tausender Lupinen, die schon längst verwelkt hätten sein sollen, zum ersten Mal geliebt haben.

Chris denkt nicht eine Sekunde an Annette. Nicht einmal, als er das Gipfelkreuz betrachtet. In seinem Kopf sind jetzt nur noch Toni und der Gipfel und die Aussicht auf die grandiose Landschaft. Die Zweifel, die ihn noch am Morgen beschäftigt haben, sind vergessen.

Fühlt es sich so an, am Ziel angelangt zu sein, fragt eine leise Stimme in ihm.

Toni dreht sich wieder im Kreis. Dann bleibt sie stehen. Chris geht auf sie zu, legt seine Arme um sie und küsst sie. Ihr Körper ist trotz des Windes ganz warm. Keine Tränen mehr, keine Erinnerungen mehr, nur Toni. Ihr Haar, ihre Haut, ihr Duft, ihr Atem.

6

Chris klopft an Harrys Zimmertür und tritt ein. Harry schließt nie ab. Auch nicht, wenn er weggeht. Jetzt sitzt er auf seinem Bett und liest ein Buch.

»Hallo Jungchen«, sagt Harry.

Chris weiß nicht recht, wieso Harry ihn so nennt, doch er akzeptiert es.

»Hallo Harry. Ich wollte dich um Rat fragen. Ich brauche neuen Lesestoff und kann mich nicht recht entscheiden.«

»Und jetzt soll ich dir ein Buch empfehlen?«, fragt Harry und legt sein Buch zur Seite. »Mord im Orientexpress« steht auf dem Schutzumschlag.

»So ist es«, sagt Chris.

Sein Blick heftet sich auf Harrys Buch. Irgendetwas unterscheidet es von den Büchern, die Harry bisher gelesen hat. Chris fällt nicht auf, was.

»Dann wollen wir mal sehen. Darf es wieder ein Krimi sein – oder vielleicht eher etwas Fantastisches?«

»Ich denke, ich bleibe bei Krimis. Welche kannst du mir empfehlen?«

»Nun, mir haben immer die Geschichten über den eleganten Detektiv Francis Rickenbacker gefallen. Aber diese Bücher kann man heutzutage nicht mehr kaufen. Sind alle vergriffen. Und leider haben wir davon nichts in der Bibliothek.«

Chris wird schlagartig klar, was an Harrys Buch so anders ist: Es hat keinen Aufkleber der Bibliothek. Alle Bücher, die in dem kleinen Lesesaal stehen, haben auf dem Buchrücken einen kleinen unscheinbaren Aufkleber. Einige sind schwarz, andere blau und wieder andere rot. Harry hat Chris erklärt, dass die Farbe einem verrät, um welche Sorte Buch es sich handelt. Als würde das nicht der Inhalt selbst tun. Offensichtlich handelt es sich bei »Mord im Orientexpress« nicht um die Ausgabe, die Chris in der Bibliothek gesehen hat.

»Ich würde dir fürs Erste einen Horowitz empfehlen. Vielleicht ›Die Morde von Pye Hall‹. Damit kann man nichts falsch machen. Und wie es der Zufall will, haben wir es auch da. Lehmann hat es extra für mich bestellt.«

»Danke für den Tipp«, sagt Chris. Dann deutet er auf die Schreibmaschine. »Was macht die Schreiberei? Wie kommst du mit deinem Krimi voran?«

»Ich bin immer noch auf der Suche nach der Leiche«,

sagt Harry und deutet auf einen Stapel zerknüllten Papiers.

»Die Seiten eins bis acht werden uns heute Abend auf jeden Fall gut einheizen.«

»Ich wünsche dir weiterhin viel Erfolg«, sagt Chris und verabschiedet sich.

Er geht in die Bibliothek und sucht dort den empfohlenen Krimi. Vergebens.

7

33 000 Euro sind zu wenig, wenn man bedenkt, dass die Kühe – zumindest im Winter – gefüttert werden müssen. Im Sommer fressen sie das Gras auf der Wiese und davon gibt es schließlich genug. Doch im Winter brauchen sie Heu. Viel Heu. Chris hat mit seinem Smartphone im Internet recherchiert, dass eine Kuh circa 20 Kilogramm Futter am Tag verspeist. Wasser nicht mitgerechnet. Bei 20 Kühen sind dass 400 Kilogramm Futter. Am Tag. Er notiert sich, dass er Rolf fragen muss, ob zu dem Hof eine Heuwiese gehört.

Chris speichert seine Kalkulation ab. Er muss dringend mit jemandem über seine Berechnungen reden. Aber Toni will er damit nicht belasten. Sie ist so glücklich. Und irgendwie überträgt sich ihr Glück auch auf ihn. Er hat es früher nicht ertragen können, wenn seine Mitmenschen immer nur glücklich und freundlich waren. (Bis Annette schwanger war!) Jetzt merkt er, wie er selbst glücklich wird.

Chris überlegt, noch einmal mit Rolf zu sprechen. Der

muss doch bemerken, dass dieser Hof eine Misswirtschaft ist. Niemand kann so blind sein.

Chris geht nach draußen – diesmal hat er sich seine Jacke angezogen – und läuft hinüber zum Stall. Rolf sitzt vor der Tür und raucht.

»Ah, unser Rechenkünstler ist wieder da«, sagt er und schnippt die Zigarette weg. »Hast du noch weitere Fragen zu meinen Kühen?«

Chris fühlt, dass es besser ist, eine andere Strategie anzuwenden.

»Nein, mir war lediglich langweilig. Und da dachte ich mir, ich leiste dir mal Gesellschaft.«

Er hofft, dass Rolf ihm diese plumpe Lüge abkauft.

»Wie du willst«, sagt dieser nur.

Er steht auf und sie gehen nach drinnen in den warmen Stall.

»Darf ich dich einmal etwas Persönliches fragen?«, beginnt Chris.

»Wenn es nichts mit meiner Vergangenheit zu tun hat, gerne.«

»Du machst auf mich einen sehr stabilen Eindruck. So, als hättest du gar keine Therapie nötig.«

»Vorsicht Freundchen. Wir reden nicht darüber, wo wir herkommen«, sagt Rolf leise.

»Schon klar. Ich frage mich nur, was jemanden wie dich noch hier hält. Du scheinst geheilt.«

»Mir geht es jetzt gut. Da hast du Recht. Aber um zu erklären, warum ich noch hier bin, müsste ich dir verraten, wieso ich hierhergekommen bin. Und das verstößt gegen die Regeln.«

»Gut, dann frage ich anders«, versucht Chris es erneut. »Gökhan hat mir von Ole erzählt. Er war der Letzte, der diesen Hof geheilt verlassen hat. Wie war er? Wie hat er sich verändert?«

»Ole ist ein gutes Beispiel dafür, wieso ich noch nicht hier wegwill«, sagt Rolf. »Er hat es dreimal versucht. Die ersten beiden Male ist er kläglich gescheitert. Kam nach einer Woche oder so wieder zurück und hat kein Wort gesprochen. Mit niemandem, nicht mal mit dem Monsieur. Dann hat es wieder eine Weile gedauert. Er hat wieder von vorn begonnen. Ging wieder weg, kam wieder. Und dann wieder Schweigen. Erst im dritten Anlauf hat's geklappt.«

»Er ist dann nicht mehr wiedergekommen?«, fragt Chris.

Rolf schüttelt nur den Kopf.

»Hat er sich denn noch einmal gemeldet?«

»Nein. Was ich aber auch verstehen kann. Wenn man es einmal hier weggeschafft hat, will man doch sein neues Leben leben.«

Chris denkt einen Moment darüber nach. Dann sagt er: »Vermutlich.«

»Jetzt will ich dir mal eine Frage stellen«, sagt Rolf.

»Ja?«

»Du siehst mittlerweile auch viel gesünder aus als noch vor einem Monat. Wieso gehst du nicht wieder in dein altes Leben zurück?«

Weil ich dort wieder auf meine Frau treffen würde, denkt Chris, sagt es aber nicht.

»Ich denke nicht, dass ich schon soweit bin«, antwortet er stattdessen. Über die Kämpfe, die er in seinem Kopf (Herz) austrägt, sagt er ebenfalls nichts.

(»Ich will Annette nicht durch Toni ersetzen. Aber ich liebe Toni! Ich liebe Annette! Toni!«)

Als ob er Chris' Gedanken lesen könnte, meint nun Rolf: »Und genauso ist es wohl bei allen. Wir sind noch nicht geheilt. Auch, wenn wir nach außen den Anschein erwecken.«

8

Sie sitzen am Abend im Speisesaal. Im Kamin brennt ein Feuer. Harry hat tatsächlich ein paar beschriebene Seiten hineingeworfen. Alessia zupft auf einer Gitarre, während Gökhan, Rolf und Simone Karten spielen. Toni hat sich schon schlafen gelegt. Also hängt Chris allein seinen Gedanken nach. Pittelout hat ihn vor dem Abendessen zu sich ins Büro gerufen und ihn noch einmal gefragt, ob er schon etwas gefunden hat, was ihm hilft, wieder zu sich selbst zu finden. Jetzt grübelt Chris über einen Satz, den Pittelout gesagt hat: »Sie haben eine zweite Chance bekommen. Werden Sie sie nutzen?«

In Chris steigt wieder die Scham auf. Er fühlt sich schuldig, weil er lebt und Annette und das Baby nicht.

Harry, der stumm vor einem Glas Bier sitzt und die Wand anstarrt, reißt ihn mit einer Frage aus seinen Gedanken: »Darf ich deine Telefonnummer weitergeben?«

»Was?«, fragt Chris nur.

»Ich wollte wissen, ob ich deine Nummer weitergeben darf.«

»Kommt drauf an, an wen«, antwortet Chris.

»An einen Bibliothekar. Er soll mich anrufen, wenn er etwas für mich herausgefunden hat.«

»Und wieso nimmt er dazu nicht einfach deine Nummer?«, fragt Chris.

»Weil mein Akku so schwach ist, dass ich mein Handy die meiste Zeit ausgeschaltet lasse«, sagt Harry.

Chris spürt sofort, dass Harry ihn anlügt. Er versucht, sich nichts anmerken zu lassen.

»Es wäre sehr wichtig für mich, wenn du diesen Anruf annehmen könntest.«

»In Ordnung. Gib ihm meine Nummer« lenkt Chris ein.

»Danke«, sagt Harry.

»Wie heißt er denn?«, fragt Chris.

»Thomas Schäfer. Er soll etwas für mich überprüfen. Er wird dich in ein oder zwei Wochen anrufen.«

»Okay.«

»Sagst du mir dann Bescheid, wenn er angerufen hat?«, fragt Harry.

»Ja.«

»Danke Christoph. Danke.«

9

Chris geht nach oben. Vor Tonis Zimmer bleibt er stehen. Heute Nacht hat er keine Lust allein zu sein. Vorsichtig drückt er die Türklinke herunter. Im Zimmer ist es dunkel. Nur ein schmaler Lichtstrahl fällt durch einen Spalt am Fenster herein, und teilt das Zimmer in zwei Hälften.

Toni liegt mit geschlossenen Augen im Bett. Ihr Atem

geht gleichmäßig. Chris geht zur ihr hin und hebt die Decke an. Toni öffnet die Augen. Verschlafen sieht sie ihn an.

»Was willst du denn hier?«, fragt sie leise.

»Ich wollte nicht allein sein«, antwortet er.

Toni stützt sich mit dem Ellenbogen auf der Matratze
ab. Eine Strähne fällt ihr ins Gesicht. Chris schiebt sie
vorsichtig zur Seite.

»Außerdem verschlafe ich so morgen ganz bestimmt
nicht. Dann kann ich dir beim Backen helfen.«

»Ich nehme dich beim Wort«, sagt sie und rückt im
schmalen Bett ein wenig zur Seite.

Chris legt sich neben sie und schließt sie in die Arme.

»Ich habe eben mit Harry gesprochen«, sagt er.

Tonis Atem ist wieder ruhig und gleichmäßig.

»Hm«, sagt sie nur.

»Er hat mich gebeten, für ihn einen Anruf entgegen-
zunehmen. Irgendwie glaube ich, dass er vor irgendwas
panische Angst hat.«

»Vor was ... sollte er sich denn ... fürchten?«, fragt Toni
leise.

Sie befindet sich jetzt am Rand des Wachzustandes.
Teile von ihr ruhen schon in der Dunkelheit, Teile von
ihr träumen von ihrem Sohn, Teile von ihr schmiegen sich
an Chris' Körper.

»Ich glaube, es hat was mit Pittelout oder Lehmann zu
tun.«

»Was hat er denn gesagt?«, fragt Toni wie im Schlaf.

Redet sie im Schlaf, schießt es Chris durch den Kopf.

»Eigentlich nichts. Er hat nur ...«, antwortet Chris.

»Dann ist auch nichts«, sagt Toni. Sie will jetzt nicht

reden. Sie will nur noch schlafen. Neben (ihrem Mann) Chris, der sie im Arm hält.

10

Toni weckt Chris zuerst ein wenig mit einem Kuss, dann richtig, als sie über ihn drübersteigt und zum Fenster geht, um es zu öffnen. Die Sonne ist noch nicht aufgegangen, doch die Kälte, die ins Zimmer dringt, reicht aus, um Chris endgültig aufzuwecken.

»Wie spät ist es?«, fragt er verschlafen.

»Es ist Zeit.«

Sie hat sich bereits angezogen. Also geht er zum Stuhl, nimmt seine Klamotten von der Lehne und schlüpft hinein.

»Ich mache noch meine Übungen«, sagt er immer noch ganz verschlafen.

»Ich mache mit«, antwortet Toni.

Sie machen eine Viertelstunde lang verschiedene Gymnastikübungen und Chris bemerkt einmal mehr, wie wenig seine linke Seite noch schmerzt.

Als sie die letzte Dehnübung beendet haben, sagt Toni: »Auf geht's in die Küche.«

Sie geht zur Tür raus und Chris folgt ihr. Toni schließt die Tür mit ihrem Schlüssel ab und die beiden gehen nach unten. In der Küche ist es warm, da die Heizung über Nacht gelaufen ist. HEIZKOSTEN notiert Chris im Geiste.

Toni holt die Zutaten aus dem Schrank und stellt sie auf den Tisch in der Mitte des Raumes. Chris holt die große

Schüssel vom Regal herunter und reicht sie Toni, die sie mit Mehl füllt.

»Was wolltest du mir gestern eigentlich sagen?«, fragt sie.

»Was?«

»Na, du wolltest mir irgendwas über Harry erzählen. Ich war nicht mehr wirklich wach.«

Chris, der jetzt noch nicht wirklich wach ist, muss einen Moment nachdenken.

»Ich wollte dir erzählen, dass ich das Gefühl habe, dass Harry irgendwie nervös ist. Er macht auf mich den Eindruck, als habe er vor irgendwas Angst«, sagt er.

»Woran hast du das bemerkt?«, fragt Toni, während sie die übrigen Zutaten in die Schüssel gibt.

»Nun, zunächst an seinem Gesichtsausdruck«, antwortet Chris.

Er erinnert sich daran, wie Harry war, als sie sich kennengelernt haben. Er war schon immer recht mürrisch, klar, aber dieser panische Gesichtsausdruck von gestern Abend löst bei Chris ein ungutes Gefühl aus.

»Kannst du schon mal den Ofen einschalten?«, fragt Toni.

Chris geht zum Ofen und stellt ihn auf die höchste Temperatur.

»Und dann diese seltsame Bitte und die Lüge.«

»Welche Lüge?«, fragt Toni.

»Eigentlich ist es nichts. Harry hat mich gebeten, einen Anruf für ihn anzunehmen. Als ich ihn gefragt habe, wieso er nicht sein eigenes Telefon benutzen kann, hat er mir erzählt, sein Akku sei zu schwach.«

»Und wieso sollte das nicht stimmen?«, fragt Toni.

Sie will es nicht sehen, schießt es Chris durch den Kopf.

»Er könnte doch auch einfach die Nummer von Pittelouts Büro angeben«, erläutert er ihr. »Dann würde Lehmann ihn holen, sobald der Anrufer sich meldet. Oder er würde ihm später die Nachricht überbringen. Oder ... Es gibt so viele Möglichkeiten. Aber Harry will, dass der Mann *mich* anruft.«

»Es könnte doch sein, dass Harry nicht möchte, dass der Anrufer um seinen seelischen Zustand weiß. Und da hatte er einfach Angst, dass Lehmann sich mit ›Sanatorium Lauberhof‹ meldet. Kann doch sein.«

»Es kann sein. Es kann aber auch anders sein. Du hast doch selbst gesagt, dass Pittelout in deine Seele hineinschauen kann«, sagt Chris. »Was ist, wenn Pittelout in Harrys Seele etwas gesehen oder geweckt hat, was Harry Angst macht? Was ist, wenn Harry sich vor Pittelout fürchtet?«

Toni will am liebsten laut aufschreien, (dass sie sich auch vor Pittelout fürchtet und) dass sie diese Gedanken verdrängt, weil sie fürchtet, dass sie so wieder zu ihrem Mann gedrängt wird (»Wieso hast du das getan?«), aber stattdessen zuckt sie nur mit den Schultern und greift zum Mixer.

Als sie das Gerät wieder ausgeschaltet hat, deckt sie die Schüssel mit einem Tuch ab.

»Komm, machen wir uns einen Kaffee«, schlägt sie vor.

»Schon geschehen«, sagt Chris und führt sie nach draußen auf den Hof in die Kälte.

Draußen stehen zwei Tassen und eine Kanne, gefüllt mit dampfendem Kaffee.

Draußen gibt es keine Fragen zu Harry. Nur das Hier und Jetzt. Draußen ist Toni glücklich.

II

Als Chris nach dem Frühstück auf sein Zimmer geht, starrt er auf das Gerät auf seinem Schreibtisch. Neben dem alten Windows-PC steht ein grauer, unscheinbarer Kasten. Es ist ein C64 – ein »Brotkasten«, wie sie ihn früher genannt haben. Chris ist verwundert. Zum einen darüber, dass es Lehmann tatsächlich gelungen ist, ein solches Gerät aufzutreiben, zum anderen darüber, dass der Heimcomputer in seinem Zimmer steht, obwohl er es abgeschlossen hatte.

Chris macht auf dem Absatz kehrt und geht nach unten. Er klopft an Pittelouts Bürotür. Von drinnen hört er Lehmann rufen: »Herein!«

Chris öffnet die Tür und tritt ein.

»Ah, Herr Tränker. Haben Sie Ihr neues Spielzeug schon gesehen?« Lehmann räuspert sich. »Verzeihung, ich wollte natürlich sagen: Ihr neues Arbeitsgerät.«

»Das ist mir in der Tat aufgefallen. Doch ich bin ein wenig verwundert, wie es in mein abgeschlossenes Zimmer gelangen konnte.«

»O, das. Nun, Sie müssen verstehen, dass ich als Hausverwalter die Schlüssel zu jedem Zimmer habe. Ich brauche sie, falls ich einmal Reparaturen vornehmen muss.«

Die Ausrede stellt Chris nicht zufrieden.

»Wenn Sie etwas in meinem Zimmer zu reparieren haben, können Sie das ja wohl auch in meinem Beisein tun«, sagt er barsch.

»Das ist richtig. Doch manchmal gibt es Umstände, die dazu führen, dass ich nicht auf Sie warten kann. Wenn Sie zum Beispiel, sagen wir, beim Arzt sind, während in Ihrem Zimmer die Heizung kaputtgeht, oder Sie Ihren Schlüssel verlieren. Dann wären Sie doch froh darüber, dass ich einen Zweitschlüssel besitze.«

Chris stellt fest, dass Lehmann sichtlich erleichtert darüber aussieht, dass ihm diese billige Ausrede eingefallen ist.

»Ich kann nur hoffen, dass Sie ansonsten keinen Gebrauch von Ihrem Zweitschlüssel machen«, sagt er kühl.

»Das versteht sich von selbst«, stimmt Lehmann zu.

Chris verabschiedet sich und geht nach oben. Er fährt den Windows-Computer hoch, nur um ein Passwort einzurichten. Dann startet er den C64.

12

Mark Lehmann verflucht sich für seinen Fehler. Er hätte diesen ollen Spielecomputer einfach vor die Tür stellen sollen. Jetzt ist Tränker gewarnt und es wird nicht lange dauern, bis er es an Antonia Gerber weitersagt.

Pittelout wäre das nicht passiert!

Lehmann schwört sich, ab jetzt keine Fehler mehr zu machen.

13

Chris klopft an Harrys Zimmertür. Er bekommt keine Antwort. Vorsichtig probiert er, ob die Tür offen ist, und tritt ein. Du bist nicht besser als Lehmann, denkt er insgeheim. Er will sich eine weitere Buchempfehlung abholen und nachsehen, ob Harry vielleicht einfach nur schläft. Doch das Bett ist leer.

Chris will sich schon wieder umdrehen, als sein Blick auf »Der Mord im Orientexpress« fällt. Er geht zum Nachttisch und nimmt das Buch in die Hand. Vorne auf der ersten Seite steht »Dieses Buch gehört Harald Wagner«. Er hat es also von zuhause mitgebracht. Als Chris das Buch wieder zuschlägt, fällt ein Zettel heraus. Er diente wohl als Lesezeichen. Chris bückt sich nach dem Zettel und hebt ihn auf. Bevor er ihn ins Buch zurücklegt – er weiß nicht, wo genau er gesteckt hat –, liest er, was auf dem Zettel steht. Jemand – vielleicht eine alte Frau – hat mit zittriger Handschrift »Rickenbacker: Zweifel« darauf notiert. Irgendetwas regt sich bei diesem Namen in Chris' Kopf. Er kommt nur nicht drauf. Chris kann sich nicht vorstellen, dass Harry eine solche Handschrift hat. Obwohl er nicht mehr der Jüngste ist, sieht diese Schrift nicht aus wie die eines Mannes, sondern eher wie die einer Frau, die vor sehr langer Zeit Schreiben gelernt hat.

Chris schiebt den Zettel ins Buch zurück. Er wird Harry später danach fragen. Chris verlässt das Zimmer und geht zurück in seines. Dort startet er den C64 und kramt in seinem Gedächtnis nach den Programmbefehlen, die er zuletzt als Jugendlicher eingegeben hat.

14

Nach dem Abendessen geht Chris auf Harry zu.

»Du hast mir doch letztens ein Buch empfohlen. Irgendwelche Morde von irgendwoher«, sagt Chris.

»Du meinst ›Morde von Pye Hall‹.«

»Genau. Ich habe in der Bibliothek gesucht, es aber nicht gefunden.«

»Dann hat es sich wohl einer der anderen ausgeliehen. Aber das macht nichts. Du kannst meine Ausgabe haben. Ich habe das Buch auf meinem Zimmer. Wenn du willst, kannst du es dir holen. Es steht dort im Regal.«

»Wenn es dir nichts ausmacht, wenn ich in dein Zimmer gehe«, sagt Chris.

»Wenn es mir was ausmachen würde, würde ich nicht immer die Tür offenlassen«, erwidert Harry.

Chris bedankt sich und geht nach oben. Er findet das Buch und geht damit auf sein Zimmer.

Er legt sich ins Bett und schlägt das Buch auf. Auf der ersten Seite steht ebenfalls »Dieses Buch gehört Harald Wagner«. Es ist eindeutig eine Männerschrift. Chris blättert auf die nächste Seite. Er beginnt zu lesen. Nach den ersten vier Seiten sieht er kurz auf die Uhr. Er hat jetzt fast eine Viertelstunde gelesen. Das Buch ist echt gut, denkt er und blättert um. Dann hält er den Atem an.

Oben auf den Seitenrand hat jemand mit einer zittrigen Handschrift »Es hat Züge von einem Rickenbacker Krimi« geschrieben. Chris versucht sich zu erinnern. Er ist sich ziemlich sicher, dass es die gleiche Schrift ist wie auf dem Lesezeichen. Und jetzt fällt ihm auch wieder ein, woher er den Namen Rickenbacker kennt. Harry hatte von einem Detektiv erzählt, der so hieß. Sollten dies doch Notizen seines Freundes sein? Chris blättert zur ersten Seite und wieder zurück zu der Stelle mit der Notiz. Die Schrift bei »Dieses Buch gehört ...« ist definitiv eine andere als bei der Rickenbackernotiz.

Chris blättert das Buch durch. Er findet noch mehr Notizen. Alle sind in der zittrigen Handschrift einer alten Frau geschrieben. »Vielleicht hat Harry das Buch gebraucht gekauft«, denkt er. »Aber warum sollte er ein Lesezeichen, das er in einem gebrauchten Buch gefunden hat, behalten?«

Chris sieht keine andere Möglichkeit, als dass Harry das Buch von seiner Großmutter geerbt hat. Er blättert wieder nach vorne, um zu überprüfen, wann der Roman erschienen ist: 2018. Dieses Buch hat Harrys Oma definitiv nie in den Händen gehalten. Woher stammen also die Notizen?

Chris beschließt, dass er sich darüber am nächsten Tag noch genug Gedanken machen kann. Und außerdem kann er dann einfach Harry fragen.

Er löscht das Licht der Nachttischlampe und legt sich hin. Als er die Augen schließt, sieht er Tonis Gesicht, wie sie ihm zulächelt. Chris wünscht sich, Toni würde jetzt von ihm träumen. Er hofft es.

Harry, der weiß, wie es sich anfühlt, zu fallen (zu sterben!), sitzt seit dem Frühstück in seinem Zimmer und zerbricht sich den Kopf darüber, wie er sein Mordopfer sterben lassen kann. Alle Optionen, die er durchgeht, empfindet er als überholt, zu abgedroschen oder langweilig. Gift im Tee? Agatha Christie hat halb England auf diese Weise umgebracht. Die Leiche hinter der verschlossenen Tür? Jede zweite Holmes Geschichte dreht sich um dieses Mysterium. Der unscheinbare Mörder? Ein Jedermann als Killer? Harry könnte hunderte Autoren nennen, die sich diese Wendung zu eigen gemacht haben.

Was er braucht, ist ein Detektiv, den keiner kennt, ein Mordopfer, das auf eine völlig neue Art und Weise ums Leben kommt, und ein Szenario, das noch nicht tausendmal verwendet wurde. Nur wie um alles in der Welt soll er das finden?

Harry nimmt den Stift zur Hand – ein besonders feiner Stift, der es ihm erlaubt, ganz eng zu schreiben – und fängt an:

Die meisten Menschen, die mich nach meinem spektakulärsten Fall fragen, denken, ich erzähle ihnen vom verschwundenen Leichnam der Baronin oder von dem seltsamen Fall des Schulbusfahrers, doch je länger ich über meine zahlreichen Fälle nachdenke, desto öfter kreisen meine Gedanken um das Verschwinden der Bibliothekarin.

Bevor ich von diesem Fall berichte, muss ich Sie vorwarnen. Ich – Nathaniel Roothbreaker – bin ein Detektiv wie aus dem Lehrbuch. Ich sage Ihnen dies, da ich vermeiden will, dass Sie sich langweilen. Ich habe keine ausgefallenen Hobbies, deretwegen man mich als interessanten Charakter bezeichnen könnte, auch verfüge ich noch über all meine Gliedmaßen. Ich bin – könnte man sagen – ein Abziehbild von einem Ermittler.

Harry nimmt das Papier, zerknüllt es und wirft es in Richtung des Mülleimers. Daneben.

Es klopft an der Tür.

»Herein!«

Es ist Christoph, das Jungchen.

»Hallo Jungchen«, sagt Harry. »Tust du mir einen Gefallen und hebst das Papierknäuel auf und wirfst es in den Mülleimer?«

Chris bückt sich nach dem zerknüllten Blatt, hebt es auf und streicht es glatt.

»Du schreibst deinen Roman mit der Hand?«, fragt Chris.

»Mehr oder weniger«, antwortet Harry. »Ich würde ihn mit der Hand schreiben, wenn ich eine erhellende Idee hätte. Aber aus meinem Kopf kommt zurzeit nur Unsinn.«

»Ich wollte dich fragen, wer diese Notizen in dein Buch geschrieben hat«, sagt Chris und hält Harry den Krimi von gestern Abend aufgeschlagen vor die Nase. »Ich dachte zuerst, sie wären von dir, weil du ja auch von diesem Rickenbacker gesprochen hast. Doch dann fiel mir auf, dass sie wohl eher von einer alten Frau stammen müssen.«

»Sind sie auch«, sagt Harry. »Von meiner Mutter. Ist aber letztes Jahr gestorben.«

Chris bemerkt, wie Harry unwillkürlich zusammenzuckt. Ach, klar, die eiserne Regel, Harrys Mutter muss wohl etwas mit dem Grund seines Aufenthaltes auf dem Hof zu tun haben, denkt er.

»O, dann …«, Chris zögert einen Moment. »Dann will ich dich mal nicht bei der Arbeit stören.«

16

Draußen regnet es und deshalb sitzen alle im Speisesaal. Niemand hört Pittelouts Taxi, das vor dem Hof hält. Pittelout steigt aus und der Taxifahrer hilft ihm mit dem Koffer. Nachdem er dem Fahrer sein Geld gegeben hat, geht Pittelout ins Haus. In seinem Büro ist es im Gegensatz zu draußen wohlig warm. Er stellt den Koffer in die Ecke und hängt seinen nassen Mantel auf. Dann geht er hinüber zu seinem Aktenschrank und schließt ihn auf. Er nimmt zwei Akten heraus: Alessia Möller und Rolf Theis. Pittelout schlägt die Akten auf und überfliegt sie. Auf einen Notizzettel schreibt er die Wörter »Wer« und »Wie« und umkreist sie.

Alessia ist unauffällig und intelligent. Rolf ist eine Wucht. Und Rolf stellt keine Fragen. Er macht einfach. Ähnlich wie Ole. Aber Rolf ist nicht so gerissen wie Ole. Er kann vielleicht gut wegsehen, aber er ist nicht gut darin, andere hinters Licht zu führen. Und beide sind zu selbstsicher, sie sind nicht verloren genug. Pittelout muss sie erst noch weiter formen, bevor sie …

Er streicht die beiden Namen in seinem Kopf durch. »Wer?«

Pittelout öffnet den Aktenschrank erneut. Er legt die

beiden Dossiers wieder zurück. Dann zieht er blind ein neues heraus. Früher musste er nie so verfahren. Früher wusste er immer, was zu tun war, wer der richtige Mann für einen Job war und wie dieser Job zu erledigen wäre. Doch irgendwie hat er in den letzten Jahren seine Magie verloren. Also muss er zu solchen Maßnahmen greifen. Pittelout dreht die Akte um.

»Harry, du alter Bestsellerautor«, denkt er erfreut. »Mal sehen, wie du meine Methoden findest, einen Mord zu begehen.«

17

Am Abend sitzen sie alle – auch Toni – nach dem Essen im Speisesaal. Sie haben mit den Stühlen einen Kreis gebildet. Auf Anordnung von Pittelout. Lehmann ist nicht dabei. Er hat sich seit Pittelouts Ankunft sehr zurückgehalten.

»Liebe Bewohner des Lauberhofs«, beginnt Pittelout, »ich möchte heute einmal etwas Neues ausprobieren. Ich bin mir dessen bewusst, dass Sie untereinander viel kommunizieren. Doch ich denke auch, dass nicht jeder weiß, was der jeweils andere hier auf dem Hof tut. Daher wollte ich anregen, dass Sie sich einmal ein wenig austauschen. Wer möchte, darf gerne erzählen, womit er den Weg zurück ins Leben findet. Vielleicht hilft das auch den anderen.«

Wie in der Grundschule, denkt Toni. (Wie in einem früheren Leben.)

Die Gruppe wirkt unentschlossen. Natürlich hat jeder seine Gespräche mit Pittelout geführt, doch vor allen anderen zu sprechen ...

»Ich würde gerne den Anfang machen«, sagt Harry.

So kennt man ihn gar nicht, denkt Chris.

Harry strahlt förmlich übers ganze Gesicht. Es ist, als sei seit dem Morgen etwas mit ihm passiert. Eine unheimliche Verwandlung. Irgendwie wirkt er positiver. Weniger mürrisch.

»Bitte«, sagt Pittelout.

Die Gruppe schweigt.

»Ihr wisst sicherlich alle, dass ich an einem Roman arbeite. Doch bisher war ich wie blockiert. Aber als heute Morgen Christoph bei mir war, ist endlich der Knoten geplatzt. Ich ...« Harry macht eine kurze Pause, als überlege er, ob er fortfahren soll oder nicht. Dann sagt er: »Ich habe gemerkt, dass ich mit etwas aus meiner Vergangenheit noch nicht abgeschlossen habe und dass ich erst dann ein Buch schreiben kann, wenn ich alles hinter mir lasse.«

Jetzt strahlt Harry wieder und der kurze Zweifel, der eben noch in seinem Blick aufgeflackert ist, ist wie weggeblasen.

»Ich möchte euch gerne etwas aus meinem Buch vorlesen.«

Harry zieht ein Blatt Papier aus der Gesäßtasche seiner Jeans und faltet es auseinander.

Frank Maurers erstes Leben war geprägt von schönem Schein. Und obgleich der schöne Schein auf eine gut gemauerte Fassade zurückzuführen war, begann diese doch immer mehr zu zerfallen, bekam Risse oder die Farbe blätterte ab. Maurer

war Filialleiter bei einer Bank, hatte mehr als vier Dutzend
Angestellte, eine Tochter und eine bezaubernde Frau.

Sarah war elf Jahre jünger als Frank und daher immer noch
hübsch anzusehen. Diesem Umstand waren einige der Risse in
der Fassade zu verdanken. Maurer hatte schon länger den Ver-
dacht, dass seine Frau es ihm gleichtat und die Sache mit dem
Treuegelübde nicht immer ernst nahm. Was er jedoch nicht
ahnen konnte, war die Qualität ihres Betrugs. Die sollte erst
nach dem Ende von Maurers erstem Leben offenbar werden.

Er selbst betrog seine Ehefrau nun schon mit der zweiten
Frau in Folge. Marie hatte er während einer Fortbildung ken-
nengelernt. Seitdem sie sich an diesem Wochenende näherge-
kommen waren, trat Frank in regelmäßigen Abständen längere
Dienstreisen an. Seine Frau nutzte ihrerseits ihre Klientenbesu-
che, die sie als Anwältin öfter in andere Städte führten.

Sophie, die fünfjährige Tochter bekam von alledem nichts mit.
Das jedenfalls glaubten Frank und Sarah. Ein intensiveres Ge-
spräch mit Sophies Erzieherin hätte jedoch offengelegt, dass
sie weit mehr wusste, als sich die beiden eingestehen mochten.

Maurers erstes Leben war gefüllt mit Meetings, Geschäftses-
sen mit wichtigen Kunden, der Betreuung seiner Tochter – was
sich im Allgemeinen darauf beschränkte, Sophie zu ihren Turn-
stunden zu fahren und wieder abzuholen – und dem Arran-
gement mit seiner Frau. Oskar Dräger, einer seiner Kollegen,
hatte einmal angemerkt, Frank Maurer führe das erstrebens-
werteste Leben, das man sich denken könne.

Eines Tages – Sophie hatte bei einer Freundin übernachtet
und weder Frank noch seine Frau hatten abends einen wich-
tigen Termin – sollte dieses erste Leben enden. Frank hatte für
20 Uhr einen Tisch in ihrem gemeinsamen Lieblingsrestau-

rant reserviert. Da keine Geschäftsreise anstand – mit anderen Worten: Marie verhindert war –, musste Frank sich an diesem Abend mit seiner Frau begnügen. Obwohl sie bildhübsch war, hatte er schon vor langer Zeit jegliche Lust an ihr verloren.

Sarah war gerade im Badezimmer, um sich frisch zu machen, als das Telefon klingelte und Frank Maurers erstes Leben endete.

Chris sieht Harry mit versteinerter Miene ins Gesicht. Er hat über mein Leben geschrieben, denkt er. Mein erstes Leben endete mit (Annettes Schwangerschaft) Annettes Tod. Sein Herz rast unkontrolliert. Er versucht, sich auf einen Punkt zu konzentrieren. Seine Finger tasten nach Tonis Hand. Doch da ist nichts. Chris ist ganz allein in einem leeren Raum.

»Nur wir beide. Wahrscheinlich das letzte Mal nur wir beide«, hallt es in seinem Kopf.

Chris sieht sich und Toni draußen auf dem Feld. Und dann sieht er Annette, die mit einem Mann am Rand der Wiese steht und mit ansieht, (wie er sie betrügt) wie sie sich lieben.

Plötzlich applaudieren die anderen und Chris ist wieder da. Er kann Tonis Finger zwischen seinen spüren. Sein Herzschlag beruhigt sich.

18

Rolf will nichts erzählen. Allessia und Simone ebenso. Gökhan lässt sich nur widerwillig etwas über seine Fortschritte am alten VW aus der Nase ziehen.

»Ich denke, spätestens im Frühling habe ich ihn soweit, dass er fahren kann. Und dann mache ich mich auf und davon«, sagt er lachend.

Pittelouts Miene verfinstert sich bei diesem Witz. Doch er hat sich so gut unter Kontrolle, dass er schon den Bruchteil einer Sekunde später den Mund zu einem Lächeln öffnet.

»Was ist mit Ihnen, Antonia? Möchten Sie uns etwas erzählen?«, fragt er.

Toni überlegt einen Moment. Schließlich sagt sie: »Ich denke, ihr wisst alle, was ich mache. Schließlich esst ihr jeden Tag mein Brot. Und ich denke, ihr wisst alle Bescheid über Chris und mich. Ich denke, ich bin auf dem richtigen Weg.«

Pittelout hat eine Vision. Sie durchzuckt ihn wie ein Blitz. Er sieht einen Revolver, der alles zunichtemacht: Das Leben auf dem Hof, seine Pläne, die zwei Welten.

Doch er nickt andächtig.

»Ich finde es gut, dass ihr zwei euch gefunden habt. Ihr könnt euch gegenseitig helfen, ins Leben zurückzukommen.«

Toni drückt Chris' Hand feste. Chris nimmt es freudig wahr. Er ist immer noch da.

19

Mitten in der Nacht klopft es an Chris' Zimmertür. Er erleuchtet den Raum mit seinem Smartphone. Toni, die neben ihm liegt, schläft weiter. Vorsichtig steht Chris auf.

Die Dielen knarzen unter seinen Füßen. Er öffnet die Tür. Es ist Harry.

»Harry? Was willst du denn, so mitten in der Nacht?«, fragt Chris in leisem Flüsterton.

»Ich muss mit dir reden«, sagt Harry etwas lauter.

Toni wälzt sich im Bett herum. Ihre Hand tastet nach Chris und landet schließlich auf dem Kopfkissen.

»Dann gehen wir zu dir«, flüstert Chris.

Sie gehen rüber in Harrys Zimmer. Chris setzt sich auf den Stuhl. Harry nimmt auf dem Bett Platz.

»Was gibt es denn so Wichtiges?«, fragt Chris.

»Ich bin geheilt!«, sagt Harry. »Ich werde morgen früh abreisen. Nichts kann mich noch hierhalten. Ich habe es endlich wiedergefunden.«

Chris versteht kein Wort.

»Harry, du machst mir zu viele Veränderungen auf einmal durch«, sagt er und hofft, die richtigen Worte gewählt zu haben.

»Aber es sind gute Veränderungen«, sagt Harry. »Heute Morgen noch, da dachte ich, ich müsste nach ihm suchen. Dann wurde mir klar, dass ich ihn hinter mir lassen muss. Jetzt weiß ich, wie ich ihn wiederbekomme!«

»Harry, ich verstehe kein Wort von dem, was du sagst. Wen wirst du wiederbekommen?«

»Ist nicht wichtig«, sagt Harry. »Ich bin am Ziel. Zurück auf dem Weg. Ich wollte dir nur jetzt schon Lebewohl sagen. Nachher ist mir das zu offiziell.«

Harry umarmt Chris. Dieser lässt es mit sich geschehen.

»Pass auf dich auf«, sagt er.

»Mach ich. Und jetzt husch, husch zurück zu deiner Frau.«

Harry klopft Chris auf die Schulter und lächelt ihn an. Chris nickt nur. Dann geht er zurück auf sein Zimmer. Vorsichtig legt er sich ins Bett. Toni legt ihm im Halbschlaf den Arm auf die Brust. Chris nimmt ihre Hand und betastet einzeln ihre Finger.

Was ist, wenn du vor mir den Hof verlässt, denkt er. Und dieser Gedanke geleitet ihn in einen unruhigen Schlaf.

20

Harry hat sich nach dem Frühstück von allen verabschiedet. Toni hat ihn lange umarmt, was Harry sichtlich genossen hat. Dann ist er mit seinen Koffern in das bereitstehende Taxi gestiegen und hat sich auf und davon gemacht.

Jetzt sitzt Chris an seinem C64 und programmiert eine Tabelle. Er fügt alle Werte ein, die er auf dem Hof erfragt hat. Hinzu addiert er für jeden Bewohner 25 000 Euro. Und dennoch erhält er eine Summe, die nur knapp über null liegt.

Wie kann das sein, denkt er und trommelt mit den Fingern auf den Schreibtisch.

Er schaltet den Rechner aus. Für heute hat er sich genug den Kopf zerbrochen. Er geht zu seinem Bett und hält inne. Auf dem Nachttisch liegt immer noch »Die Morde von Pye Hall«, das er zuletzt gelesen hat.

Verdammt, denkt Chris. Ich hätte es dir wiedergeben sollen!

Er nimmt das Buch und trägt es rüber in Harrys Zimmer.

Der Schrank steht offen. Natürlich ist er leer. Das Bücherregal ebenso. Chris stellt den Krimi in das leere Regal. Auf dem Schreibtisch steht die Schreibmaschine, die – so viel weiß Chris jetzt – Harry sowieso nie benutzt hat. Neben der Maschine liegt ein Bogen handbeschriebenes Papier. Chris nimmt es und liest. Es ist der Text, den Harry am Abend zuvor der Gruppe vorgetragen hat. Harrys feine Handschrift schlängelt sich wie eine Weinranke über das Blatt. Chris überfliegt den Text erneut. Wieder hat er eine unheimliche Wirkung auf ihn. Seine linke Seite beginnt zu kribbeln. Schwer atmend setzt er sich auf den Stuhl. Dann legt er das Blatt verdeckt vor sich. Er will diesen Text nicht mehr sehen. Chris kneift die Augen zusammen. Als er sie wieder öffnet, bleibt für eine Sekunde sein Herz stehen.

Auf der Rückseite steht mit zittriger Schrift »WO FINDE ICH IHN?« Es ist dieselbe Handschrift wie auf dem Lesezeichen und in dem Kriminalroman, den er eben erst zurück ins Bücherregal gestellt hat. Chris wankt zum Regal und holt den Krimi. Er schlägt eine der Seiten mit einer Randnotiz auf und hält sie neben das Blatt Papier. Sie bestätigt seine Vermutung. Es ist eindeutig die gleiche Schrift.

»Wieso sollte Harry eine Geschichte auf einem Zettel schreiben, auf den schon seine tote Mutter geschrieben hat? Hat er nicht immer die Blätter genommen, die Lehmann für ihn gekauft hat? Wieso hat er diese eine Geschichte auf einem alten Papier geschrieben?«

Chris betrachtet das Blatt genau. Es sieht nicht sehr alt aus. Aus der Universität kennt Chris alte Zettel, die von

Studenten in Leihbüchern vergessen worden sind. Sie sind meistens vom Sonnenlicht ausgebleicht, doch das Papier in seinen Händen ist neu.

Chris fällt die Seite im Papierkorb ein. Er bückt sich und greift in den Mülleimer hinein. Das Blatt ist noch da. Er holt es heraus und streicht es glatt. Es ist definitiv das gleiche Papier.

Wer zum Geier hat diese Notizen hinterlassen, denkt Chris. Deine Mutter war es definitiv nicht!

21

Chris hilft Toni wieder beim Backen. Toni möchte diesmal eine neue Brotsorte ausprobieren. Sie hat im Internet nach einem Rezept gesucht. Jetzt liest sie immer ein kurzes Stück vor und Chris befolgt ihre Anweisungen.

»Ich sagte doch Butter«, sagt Toni gerade, als Chris nach dem Zucker greift. »Irgendwie bist du heute nicht zu gebrauchen.«

In seinem Kopf hallt immer die Frage wider: Wer hat das geschrieben?

»Lass mich das mal machen«, sagt sie nun und schiebt ihn zur Seite. Sie gibt die verschiedenen Zutaten in die Schüssel. Danach schaltet sie den Mixer ein.

Der Mixer ist so laut, dass Chris beinahe das Klingeln seines Smartphones überhört hätte. Er holt es aus der Hosentasche und sieht auf das Display UNBEKANNTER TEILNEHMER steht da. Er verlässt die Küche und nimmt den Anruf an.

»Ja?«, fragt er. »Wer spricht da?«

»Hallo. Mein Name ist Thomas Schäfer. Spreche ich mit Christoph Tränker?«

Die Stimme des Mannes am anderen Ende klingt kratzig. Sie erinnert Chris an einen alten Lehrer, dem alle Schüler eine Alkoholsucht nachgesagt haben.

»Ja, das bin ich«, antwortet Chris.

»Ich habe eine Nachricht für Harald Wagner«, sagt die kratzige Stimme.

»Was darf ich ihm ausrichten?«, fragt Chris.

»Es geht um eine Anfrage bezüglich einer Buchreihe. Eine Krimiserie rund um einen Detektiv namens Francis Rickenbacker.«

Chris stockt der Atem. Schon wieder dieser Name.

»Okay«, sagt Chris nur und hofft, dass Thomas Schäfer weiterspricht.

»Ich muss Herrn Wagner leider enttäuschen. Auch in unserer Bibliothek haben wir kein Exemplar dieser Krimiserie. Richten Sie ihm bitte aus, dass es mir leidtut.«

»Das mache ich«, sagt Chris. »Können Sie mir sagen, von welcher Bibliothek aus Sie anrufen?«

»Ich rufe aus Hamburg an. Aus der Bücherhalle. Es tut mir leid, aber ich muss jetzt Schluss machen.«

Schäfer legt auf. Chris bleibt noch einen Moment vor der Küche stehen.

Wieso sollte Harry eine Bücherei in Hamburg kontaktieren? Und wieso taucht immer wieder dieser Rickenbacker auf?

Nachdenklich lehnt Chris sich gegen die Tür. Als die

auf einmal aufgerissen wird, fällt er nach hinten, direkt in Tonis mit Mehl überzogenen Arme.

22

Chris und Toni gehen nebeneinander her. Mittlerweile ist Chris wieder so beweglich, dass er nur noch selten an seine linke Seite denkt – etwa, wenn ganz unvermittelt seine Vergangenheit anklopft und er an sein früheres Leben (sein erstes Leben) in Berlin denkt. Sie haben sich im örtlichen Sportgeschäft richtige Wanderstiefel gekauft. Jetzt spazieren sie durch den ersten Schnee. Harry ist erst seit einer Woche weg, doch irgendwie vermisst Chris ihn jetzt schon. Er würde ihm gerne mitteilen, was Thomas Schäfer ihm am Telefon erzählt hat, doch jedes Mal, wenn er Harrys Nummer wählt, kommt die Ansage, dass der Teilnehmer zurzeit nicht erreichbar sei. Chris hält es für möglich, dass Harry bewusst alle Brücken zu seiner Zeit auf dem Hof abgebrochen hat oder dass er sich so sehr in seine Romanidee eingegraben hat, dass er einfach alle Anrufe ignoriert.

Sie erreichen ein Feld. (»Das Feld mit den Lupinen, auf dem du deine Frau betrogen hast!«) Chris zuckt zusammen. Es ist seltsam, aber er hat auf dem Weg zum Feld nicht einmal an seine Frau gedacht. Jetzt füllt sie seine Gedanken aus.

»Denkst du, es geht ihm gut?«, fragt Toni und verdrängt Annette.

Chris weiß sofort, wen sie meint.

»Ich hoffe es für ihn. Er machte an seinem letzten Tag auf dem Hof einen ziemlich verwirrten Eindruck auf mich«, sagt er.

Ich glaube, er hatte Angst vor etwas, fügt er in Gedanken hinzu.

»Hm«, ist das Einzige, das von Toni zurückkommt.

»Ich habe in seinem Buch einen seltsamen Zettel gefunden. Eine Notiz, über irgendeinen Romanhelden«, sagt Chris.

»Was?«, fragt Toni geistesabwesend.

»Wo bist du gerade mit deinen Gedanken?«, fragt er.

Toni lächelt ihn an.

»Irgendwo, wo es wärmer ist.«

»Lass uns doch ins Dorf gehen und einen Kaffee trinken«, schlägt Chris vor.

Sie sieht ihn mit gespieltem Erstaunen an.

»Lädst du mich ein?«, fragt sie.

»Klar«, gibt Chris als Antwort und küsst sie.

(Das ganze Feld ist übersät mit Lupinen. Lilafarbene und rosafarbene Lupinen, die schon längst hätten verdorrt sein sollten.)

»Woran denkst du?«, fragt sie ihn, als sie sich auf den Rückweg machen.

»Du sollst mir nicht immer meine Fragen stehlen«, scherzt Chris.

»Dann formuliere ich die Frage um. Was betrübt dich?«

»Wirke ich betrübt?«, fragt Chris mit bemüht sorgloser Stimme.

»Wenn du über irgendwas nachdenkst, hast du immer diese Falten auf der Stirn und du greifst dir an die Schläfen.«

Wie gut sie mich mittlerweile kennt, denkt Chris.

»Also gut«, sagt er, »ich mache mir Gedanken.«

»Und worüber?«, fragt sie.

»Ich habe Berechnungen über die Geschäfte auf dem Hof durchgeführt. Und ich bin zu dem Ergebnis gekommen, dass sich die ganze Sache niemals rechnen kann. Pittelout müsste bettelarm sein. Doch er reist mal so eben hierhin und dorthin. Ich glaube, zuletzt war er in Paris.«

»Woher willst du das wissen?«, fragt Toni.

»Ich habe mir die Flüge angesehen, die an seinem Abreisetag von München abgingen. Ungefähr drei Stunden, nachdem er vom Hof losgefahren ist, gingen Flüge nach Paris, London, Frankfurt, Wien und Pisa. Drei Stunden, bevor er wieder auf den Hof zurückgekehrt ist, landeten Flüge aus Madrid, Marseille, Paris und Düsseldorf. Die Schnittmenge ist Paris.«

»Und was ist, wenn er überhaupt nicht geflogen ist?«, fragt Toni.

»Dann ist meine ganze Überlegung hinfällig. Aber mein Gefühl sagt mir, dass er in Paris war.«

»Dann war er eben dort. Wer weiß, was er für ein Privatvermögen hat.«

Chris schüttelt den Kopf.

»Es ist nicht nur das«, versucht er zu erklären. »Es passt irgendwie alles nicht zusammen. Zum Beispiel schätze ich Pittelout nicht so ein, dass er aus reiner Nächstenliebe einen Hof für traumatisierte Menschen führt.«

»Tut er doch auch nicht«, wendet Toni ein. »Er verlangt doch von jedem Geld.«

»Aber zu wenig«, sagt Chris.

Er denkt einen Moment nach. Er weiß nicht, wie er ihr seine Zweifel erklären soll.

Dann fährt er fort: »Außerdem hatte auch Harry so seine Zweifel. Ich glaube, er hat an sich selbst gezweifelt. Und irgendwie hat Pittelout es geschafft, dass Harry von einem Tag zum anderen all seine Zweifel über Bord geworfen hat und sich bereit fühlte, in sein altes Leben zurückzukehren.«

»In sein neues Leben«, verbessert Toni. »Und wer sagt überhaupt, dass Harry an sich selbst gezweifelt hat? Hat er dir das jemals gesagt?«

»Nein, das nicht, aber ...«

(Der Anruf, die Reaktionen auf die Frage nach Rickenbacker, die Handschrift, die wirren Aussagen.)

»Harry war halt einfach ein bisschen eigenartig«, sagt Toni. Für sie ist die Sache damit erledigt.

(»Lass uns heute Abend nur auf uns konzentrieren. Nur wir beide«, ruft Annettes Stimme, die ihm mittlerweile fremd vorkommt.)

Toni und Chris erreichen das Café im Ortskern. Er hält ihr die Tür auf. Sie treten ein und setzen sich an einen Tisch. Chris bestellt zwei Kaffee und zwei Stück Kuchen.

»Darf ich dir etwas erzählen?«, fragt er zögernd.

»Klar«, sagt Toni.

»Es ist etwas, das vermutlich außer mir niemand weiß.«

»Da bin ich aber gespannt.«

Chris sucht noch einen Moment nach den richtigen Worten. Gerade als er anfangen will von seinem früheren Leben zu erzählen, kommt die Kellnerin und bringt den Kaffee und das Gebäck.

»Ihr seid vom Hof, oder?«, fragt sie.

»Ja«, sagt Toni.

»Was macht ihr da so den ganzen Tag?«

»Leben«, antwortet Toni. »und den Weg zurück ins Leben suchen.«

Die Kellnerin schüttelt den Kopf und geht.

»Was wollte die denn?«, fragt Toni.

»Ich kann mir schon vorstellen, dass sich die Leute fragen, was wir da auf dem Hof eigentlich machen. Was würdest du dir denn vorstellen?«

»Ich denke manchmal, wir sind eine Gruppe von Künstlern, die in der perfekten Umgebung auf den Kuss der Muse wartet«, sagt Toni und lacht.

»Überlebenskünstler«, sagt Chris.

Sie widmen sich beide ihrem Kuchen. Schließlich fragt Toni: »Du wolltest mir doch was erzählen, oder?«

»Ja, richtig.« Chris legt die Gabel hin, dann fängt er an.

»Erinnerst du dich an Harrys Geschichte? Den Text, den er uns vorgetragen hat?«

Toni nickt.

»Sie hat mich schwer getroffen, weil ...« Chris sucht wieder nach den richtigen Worten. »Weil es im Grunde meine Lebensgeschichte war. Nein, ich habe meine Frau nicht betrogen und sie mich – soviel ich weiß – auch nicht. Aber diese Sache mit dem Moment, in dem dein erstes Leben endet. Das war für mich der Moment, in dem meine Frau mir gesagt hat, dass sie schwanger ist. Da war ich einfach nur noch glücklich.«

In Chris' Augen bilden sich dicke Tränen. In Tonis Augen ebenfalls. Er bemerkt es nicht. Sie schon.

Toni fasst Chris an den Händen.

»Bitte nicht. Ich will das nicht hören. Bitte nicht«, sagt sie leise. »Ich sehe meinen Mann schon eine ganze Weile nicht mehr. Und ich schäme mich dafür nicht. Ich liebe dich. Aber ich liebe dich jetzt. So wie du jetzt bist.«

Wie kann man jemanden lieben, dessen Vergangenheit man nicht kennt, meldet sich eine Stimme in Tonis Kopf. Sie wischt sie zur Seite und schluckt den Kloß runter, der sich in ihrem Hals gebildet hat.

Toni laufen die Tränen übers Gesicht und endlich bemerkt Chris ihre Tränen. Er drückt ihre Hände fest und küsst sie sanft.

»Es tut mir leid«, sagt er. Dann nach einiger Zeit: »Ich liebe dich auch. So, wie du bist.«

»Lass uns gehen«, bittet Toni.

Chris gibt der Kellnerin ein Zeichen. Sie zahlen ihre Rechnung und gehen zurück zum Hof.

Zwei Überlebenskünstler.

23

Als sie den Hof erreichen, bemerken sie sofort, dass etwas nicht stimmt. Rolf steht vor dem Eingang und hält nach irgendetwas Ausschau. Drinnen herrscht Stille. Nur vereinzelt hört man jemanden etwas sagen. Und dann ist da noch dieses Röcheln.

Chris weiß sofort, wer da röchelt.

Es ist Harry. Er liegt, völlig ausgemergelt und mit blutigen Lippen – seine Haare sind ihm stellenweise ausgefallen und er hat seltsame Flecken im Gesicht – vor Pittelouts Büro auf dem Fußboden. Lehmann kniet neben ihm und fühlt seinen Puls. Gökhan kommt mit einer Decke die Treppe herunter und legt sie über Harry. Chris geht neben ihm in die Hocke.

»Harry, was zum Teufel?«, fragt er.

»Meine Wohnung. Die Bücher. Die Milch. Rickenbacker.« Mehr sagt Harry nicht.

»O mein Gott. Was ist passiert?«, fragt Toni.

»Er kam vor fünf Minuten. Klopft hier an und bricht zusammen. Rolf hat ihn gefunden. Der Notarzt müsste jeden Augenblick hier sein«, sagt Lehmann.

»Wo ist Pittelout?«

»Der war auf irgendeinem Kongress, müsste aber jeden Moment wieder hier sein.« Wieder spricht Lehmann, dann packt er Chris an der Schulter. »Holen Sie mal ein Glas Wasser aus der Küche. Ich glaube, unser Freund hier braucht was zu trinken.«

Chris läuft in die Küche und holt Wasser.

Draußen nähert sich das flackernde Licht des Notarztes. Zwei Sanitäter und ein Arzt kommen zur Tür herein. Der Arzt geht neben Harry in die Hocke. Er leuchtet ihm mit einer Lampe ins Auge, während einer der Sanitäter den Blutdruck misst.

»Welche Drogen hat er genommen?«, fragt der Arzt.

»Drogen? Davon weiß ich nichts«, antwortet Lehmann.

»Das sind definitiv die Anzeichen eines Drogenmissbrauchs. Und zwar nicht erst gerade eben. Dieser Mann hat über Monate hinweg Drogen konsumiert.«

»Völlig unmöglich«, entfährt es Chris.

»Ach so, dann sind sie ein Arzt?«, sagt der Notarzt abschätzig.

»Nein, aber ein guter Freund.«

»Wie dem auch sei. Er muss sofort ins Krankenhaus. Wir fahren ihn nach Garmisch-Partenkirchen«, sagt der Arzt.

Die Sanitäter verladen Harry auf eine Trage und manövrieren ihn in den Rettungswagen.

»Kann ich mit Ihnen fahren?«, fragt Chris.

»Kein Platz«, sagt der Arzt. »Kommen Sie mit dem Taxi nach.«

Der Arzt steigt zu Harry in den Rettungswagen und die Sanitäter schlagen die Heckklappen zu. Dann fahren sie fort in die Abenddämmerung.

24

Reinhart Meißner sitzt hinten im Rettungswagen neben dem Häufchen Elend, das sie auf dem Lauberhof eingesammelt haben. Er fühlt noch einmal nach dem Puls – rasend – und leuchtet dann mit einer kleinen Lampe in Harrys Augen.

»Nun Herr Wagner, ich fürchte, Sie werden diese Fahrt nicht überleben«, sagt er.

Harry starrt Meißner an. Hat er ihn erkannt? Er fängt krampfhaft an zu zucken – versucht, sich von der Trage zu rollen. Er hat ihn definitiv erkannt.

»Bleiben Sie schön ruhig liegen, Herr Wagner. Sie haben es bald hinter sich. Die Dosis Thallium, die der Monsieur Ihnen verabreicht hat, beschert Ihnen bald schon endlosen Schlaf.«

Der Fahrer meldet sich über Sprechfunk: »Wir sind da.«

Gut, denkt Meißner. Jetzt muss nur noch der Pathologe seine Arbeit erledigen.

25

Chris hat nicht die Geduld, sich ein Taxi zu rufen. Er hastet hoch in sein Zimmer und holt seinen Autoschlüssel. Toni bleibt währenddessen fassungslos vor Pittelouts Büro stehen. Chris läuft so schnell er kann zu seinem Auto und steigt ein. Doch gerade, als er den Motor starten will, öffnet jemand die Tür. Es ist Lehmann. Chris liest ihm die schlechte Nachricht vom Gesicht ab.

»Der Rettungswagen hat soeben angerufen. Es ist zu spät. Herr Wagner ist tot.«

»Er ist gestorben?«, fragt Chris ungläubig.

»Der Rettungsarzt hat mir das gerade mitgeteilt.«

»Ich muss ihn sehen«, sagt Chris.

Doch da öffnet sich die andere Tür. Es ist Pittelout.

»Das halte ich für keine so gute Idee, Christoph«, sagt er.

»Wieso nicht?«, fragt dieser.

»Denken Sie nur daran, was so ein Anblick in Ihnen anrichten könnte. Er könnte Sie um Monate zurückwerfen.«

(»Er könnte die Erinnerungen an Ihre Frau und Ihr ungeborenes Baby wecken.«)

»Ich muss ihn sehen.«

»Ich fürchte, das kann ich nicht verantworten«, sagt Pittelout. Seine Stimme hat jetzt an Schärfe gewonnen.

Chris Gedanken zerreißen ihn förmlich. Er muss seinen Freund noch einmal sehen. Aber er will bei Toni sein. Und er hat Angst davor, Annette wiederzusehen.

»Seien Sie vernünftig. Sie könnten mit einem Mal wieder an Ihren eigenen Unfall erinnert werden und dann wäre alles, was wir erreicht haben, umsonst«, sagt Pittelout eindringlich.

(»Er kann in dich hineingucken. Es ist fast so, als blickten seine Augen in deine Seele.«)

26

»Sein Bruder hat die Leiche schon abgeholt. Da konnte ich nichts mehr machen«, sagt Pittelout am nächsten Morgen.

Chris starrt ihn ungläubig an. Ihm geht das alles zu schnell. Harry war kaum auf dem Weg zum Krankenhaus, da wurde er auch schon für tot erklärt. Und Chris hat ihn nicht noch einmal sehen dürfen. Jetzt wollte er wenigstens an seinem Begräbnis teilnehmen. Doch die Leiche ist nicht mehr da. Sein Bruder – hatte Harry je von ihm gesprochen? – hat sie abgeholt.

»Was hat die Obduktion seiner Leiche ergeben?«, fragt Chris.

»Darüber wollte mir der Arzt am Telefon keine Auskunft geben. Und auch Herr Wagners Bruder war nicht sehr mitteilungsbedürftig.«

»Was werden Sie tun?«, fragt Chris Pittelout.

»Ich kann nichts mehr tun. Sie können auch nichts mehr tun. Sie können sich nur noch darauf konzentrieren, dass Sie nicht auch vom Weg abkommen. Harald hatte eine zweite Chance und er hat sie weggeworfen wie ein altes vergammeltes Schinkenbrot. Machen Sie nicht denselben Fehler wie er! Nutzen Sie Ihre Chance!«

Das werde ich, denkt Chris und wendet sich stumm ab.

27

Später am Abend liegt Chris schlaflos neben Toni im Bett. Ihr Atem geht regelmäßig. Ihr Brustkorb hebt und senkt sich. Ihre dunklen Locken ruhen auf ihren Schultern. Chris fühlt sich zum ersten Mal in Tonis Nähe einsam. Er dreht sich um und starrt zum Fenster. Ein feiner Lichtstrahl zerschneidet die Dunkelheit.

Wieso wollte Pittelout mich daran hindern, Harry noch einmal zu sehen? Wieso hat er mich daran gehindert, ihm ins Krankenhaus zu folgen?

(»Seien Sie vernünftig!«)

Wieso hat niemand etwas über Harrys wirkliche Todesursache gesagt?

(»Dieser Mann hat über Monate hinweg Drogen konsumiert.«)

Wieso habe ich nicht den Mut, all dem nachzugehen?

(»Nutzen Sie Ihre Chance!«)

Chris merkt, wie er müde wird. Er dreht sich wieder zu Toni. Er streicht ihre Haare zur Seite und küsst sie zart auf die Schulter. Dann lauscht er ihrem Atem. Alle Fragen fallen von ihm ab. Chris legt einen Arm um Toni und schläft ein.

Die Waffe

Die schöne Wiese, die selbst im Herbst noch übersät war mit blühenden Blumen, ist nicht das Einzige, was Johannes seiner Mutter gezeigt hat. Toni hört zwar nicht mehr die Stimme ihres Mannes, und sie sieht ihn schon seit langem nicht mehr, doch manchmal trägt der Wind die helle Stimme ihres Sohnes zu ihr. Johannes ist natürlich ebenso zu Asche verfallen wie Sören, doch auf eine bestimmte Weise, die Toni nicht versteht, lebt er immer noch.

Johannes hat zuletzt ebenfalls geschwiegen und Toni hat schon befürchtet, vielleicht auch gehofft, er sei genauso verschwunden wie sein Vater. Doch meistens trifft einen das Leben, wenn man nicht damit rechnet. Toni liegt allein auf ihrem Zimmer – Christoph sitzt in seinem Zimmer und arbeitet am Computer. Sie liest »Die Morde von Pye Hall«. Und gerade, als sie die Seiten umblättert, mischt sich in das Rascheln des Papiers ein anderes Geräusch hinein. Eine leise Stimme, eher ein Flüstern.

»Mama.«

Toni lässt das Buch fallen. Sie ist unsicher, ob sie sich verhört hat. Manchmal hören wir Dinge nur, weil wir sie unbedingt hören wollen, denkt sie und hebt das Buch auf und schlägt es an der Stelle wieder auf, die sie zuletzt gelesen hat.

»Mama.«

Diesmal hört sie es klar und deutlich. Es ist die Stimme

eines Kindes. Ihres Kindes. Johannes spricht wieder mit ihr. Toni legt das Buch hastig zur Seite.

»Johannes?«, fragt sie in den leeren Raum hinein.

»Mama«, antwortet Johannes.

»Was willst du?«

»Geh raus! Auf den Hof«, fordert die Stimme sie auf.

Toni steht auf und zieht sich Jacke und Schuhe an. Sie verlässt ihr Zimmer und geht, ohne vorher abzuschließen, nach unten. Als sie auf den Hof tritt, weht ihr ein schneidender Wind entgegen. Sie lässt den Blick über den Hof schweifen. Alles sieht aus wie immer. Nein, nicht alles. Das Tor zur Scheune steht halb offen und schwankt im Wind hin und her.

Also gut, denkt Toni und geht los.

Mit zögernden Schritten überquert sie den Hof. Sie wünscht sich, Chris wäre bei ihr. Ihre Neugierde schlägt in Unbehagen um.

(»Du wirst verrückt!«, sagt eine kratzige Stimme tief in ihr.)

Toni erreicht das offene Scheunentor. Sie tritt ein und zieht das Tor hinter sich zu. In dem großen Raum ist es dunkel. Die Luft ist trocken. Sie tastet nach dem Lichtschalter. Es ist ein altmodischer Schalter, den man drehen muss. Sie dreht an dem kleinen Knauf und kurze Zeit später leuchten drei grelle Neonröhren an der Decke auf. In dem hellen Licht sieht Toni die Dampfwolken ihres eigenen Atems.

Sie sieht sich in der Scheune um. Vor ihr steht Gökhans VW. Der Lack glänzt matt. Eines der Räder sieht platt aus. Toni geht um den Wagen herum. Was suche ich hier eigentlich, denkt sie. Sie stößt mit dem Knie an einen Schraubenschlüssel, der laut scheppernd zu Boden fällt. Als sie sich danach bückt, hört sie wieder die Stimme.

»Rauf!«

Toni zuckt zusammen. Der Schraubenschlüssel fällt ihr aus der Hand und landet ein zweites Mal scheppernd auf dem staubigen Boden.

»Johannes?«, fragt Toni leise.

Keine Antwort.

Was hatte die Stimme gesagt? Rauf? Tonis Blick gleitet zur Treppe, die hinter einigen verrosteten Regalen nach oben führt. Sie legt den Schraubenschlüssel wieder auf die Werkbank, nimmt ihn dann aber doch mit. Wer weiß, was mich dort oben erwartet, denkt sie.

(»Dein Sohn!«)

Vorsichtig geht Toni die Treppe hinauf. Sie bemüht sich, keinen Lärm zu machen. Die alten Holzdielen knarzen trotz ihres geringen Gewichts. Jedes Geräusch zerrt an ihr. Ihre Nerven sind zum Zerreißen gespannt.

Als Toni oben angelangt ist, schmerzt ihre rechte Hand, so fest hält sie den Schraubenschlüssel umklammert. Sie lockert den Griff ein wenig und lässt den Arm schließlich sinken, als sie feststellt, dass niemand da ist, der auf sie lauert.

Wen hast du hier erwartet, fragt sie sich und schämt sich für ihre Angst.

Sie sieht sich genauer im Raum um. Rechts von ihr ist ein Haufen Gerümpel (alte Eimer, Seile, zwei zerbrochene Stühle und eine verschimmelte Matratze), vor ihr steht eine schwere Werkbank. Und an der Werkbank vorbei führen – ganz deutlich zu erkennen – die Fußspuren eines kleinen Kindes. Toni kann nicht glauben, was sie dort sieht. Ihr Herz rast und ihre Muskeln verkrampfen sich. Sie umschließt den Schraubenschlüssel jetzt so fest, dass sich ihre Fingernägel in die Handflächen graben.

Das kann nicht sein, denkt sie. Das bilde ich mir ein.

Toni schließt die Augen und zählt leise bis zehn. Als sie ihre Augen wieder öffnet, sind die Fußspuren nach wie vor zu sehen.

»Komm«, sagt die Stimme ihres Sohnes.

Toni kann sie jetzt ganz deutlich hören, als stünde Johannes direkt neben ihr. Er klingt erfreut, wie früher, wenn er ihr ein Bild zeigen wollte, das er gemalt hatte, oder sie beim Spazierengehen ein Reh gesehen haben.

»Komm«, sagt Johannes erneut und Toni lässt den Schraubenschlüssel fallen und folgt der Spur.

Sie führt zu einem kleinen verschmutzten Waschbecken, das neben der Werkbank in der Ecke des Raumes angebracht ist. Das Becken ist von Grünspan überzogen. Der Hahn ist von einer dicken Rostschicht bedeckt. Toni bleibt vor dem Becken stehen.

»Was soll ich hier?«, fragt sie ihren Sohn.

»Sieh hin«, antwortet er.

Jetzt ist die Stimme wieder nur ein Flüstern des Windes und Toni ist sich fast sicher, dass die Fußspur, der sie gefolgt ist, nicht mehr da sein wird, wenn sie sich umdreht.

Doch sie ist noch da. Neben ihren großen Fußabdrücken verläuft ein Paar kleinerer Abdrücke. Toni wendet sich wieder dem Waschbecken zu. Sie geht in die Hocke und wirft einen Blick unter das Becken. Jemand hat eine

rostige Ablagefläche aus mattem Blech darunter angebracht, auf der mehrere Farbdosen stehen. Toni stellt die
Dosen zur Seite, um besser unter das Becken sehen zu
können. Die Abflussrohre sind ebenso verrostet wie der
Wasserhahn. An den Verbindungsstellen zwischen der
einzelnen Rohrteilen hat sich Grünspan gebildet. Feine
Spinnweben hängen vom Boden des Beckens herab. Toni
wischt sie angeekelt zur Seite. Hätte ich doch nur den
Schraubenschlüssel nicht dort hinten liegen gelassen,
denkt sie.

Doch dann ertasten ihre Fingerspitzen etwas. Es ist
klein und hat eine glatte metallene Oberfläche. Toni
tastet weiter. Jetzt erfühlt sie einen hölzernen Griff. Sie
geht ganz in die Hocke und steckt ihren Kopf unter das
Spülbecken. An die Spinnweben, die in ihrem Haar haf-
ten bleiben, denkt sie keine Sekunde. Als Toni die matt
schimmernde Waffe sieht, hält sie den Atem an. Vorsichtig greift sie danach.

Es ist ein kleiner Revolver. Vorne auf dem kurzen Lauf
steht COLT COBRA. Toni hat in ihrem Leben noch nie
Waffe in der Hand gehalten. Sie hält den Revolver vorsichtig mit den Fingerspitzen ihrer rechten Hand. Dann
steht sie auf. Sie sieht sich auf der Werkbank genauer um
und findet schließlich einen kleinen öligen Lappen. Toni
legt den Revolver auf den Lappen. Erst jetzt, wo er vor ihr
liegt, kann sie wieder klar denken.

»Wolltest du mir das zeigen?«, fragt sie in die Stille hinein.

Sie sieht sich in dem großen Raum um. Die Lichtstrah-
len, die vom Staub auf dem Fußboden reflektiert werden,

blenden sie. Toni kneift die Augen fest zusammen. Vor sich sieht sie wieder die Spur, die sie zum Waschbecken geführt hat. Die Fußspuren ihres Sohnes! Plötzlich fällt es ihr wie Schuppen von den Augen. Sie öffnet ihre Augen wieder und sieht sich weiter im Raum um. Außer ihren eigenen Fußspuren und denen ihres Sohnes sind keine weiteren Fußabdrücke mehr zu erkennen. »Das heißt, es war schon verdammt lange niemand mehr hier oben«, sagt sie laut, mehr zu sich selbst als zu irgendwem sonst. (»Mit wem solltest du denn auch reden?«, fragt leise die kratzige Stimme.)

Wer auch immer die Waffe hier deponiert hat, muss es schon vor langer Zeit getan haben, denkt sie. Toni fallen nur zwei Leute ein: Gökhan und Ole.

Ole ist schon lange nicht mehr auf dem Hof. Und Gökhan bastelt nach wie vor an seinem Käfer.

Toni überlegt, ob sie Chris von der Waffe erzählen soll. Sie wickelt die Waffe in den alten Lappen ein und geht damit zum Waschbecken. Sie bückt sich bereits, um die Waffe wieder darunter zu verstecken, hält dann jedoch inne. Vielleicht sollte sie den Revolver besser woanders verstecken. Sie stopft den schmierigen Lappen vorsichtig in ihre Jackentasche, dann geht sie nach unten und verlässt die Scheune. Sie wendet sich nach links und verlässt den Hof.

2

Viele Jahre zuvor – Chris lebte noch mit Annette in Berlin – bekommt Ole die Waffe in einer Bar angeboten. Die junge Frau, die ihm die Waffe anbietet, trägt ein hellgrünes Kleid. Sie verlangt von Ole, dass er damit ihren Mann erschießt. Ole ist egal, wieso. Ihm ist nur wichtig, eine Waffe zu besitzen, die nicht zu ihm zurückzuverfolgen ist. Seine letzte Waffe – eine alte Militärpistole – hat er vor einiger Zeit im See versenken müssen. Jetzt braucht er Nachschub. Und da kommt ihm der Revolver gerade recht.

Ole lebt schon seit einem Jahr auf dem Lauberhof. Er hat gehofft, dass er hier vergessen kann, dass er zwei Frauen in einer durchzechten Nacht erstochen hat. Pittelout hat er davon nichts erzählt. Umso erstaunter ist er, als der Herr im feinen Nadelstreifenanzug das erste Mal mit einem seiner Spezialaufträge auf ihn zukommt. Ole denkt zunächst, Pittelout wolle ihn nur testen. Doch dann stellt sich heraus, dass Pittelout ebenso wenig alle Tassen im Schrank hat wie er selbst. Ole kann sein Glück kaum fassen. Endlich darf er mal wieder ein wenig Dampf ablassen.

Sein erster Sonderauftrag ist eine junge Dame, die irgendwem in der Kommunalpolitik ans Bein gepinkelt hat. Ole macht kurzen Prozess mit ihr und schießt ihr in den Kopf. Er handelt stets nach dem Motto: Je weniger ich weiß, desto besser.

Seine große Stärke besteht darin, keine erkennbaren Muster zu entwickeln. Ole ist der Meinung, dass die meisten Mörder nur geschnappt werden, weil sie sich entweder dumm anstellen und am ganzen Tatort Spuren hinterlassen oder weil sie mit der Zeit erkennbare Muster entwickeln. Meistens suchen sich Serientäter immer Opfer eines ähnlichen Typs aus oder begehen ihre Verbrechen immer an den gleichen Orten oder mit der gleichen Waffe, weil sie krank sind – völlig fixiert auf eine Sorte von Menschen. Ole mordet jedoch nach keinem Schema. Vielmehr versucht er, seine Morde so unterschiedlich wie nur irgend möglich zu begehen.

Nachdem er die Kommunalpolitikerin erschossen hat, kehrt Ole auf den Lauberhof zurück. Pittelout nimmt ihn freudig wieder auf. Den anderen Bewohnern gegenüber gibt Ole sich als psychisch kranken Patienten, der rückfällig geworden ist. Einzig Sina, die selbst kurz darauf den Hof verlässt – weiß Gott, welchen Spezialauftrag Pittelout für sie hat –, scheint etwas zu bemerken.

Ole verdrängt, dass er Sina im Verdacht hat, sie könne ihn enttarnen. Er muss sich schon bald um einen weiteren Spezialfall kümmern. Wieder geht es um eine Frau – diesmal am Bodensee, nahe der Grenze zur Schweiz –, was Ole nicht gefällt. Noch dazu handelt es sich um eine blonde Frau. Nach der ebenfalls blonden Politikerin hätte Ole es am liebsten zunächst mit einem dicken dunkelhäutigen Fischer zu tun gehabt. »Keine erkennbaren Muster« lautet die Devise. Dennoch sagt er Pittelout zu, leiht sich einen Wagen und überfährt die Frau. Ihn interessiert schon gar nicht mehr, wieso er jemanden umbringen soll – seine Gier ist geweckt. Anschließend versenkt er das Auto im Bodensee. Danach lässt er sich drei Wochen lang in billigen Bars volllaufen, ehe er sich wieder auf den Weg zum Lauberhof macht. Wieder stellt er sich krank. Wieder wird er von den anderen aufgenommen. Diesmal merkt niemand etwas.

Doch nach einiger Zeit wird Ole unruhig. Er schläft nachts kaum noch – es scheint fast so, als blende ihn die Dunkelheit. Er wacht immer schon nach wenigen Stunden wieder auf, die Stirn nass vom Schweiß, die Bettdecke in Unordnung. Tagsüber blendet ihn die Sonne, auch dann, wenn sie kaum am Himmel zu sehen ist. Und wenn er allein ist, hört er Stimmen.

Er ruft sich ein Taxi und fährt nach München. Dort betrinkt er sich in verschiedenen Bars – ein Verhalten, das man ihm durchaus als Muster auslegen könnte –, ehe er auf die junge Frau trifft.

Sie lädt ihn auf einen Wein ein und er lässt sich nicht zweimal bitten. Sie sieht fantastisch aus in ihrem grünen Kleid. Ihre langen blonden Haare fallen ihr über die Schulter. Sie fragt ihn, ob er etwas von ihr haben will, und in Oles Kopf steigen Erinnerungen an die zwei jungen Frauen auf, die er einst erstochen hat. Klar will er etwas von ihr haben. Doch Ole hat sich getäuscht, denn wie sich zeigt, will die Frau ihn nicht mit auf irgendein Hotelzimmer nehmen, sondern ihm eine Waffe verkaufen.

Man sieht es dir an! Du hast doch noch ein Muster entwickelt, schießt es ihm durch den Kopf.

»Wie viel willst du dafür haben?«, fragt er die Frau, deren Namen er vergessen hat.

»Gar nichts. Du müsstest sie nur einmal für mich benutzen«, antwortet sie kühl.

Und so nimmt er die Waffe, erschießt damit den Mann der Frau und macht sich dann aus dem Staub zurück auf den Hof.

(»Die Frau! Du hast auch noch die Frau abgemurkst!«)

Ole versteckt die Waffe unter dem Waschbecken in der Werkstatt oben in der Scheune. Dann fährt er ziellos mit dem Wagen umher und endet schließlich in einem Graben.

Die Kopfschmerzen sind mit einem Male weg.

3

Chris schaltet den Computer aus. Er hat keine Lust mehr auf Tabellenkalkulationen. Er muss nicht mehr nachweisen, dass etwas mit dem Hof nicht stimmt. Er weiß es bereits. Es ist, als stünde er im Wald und wolle beweisen, dass es Bäume gibt.

Chris geht nach unten, da er Toni in der Küche vermutet. Als er sie dort nicht finden kann, geht er wieder nach oben und klopft an ihre Tür. Keine Antwort. Chris probiert vorsichtig, ob die Tür abgeschlossen ist. Sie lässt sich öffnen. Er schiebt seinen Kopf ins Zimmer. Keine Spur von Toni.

Wieso hat sie nicht abgeschlossen, denkt er. Dann geht er wieder nach unten. Als er am Fuß der Treppe angelangt ist, kommt Toni zur Tür herein.

»Da bist du ja«, sagt Chris, »ich habe dich schon überall gesucht.«

»Wie?«, fragt Toni nur.

»Du warst nicht auf deinem Zimmer und nicht in der Küche. Wo warst du?«

»Ich war ...«, beginnt Toni. »Ich war spazieren.«

»Allein?«, fragt Chris.

»Ja. Mir war nicht nach Gesellschaft.«

Chris schweigt einen Moment. Sie war schon hier auf dem Hof, als er noch nicht einmal von dem Hof wusste. Damals, als Annette noch lebte und sie noch ein Kind erwarteten. Wieso sollte Toni nicht auch einmal allein spazieren gehen?

»Wollen wir was zusammen essen?«, fragt er.

»Gerne.«

»Ich dachte, wir könnten ja zusammen im Türmchen ein Stück Kuchen essen«, schlägt er vor.

Toni zuckt zusammen. »Lieber nicht. Dort ist es jetzt bestimmt zu kalt.«

»Wir könnten uns ja gegenseitig wärmen«, sagt Chris.

Toni lächelt müde. »Nein danke. Wie wäre es, wenn wir in der Küche essen? Dort ist auch ein schöner warmer Ofen.«

4

Toni liegt am Abend lange wach. Sie spürt, dass Chris neben ihr ebenfalls noch nicht eingeschlafen ist. Sein Atem ist unregelmäßig. Sie hat die Augen geschlossen. In ihren Gedanken nimmt sie immer wieder den kleinen Revolver in die Hand. Sie hat im Türmchen herausgefunden, wie man die Kammern öffnet. In dreien steckten noch

Kugeln. Toni ist sich nicht sicher, ob man mit dieser Munition noch schießen könnte. Sie möchte am liebsten jetzt sofort Chris erzählen, dass sie eine Waffe gefunden und sie im Türmchen versteckt hat – unter einem Stapel vermoderter Decken. Sie möchte ihm sagen, dass sie schon seit geraumer Zeit Zweifel an dem Hof hat. Am Hof, an Lehmann und vor allem an Pittelout. Dass der ihr schon von Beginn an Angst eingejagt hat. Dass sie am liebsten gar nicht mehr hier wäre. Und dass sie selbst nicht genau weiß, wieso sie den Hof nicht längst verlassen hat. Sie will ihm erzählen, dass ihr Sohn wieder mit ihr gesprochen hat und dass sie seine Fußspuren im Staub gesehen hat. Aber sie schweigt.

Ihre Augen füllen sich mit Tränen. Und in dem Augenblick, in dem sie am liebsten laut losheulen würde, greift Chris nach ihrer Hand und alle Angst und alle Zweifel treten zurück in den Schatten, aus dem sie gekommen sind. Toni spürt, dass er sie ansieht, sie trotz der Dunkelheit sehen kann. Chris streicht ihre Haare aus dem Gesicht und wischt ihre Tränen ab. Dann schlafen sie ein und Toni träumt, dass sie nicht verrückt ist, und sie ist froh, dass sie Chris hat. Sie ist froh, dass sie auf dem Lauberhof ist.

5

Ole erwacht mit schrecklichen Kopfschmerzen in einer grauen, engen Zelle. In einer Ecke steht eine Toilette aus Edelstahl. Ein Waschbecken ist nirgends zu sehen. Ole steht auf und kniet sich vor die Toilette. In seinem Magen krampft sich alles zusammen. Sein Kopf dreht sich. Er erbricht sich, bis nichts mehr kommt. Seine Schmerzen bleiben.

Sie haben mich erwischt, denkt Ole.

Er versucht sich an den letzten Abend zu erinnern. Alles, was er noch weiß, ist, dass er mit dem Auto eine kleine Spazierfahrt gemacht hat und dass er im Straßengraben gelandet ist und dass mit einem Mal seine schlimmen Kopfschmerzen weg waren – sie sind aus ihm herausgeschwappt wie Wasser aus einem Eimer.

Sie haben mich erwischt. Und sie werden den Hof schließen und den Monsieur wegsperren. Und mich werden sie für immer in eine Gummizelle sperren, denkt Ole.

»Verdient hättest du es«, sagt eine Frauenstimme.

Ole dreht sich um. Auf seinem Bett sitzen zwei junge Frauen, die in enge Kostüme gekleidet sind. Ole erkennt sie sofort. Es sind die zwei, die er damals im Rausch erstochen hat.

(»Du hast sie vorher noch vergewaltigt. Du bist ein dreckiger kleiner Frauenschänder. Das bist du!«)

Ole beugt sich wieder über die Schüssel und erbricht einen weiteren Schwall Mageninhalt.

»Sie werden alles über dich herausbekommen. Und dann sperren sie dich ein. Für immer«, sagt die linke der beiden Frauen.

»Eine Lokalpolitikerin erschießen und dann einfach die Waffe wegwerfen. Du hast nie darauf geachtet, ob dich nicht jemand beim Entsorgen der Tatwaffe beobachtet hat. Du hast nie den Angler gesehen, der alles der Polizei gemeldet hat. Die haben die Waffe gefunden und darauf waren deine Fingerabdrücke. Und die sind der Polizei bekannt. Schließlich hast du dich ja mal beim Ladendiebstahl erwischen lassen«, sagt die Rechte.

»Du hast immer geglaubt, du wärst so klug. Dabei bist du genauso dämlich wie jeder andere gottverdammte Pisser, der seine Alte abknallt.«

Hat das jetzt die Linke oder die Rechte gesagt? Oder hat Ole zu sich selbst gesprochen?

»Ich hatte kein erkennbares Muster«, sagt Ole zur Toilettenschüssel. »Die kommen nie darauf, dass es einen Zusammenhang zwischen den Morden gegeben hat, weil es nämlich keinen gab.«

»Bis darauf, dass man die Waffe finden wird, mit der du den Macker der jungen Hübschen abgeknallt hast«, sagt die Rechte.

»Und sie dann auch gleich noch. Wieso solltest du dich auch mit nur einem Mord zufriedengeben.«

»Und dann werden sie fragen, wo du zuletzt gewohnt hast. Und sie werden den Hof finden und den Monsieur verhaften, den du verraten hast.«

»Nein«, sagt Ole weinerlich. »Ich habe ihn nicht verraten. Ich habe ihm doch nur diese Spezialgefallen getan. Er brauchte mich. Er ... er hat mich missbraucht. Ich war krank und er hat es gewusst. Er hat einen kranken Menschen dazu angestiftet, schreckliche Dinge zu tun.«

»Du wolltest es doch tun. Du musstest deinen Hunger stillen!«

»Ich wollte es nicht tun. Nicht wirklich«, wimmert Ole.

»Du kannst ganz einfach wiedergutmachen, was du uns

und all den anderen angetan hast. Es ist so einfach«, sagt die Linke.

»Du brauchst dafür nichts mehr als deinen Gürtel und die Deckenlampe.«

»Ich will noch nicht«, sagt Ole.

Tränen rinnen jetzt über sein Gesicht. Vor ihm in der Toilettenschüssel schwimmt sein Mageninhalt. Hinter ihm auf dem Bett sitzen seine beiden ersten Opfer.

(»Niemand sitzt dort. Du bist allein. Völlig allein!«)

»Mach es uns nicht so schwer. Komm zu uns. Dann geben wir dir, was du brauchst.«

Ole sieht hinauf zur Lampe. Ihr Licht blendet ihn grell. Er schließt die Augen, nur um sie direkt wieder zu öffnen. Das Licht ist nicht halb so schlimm wie das, was er immer sieht, wenn es um ihn herum dunkel wird. Langsam zieht er sich den Gürtel aus dem Hosenbund. Er schließt die Schnalle und legt sie über die Halterung der Lampe. Dazu muss er sich nur ein wenig auf seinem Bett strecken. Dann legt er den Gürtel um seinen Hals und tritt einen Schritt nach vorn.

Seine Füße treten ins Leere. Oles Kopf scheint zu explodieren. Sein Magen krampft sich noch einmal zusammen. Dann, nach einer schier endlosen Zeit, blendet ihn nichts mehr.

Der Gott in der Höhle

I

Clément Pittelouts Stirn pocht vor Zorn. Er knallt den Hörer seines Telefons auf den Schreibtisch. Was glaubt der eigentlich, was ich hier mache, denkt er. Eine Schar dressierter Hunde halten?

Monet hat ihm soeben mitgeteilt, er weigere sich, den vereinbarten Betrag zu zahlen. Mittlerweile habe er sich auf eine andere Art und Weise um Gunther Richter gekümmert. Pittelout hat lange versucht, ihm am Telefon zu erklären, wie unvorhersehbar Harald Wagners Verhalten gewesen sei. Ohne Erfolg.

»Vielleicht machen wir in Zukunft noch einmal Geschäfte miteinander«, hat Monet noch gesagt, ehe Pittelout das Telefonat zornig beendete.

Wir werden keine Geschäfte mehr miteinander machen, denkt Pittelout jetzt. Ich werde dafür sorgen, dass du mit niemandem mehr irgendwelche Geschäfte machst.

Pittelout wird etwas schwindelig, als er realisiert, was er unweigerlich tun muss: Er muss seinen alten Freund und Partner Monet töten lassen. Natürlich ist ihm klar, dass es weitaus schwerer wird, Monet zu töten, als an den Leiter eines Pharmakonzerns heranzukommen, doch er hat schon früher solche Situationen gemeistert.

Ich bin auf dich nicht angewiesen, denkt er.

Pittelouts Blick schweift durch sein Zimmer und bleibt an der Wanduhr hängen. Es ist eine kleine unscheinbare Uhr, nichts Besonderes. Und dennoch lässt sie sein Herz schneller schlagen. Die Uhr war einst ein Geschenk von Maria.

»Maria, du Hure. Du bist als Nächste dran«, murmelt Pittelout leise vor sich hin. Dann dreht er sich um und öffnet seinen Aktenschrank.

2

»Was beschäftigt dich?«, fragt Toni Chris und blickt dabei selbst geistesabwesend aus dem Fenster.

Dieser reagiert nicht.

»Dich bedrückt doch was. Das merke ich«, sagt sie.

Chris denkt für einen kurzen Moment, dass er das Gleiche über Toni sagen könnte. Dann nickt er.

»Was ist es?«, fragt sie.

Harry. Immer wieder Harry, der sich dort draußen mit Drogen umgebracht hat, denkt Chris. Doch er sagt: »Es ist nichts. Es ist nur, dass Harrys Tod das erste Mal war, dass jemand gestorben ist, den ich kannte, seit ...«

(»Annette!«)

»Seit meine Frau gestorben ist«, fährt er leise fort.

Toni will sagen, dass es ihr ähnlich geht. Dass sie seit Harrys Tod zum ersten Mal wieder die Stimme ihres Sohnes gehört hat und, dass ihr Sohn ihr merkwürdige Dinge gezeigt hat. Doch Toni schweigt. Sie legt sanft ihre Hand auf Chris Arm.

»Wieso ist er überhaupt weggegangen?«, fragt Chris. »Er war noch nicht so weit. Wieso ist er gegangen?«

»Vielleicht hat er geglaubt, er wäre schon wieder gesund«,

sagt Toni. »Mir geht es manchmal auch so. Dann denke ich, ich wäre wieder bereit für die Welt. Und dann ...«

Dann höre ich die Stimme meines Sohnes, fügt sie in Gedanken hinzu.

»Dann fühlt man sich auf einmal wieder allein«, ergänzt Chris.

Er geht zum Kleiderschrank und zieht sich seine dicke Jacke an.

»Ich muss mal raus hier«, sagt er und verlässt das Zimmer, ohne Toni zu fragen, ob sie ihn begleiten möchte.

3

»Du weißt, wieso Harry gegangen ist«, sagt Johannes.

Wieder ist es nur das Flüstern des Windes. Kaum wahrnehmbar. Doch Toni hört es laut und deutlich. Sie überquert den Hof und stapft durch den ersten liegengebliebenen Schnee. Chris' Fußspuren sind deutlich zu sehen.

(Wie die Fußspuren ihres Sohnes im Staub in der Scheune.)

»Er hatte etwas zu erledigen. Und er hat es nicht geschafft. Er hat es vermasselt, weil er doch noch nicht bereit war. Er war noch nicht geheilt. So wie Chris.«

So wie wir alle, schießt es ihr durch den Kopf.

»Aber Chris weiß, dass er noch nicht geheilt ist. Das ist der Unterschied«, sagt Toni in die kalte Winterluft, als ginge Johannes direkt neben ihr.

»Harry hat sich geweigert, seine Therapie zu beenden. Er dachte, er sei schlauer als der Mann«, sagt er.

Toni überlegt kurz, wen er mit »der Mann« gemeint haben könnte.

»Sprichst du von Pittelout?«, fragt sie. »Hat Harry gedacht, er sei schlauer als Pittelout?«

Johannes schweigt.

Toni zuckt mit den Schultern. Dann folgt sie wieder der Fußspur, die jetzt vom Hof wegführt. Sie glaubt zu wissen, wohin Chris gehen will. Ein wenig plagt sie ein schlechtes Gewissen, weil sie ihrem Mann heimlich nachspioniert.

(»Dein Mann heißt Sören!«)

»Du musst dir keine Gedanken darüber machen«, sagt Johannes. »Ich weiß, wohin Chris geht. Und er muss dort allein hingehen. Du gehst woandershin.«

Toni will ihren Sohn fragen, wohin sie gehen soll, doch dann nimmt sie ihn einfach an der Hand und folgt ihm hinaus zum Turm. Sie muss nachsehen, ob die Waffe noch da ist.

4

Chris sitzt oben auf dem Gipfel des Labers. Jetzt, da erster Schnee gefallen ist und einige Stellen des Weges mit Eis überzogen sind, wäre er mehrere Male beinahe in die Tiefe gestürzt. Aber der Weg hat sich gelohnt. Chris' Zweifel sind mit der Zeit verflogen. Jetzt sieht er klar: Harry ist gestorben, weil Pittelout es zugelassen hat. Chris weiß, dass Pittelout kein ausgebildeter Arzt ist, doch als Harrys Therapeut hätte er verhindern müssen, dass Harry den Hof verlässt. Chris nimmt sich vor, dass er das Gespräch mit Monsieur Pittelout suchen wird, sobald er wieder unten auf dem Hof ist.

Gerade, als er aufstehen und zurückgehen will, nähert sich ihm eine dunkle Gestalt. Es ist Pittelout, der sich auf einen Stock stützt.

»Ganz schön kalt hier oben«, sagt er, als er sich neben Chris setzt. »Wir werden uns beide noch den Tod holen, wenn wir hier oben sitzen bleiben.«

»Stoß ihn einfach den Berg runter!«, ruft da eine Stimme. Ist es die von Annette?

»Dann sollten wir uns vielleicht auf den Weg nach unten machen. Ich wollte sowieso gerade gehen«, sagt Chris.

»Zu schade«, entgegnet Pittelout. »Ich könnte mich an dieser Aussicht nie sattsehen.«

Sie stehen beide auf und lassen ihre Blicke schweifen.

»Ich bin gerne hier oben«, sagt Pittelout.

Chris kann sich nur schwer vorstellen, dass der Mann, den er bisher nur in feinen Anzügen gesehen hat, lange Wanderungen durch die Berge unternimmt. Aber allem Anschein nach hat er sich in Pittelout getäuscht.

»Mir gefällt es vor allem, wenn es ganz ruhig ist. Dann ist man so allein mit seinen Gedanken«, sagt Pittelout nun.

»Deshalb bin ich hier.«

»Ich weiß, Christoph.«

»Woher wissen Sie das?«, fragt Chris.

»Ich wollte Sie nicht verunsichern, Christoph. Aber Sie dürfen nicht vergessen, dass ich Ihr Therapeut bin.«

(»Es ist fast so, als blickten seine Augen in deine Seele.«)

»Ich weiß, dass viele Menschen nicht damit klarkommen,

dass ich sie lesen kann wie ein Buch. Aber für Ihre Augen benötige ich noch nicht einmal eine Brille, Christoph. Sie haben Zweifel. Sie zweifeln an Herrn Wagners Tod.«

Chris versucht seine Gedanken zu sortieren. Eigentlich hält er sich für jemanden, der seine Gefühle im Griff hat und nach außen nur das preisgibt, was er auch zeigen will. Doch scheinbar hat er sich überschätzt. Hat nicht auch Toni schon seine Gedanken gelesen? Und Annette?

»Ich frage mich die ganze Zeit, wieso Sie es nicht verhindert haben. Wieso haben Sie ihn nicht davon abgehalten, den Hof zu verlassen?«, fragt Chris.

Pittelout sieht nachdenklich in die Ferne. Schließlich sagt er: »Ich fürchte, ich habe mich in diesem Fall selbst überschätzt. Ich dachte, ich wüsste, wie es in Herrn Wagner aussieht. Doch da habe ich mich getäuscht. Und umso mehr erschüttert es mich, wenn ich daran denke, welch schreckliches Ende er genommen hat.«

Pittelout legt seinen Arm auf Chris' Arm.

»Ich würde Ihnen gerne etwas zeigen, Christoph«, sagt er. »Aber das geht nicht hier oben. Ich schlage vor, dass Sie später in mein Büro kommen.«

Pittelout lässt Chris' Arm los. Als er ihm durch ein Nicken zusichert, dass er am Abend noch in sein Büro kommen wird, geht Pittelout bereits den Weg zurück, den er vor wenigen Minuten gekommen ist.

Chris bleibt allein auf dem Gipfel stehen. Er würde jetzt gerne mit jemandem reden, doch weder Toni ist da noch Annette. Zum ersten Mal seit langem wünscht er sich, seine Frau würde wiederkommen. Ob als Mensch oder Geist ist ihm gleich.

5

Der Abstieg ist – wie erwartet – schwerer als der Aufstieg. Chris rutscht mehrmals im Schneematsch aus. Einmal kann er sich gerade noch an einem Ast festhalten. Als er den Fuß des Berges erreicht, ist er vor Anstrengung schweißnass. Sein Hals ist trocken und er verflucht sich dafür, dass er kein Essen oder Trinken mitgenommen hat.

Chris schlägt den Weg Richtung Hof ein. Auf der Landstraße liegt kein Schnee mehr, doch als er auf die Zubringerstraße abbiegt, sieht er wieder deutlich die Spuren im Schneematsch. Seine eigenen und die von Pittelout. Etwa hundert Meter vor dem Hof kommen zwei weitere Spuren hinzu: Die Fußabdrücke einer Frau und die eines kleinen Kindes. Die Spuren führen vom Hof weg raus zum Türmchen. Chris überlegt einen Moment lang, den Spuren zu folgen und nachzusehen, wer sich dort draußen in seinem und Tonis Lieblingsort herumtreibt, doch dann zieht ihn seine Neugierde wieder zum Hof.

Er muss unbedingt wissen, was Pittelout ihm mitteilen möchte.

6

Völlig durchfroren erreicht Chris den Hof. Er überlegt kurz, ob er duschen und sich etwas Warmes anziehen soll, doch dann überwiegt das Verlangen, mit Pittelout zu reden. Also klopft er an die schwere Bürotür.

»Herein«, ruft Pittelout und Chris tritt ein.

»Sie wollten mich sprechen«, sagt Chris, als er auf einem der Sessel Platz genommen hat.

»Exakt«, antwortet Pittelout. Er zieht eine Schublade auf und nimmt eine Mappe heraus.

»Ich werde Ihnen nun etwas zeigen«, beginnt er, »was Ihnen vermutlich einiges klarmachen wird.«

In Chris' Magen breitet sich ein mulmiges Gefühl aus. Er weiß nicht wieso, aber plötzlich hat er Angst vor Pittelout.

»Es hat etwas mit Herrn Wagners Tod zu tun«, sagt dieser und Chris ist mit einem Mal hellwach. Das schlechte Gefühl in der Magengegend zieht sich für einen Moment zurück.

»Auch mir haben die besonderen Umstände um Herrn Wagners Tod keine Ruhe gelassen. Deshalb habe ich Herrn Lehmann gebeten, Herrn Wagners Spuren zurückzuverfolgen. Herr Lehmann ist gut in solchen Dingen. Er kann über einen Menschen Dinge zu Tage fördern, die diese Person nicht einmal selbst weiß. Und er hat etwas über Harald Wagner herausbekommen.« Pittelout sieht Chris traurig an. Dann fügt er hinzu: »Ich wünschte nur, wir hätten vorher davon gewusst.«

In Chris' Kopf ist der Grübelmotor angesprungen. Fieberhaft überlegt er, was Pittelout mit seinen Andeutungen meinen könnte.

»Ich verstehe Sie nicht ganz«, sagt er schließlich.

Pittelout holt tief Luft. Er sieht Chris an wie ein Lehrer seinen Schüler.

»Sie müssen mir versprechen, über das Folgende mit niemandem zu reden, nicht einmal mit Frau Gerber. Auch nicht mit Herr Lehmann.«

Chris nickt unsicher. Was kann Pittelout nur meinen?

»Wir haben herausgefunden, dass es um Herrn Wagners Gesundheitszustand weitaus schlimmer stand, als wir zuvor angenommen hatten. Wissen Sie, wieso er hier war?«, fragt Pittelout.

Chris schüttelt den Kopf.

»Harald Wagner hat etwas gewusst, mit dem er nicht fertig wurde. Es hängt alles mit einer Frau zusammen.«

Annette, schießt es Chris durch den Kopf, ohne dass er weiß, wieso.

»Offensichtlich hatte er sich an die Fersen einer Italienerin geheftet. Die Dame heißt Maria Tiffunie. Sie arbeitet für ein Drogenkartell. Herr Wagner hat umfassende Nachforschungen über sie angestellt und diese in einem Dossier zusammengetragen.« Pittelout zeigt auf die Mappe und entnimmt ihr einige maschinenbeschriebene Blätter. »Offenbar war Frau Tiffunie für den Tod von Harald Wagners Frau verantwortlich. Zumindest hat er das geglaubt. Herr Wagner wollte seine Frau rächen und diese Signora Tiffunie töten.«

Chris starrt Pittelout ungläubig an. Er kann nicht glauben, was ihm der Monsieur erzählt.

»Er hat ihre Adresse in Paris ausfindig gemacht. Lehmann fand diese Akte in Herrn Wagners Wohnung in einem Geheimversteck. Doch irgendwie muss die Dame etwas bemerkt haben. Jedenfalls gehen wir davon aus, dass sie es war, die Herrn Wagner mit Drogen vergiftet hat.«

Chris Gedanken überschlagen sich. Sollte Pittelouts Geschichte wirklich stimmen, würde das bedeuten, dass sein Freund die ganze Zeit mit dem Gedanken gespielt hat, jemanden zu töten. Und es würde bedeuten, dass er nicht freiwillig gestorben ist.

»Wieso erzählen Sie mir das alles?«, fragt er.

»Ich denke, es ist nur fair, wenn Sie um die Umstände des Todes ihres Freundes Bescheid wissen«, antwortet Pittelout. »Und ...« Er hält inne.

»Und?«, fragt Chris.

»Sie sind ja zu uns gekommen, in der Hoffnung, etwas zu finden, das Ihnen wieder einen Lebensinhalt bietet. Erinnern Sie sich noch an die Geschichte des Propheten Elias?«

Chris nickt. Er kann sich jedoch nicht vorstellen, wo Pittelout eine Verbindung zwischen Harrys Tod und dessen Sinnsuche sieht.

»Für Herr Wagner bestand dieses Lebensziel offenbar darin, den Tod seiner Frau zu rächen und diese Signora Tiffunie zu töten.«

Pittelout sieht Chris eindrücklich an.

(»Es ist fast so, als blickten seine Augen in deine Seele.«)

»Könnte es nicht auch sein, dass Ihr ›Gott in der Höhle‹ eine ähnliche Gestalt hat?«, fragt Pittelout.

»Ich verstehe nicht, was Sie meinen«, sagt Chris. In ihm steigen Zorn und Traurigkeit auf.

»Ottmar Franke.«

Chris zuckt zusammen. Er spürt, wie er im Taxi gegen die Polsterung geschleudert wird.

»Der Mann, der für den Tod Ihrer Frau verantwortlich ist.«

Chris kann nicht glauben, was Pittelout gerade anzudeuten scheint.

Ungläubig fragt er: »Ich soll diesen LKW-Fahrer töten? Ich soll jemanden töten, um den Tod meiner Frau zu rächen?«

(Und den Tod des Babys!)

Pittelout zuckt mit den Schultern.

»Wäre das denn so abwegig? Sie würden ihrem Tod dadurch einen Sinn verleihen. Und nach allem, was ich in Erfahrung bringen konnte, wäre es um die jämmerliche Existenz dieses Mannes nicht wirklich schade.«

»Ich kann das nicht«, murmelt Chris.

»Wieso nicht? Warum haben Sie Zweifel? Nach allem, was Herr Lehmann herausbekommen hat, hat dieser Herr Franke mehrfach bei der betriebsärztlichen Untersuchung verschwiegen, dass er an Schlafstörungen litt. Er hat den Tod Ihrer Frau billigend in Kauf genommen!«

»Ich soll einen Menschen töten?«, fragt Chris erneut.

»Sie sollen überhaupt nichts«, sagt Pittelout. »Sie müssen diesen Mann töten. Denn sonst werden Sie an Ihrem Wissen zugrunde gehen. Sie können nicht mehr leben, ohne den Gedanken daran, dass ihre Frau einen sinnlosen Tod starb, weil Sie zu feige waren, Ihren Weg zu Ende zu gehen.«

(»Denken Sie immer an den Weg, den Sie gegangen sind, und an den Weg, den Sie noch gehen müssen.«)

Chris spürt, wie Pittelouts Worte in ihm etwas bewirken. Auf einmal kann er mit dem völlig absurden Gedanken leben, einen Menschen zu töten.

Wieder hört er Tonis Stimme: »Er blickt in deine Seele!«

Chris wischt den Gedanken beiseite und hört Pittelout, der sich mehr und mehr in Rage redet, weiterhin gebannt zu.

»Vielleicht ist genau das, Ihr ›Gott in der Höhle‹. Und Sie wissen genau, dass Sie, wenn Sie diese Chance vorüberziehen lassen, wieder einsam und allein in Ihrem Verlorensein herumtreiben. Und dann werden Sie sich wünschen, Sie könnten sich umbringen. Aber natürlich wissen Sie, dass Sie die zweite Chance, die Ihnen das Universum geschenkt hat, nicht verspielen dürfen. Ebenso wenig dürfen Sie zulassen, dass Annettes Tod sinnlos war.«

Chris nimmt kaum wahr, dass Pittelout seine Frau eben das erste Mal »Annette« genannt hat. Er hat das Gefühl, seine Gedanken wirbeln in einem Strom durcheinander, der sich durch Pittelouts Worte in sein Gehirn ergießt. Es ist ein großer, reißender Strom, der schon so manchen unvorsichtigen Schwimmer fortgerissen hat.

»Die Frage, die Sie sich stellen sollten, lautet: ›Kann ich das ertragen?‹ Und wenn Sie die Antwort darauf gefunden haben, kommen Sie wieder zu mir. Und denken Sie dabei an Ihre Frau.«

Pittelout macht eine kurze Pause. Dann wiederholt er seinen letzten Satz: »Denken Sie an Ihre Frau.«

7

Pittelout sitzt zufrieden in seinem Büro. Er hat gesehen, dass er Christoph überzeugt hat, ihn auf seine Seite gezogen hat. Christoph wird Ottmar Franke umbringen und danach wird Pittelout ihn bitten, sich um Maria zu kümmern – und um ihren neuen Mann.

8

Chris sitzt auf seinem Bett. Auf dem Stuhl vor dem kleinen Schreibtisch sitzt seine tote Frau. Annette besucht ihn das erste Mal seit langem. Immer noch trägt sie ihr graues Kleid. Ihre langen blonden Haare bedecken ihre Schultern.

»Du weißt, was du zu tun hast«, sagt sie.

Chris nickt stumm.

»Auch in Bezug auf deine neue Freundin.«

Annettes Stimme klingt kühl, ganz anders als sonst.

»Was ist mit Toni?«, fragt Chris.

»Ich möchte nicht, dass du dich länger mit ihr triffst. Du gehörst schließlich mir.«

Chris schüttelt den Kopf.

»Das kannst du doch nicht ernst meinen«, sagt er.

Chris bemerkt, dass Annette anfängt zu weinen. Er steht auf und umarmt sie tröstend. Sie vergräbt ihr Gesicht in seiner Brust.

»Ich werde dafür sorgen, dass dein Tod nicht umsonst war«, sagt Chris. »Aber mehr kannst du nicht von mir verlangen.«

Annette funkelt ihn zornig an. Chris spürt, dass sie sich in letzter Zeit von ihm entfernt hat. Oder hat er sich von ihr entfernt? Ihm fallen Züge an ihr auf, die er bisher noch nicht gekannt hat.

»Du bist immer noch wunderschön«, sagt er mit ruhiger Stimme zu ihr.

Vor der Tür steht Toni und hört, wie Chris zu seiner Frau sagt: »Ich habe dich immer geliebt. Und ich liebe dich immer noch.«

Toni dreht sich in diesem Moment um und geht leise davon.

Drinnen sagt Chris: »Doch jetzt liebe ich Toni. Und ich werde sie immer lieben.«

9

Toni läuft mit Tränen in den Augen raus in die Kälte. Ihre Wangen sind rot vor Wut. Ihr Herz rast.

Ich habe alles für ihn aufgegeben, denkt sie. Ich habe meinen Mann in die Wüste geschickt. Und zum Dank dafür, führt dieser Mistkerl Selbstgespräche mit einer Toten.

Dass sie gerade auch mit sich selbst redet, fällt ihr nicht auf. Sie stapft durch den Schneematsch. Sie folgt der Spur, die sie schon am frühen Abend hinterlassen hat. Es ist jetzt so dunkel, dass sie große Mühe hat, den Weg zu sehen. Doch Toni ist sich sicher, dass sie den Weg auch in völliger Dunkelheit finden würde.

10

Chris macht sich bereits große Sorgen um Toni. Er will sich gerade auf den Weg machen und draußen nach ihr suchen, als sie zitternd zur Tür hereinkommt. Unter dem Arm hält sie ein kleines Päckchen.

»Toni, endlich!«, sagt Chris. »Wo bist du gewesen?«

»Draußen. Ich musste mal allein sein«, antwortet sie knapp.

Chris spürt, dass er nicht weiter nachfragen sollte, und schweigt. Er will Toni in den Arm nehmen, doch sie wendet sich ab. Ihre Augen sind verweint.

»Ich geh jetzt duschen«, sagt sie nur. »Ich bin müde. Kannst du heute Nacht in deinem Zimmer schlafen?«

Ohne eine Antwort abzuwarten, geht Toni an ihm vorbei die Treppe hoch. Chris bleibt verwirrt am Fuß der Treppe stehen. Dann folgt er ihr nach oben. Toni dreht sich noch einmal um und Chris liest aus ihrem Blick, dass er ihr nicht aufs Zimmer folgen soll. Er geht in sein Zimmer und schließt die Tür.

Mitten im Zimmer bleibt er stehen und starrt auf den Schreibtisch. Dort steht ein Foto von Annette. Es ist das Bild, das in seiner Wohnung auf der Kommode gestanden hat. Gleich neben dem Lavastein.

Denk an den Weg, der vor dir liegt, denkt er.

Chris fällt Annettes Lachen ein. Gleich darauf muss er daran denken, wie ablehnend sie eben gegenüber Toni gewesen ist. Dann denkt er an Harry, der versucht hat, seine tote Frau zu rächen.

Chris ruft sich Harrys Aussehen kurz vor seinem Tod ins Gedächtnis. Sieht so ein Drogentoter aus? Wieso sind ihm die Haare ausgefallen? Woher kamen die Flecken auf der Haut?

Endlich löst Chris sich aus seiner Starre, geht er zum Kleiderschrank und öffnet ihn. Er bleibt eine Weile ohne jede Regung vor dem offenen Schrank stehen. In seinem Kopf geht er immer wieder seine Situation durch. Er kann es bis zum Morgen nach Berlin schaffen und am nächsten Abend wieder auf dem Hof sein. Dann wird er mit Toni reden.

Was machst du, wenn Pittelout dich dann als geheilt bezeichnet? Wirst du ohne Toni gehen, fragt er sich.

Chris denkt keine Sekunde daran, dass er es nicht schaffen könnte, einen Menschen zu töten. Er denkt nur an Annette und an Toni.

II

Lehmann wartet vor dem Haus auf Chris. Er reicht ihm die Schlüssel des alten VW. Chris hat versucht, einzuwenden, er könne auch mit seinem eigenen Auto fahren, doch Pittelout hat darauf bestanden, dass er mit dem Golf fährt.

Chris setzt sich in den Wagen. Lehmann reicht ihm ein kleines Päckchen.

»Da drin finden Sie 1 000 Euro und ein Messer. Machen Sie es möglichst kurz und schmerzlos«, sagt er.

»Mit einem Messer?«, fragt Chris.

Lehmann geht nicht auf ihn ein. Er reicht ihm ein Navigationsgerät.

»Ich habe die Zieladresse bereits für Sie eingegeben«, sagt er. »Sie müssen nur noch den Anweisungen folgen. Dann kommen Sie ans Ziel.«

Chris stutzt.

»Melden Sie sich, wenn Sie dort sind«, sagt Lehmann.

Chris nickt nur. Dann startet er den Wagen und fährt langsam vom Hof. Er ist schon lange nicht mehr selbst Auto gefahren.

Er fährt hinaus in die Nacht. Immer wieder wirft er einen Blick auf den Beifahrersitz. Dort liegt das Paket mit dem Messer.

Während er fährt, denkt Chris an seinen Freund Harry.

Harry, sein einzig wahrer Freund hier auf dem Hof.

Harry, der einen furchtbaren Drogentod starb.

Harry, der gerne einen Roman geschrieben hätte.

Harry, der immer mit der Hand geschrieben hat, nie mit der Maschine.

Chris tritt wie vom Donner gerührt auf die Bremse. Der VW schlingert einige Meter und kommt dann abrupt zum Stehen.

12

Toni erwacht von dem Duft. Ganz klar und deutlich riecht sie das Parfüm ihres Mannes neben sich. Sie tastet nach dem Lichtschalter. Die kleine Nachttischlampe reicht nicht aus, um den Raum vollständig zu erhellen. Aber sie ist hell genug, dass Toni Sören sehen kann, der in Boxershorts neben ihr liegt.

»Was machst du hier?«, ist ihre erste Frage. Direkt danach kommt: »Geht es Johannes gut?«

Sören dreht sich zu ihr um. Er lächelt sie wissend an.

»Wie läuft es zwischen dir und Christoph?«

»Ich weiß nicht, ob es noch ein ›Wir‹ gibt«, sagt Toni.

»Hat dir etwa nicht gefallen, wie er mit seiner Frau gesprochen hat?«, fragt Sören.

Toni schüttelt den Kopf. Sie spürt, wie ihr die Tränen kommen. Verzweifelt kämpft sie dagegen an.

»Ach komm! Ich habe dich doch schon so oft weinen gesehen«, sagt Sören. »Vor mir musst du deine Tränen nicht verbergen.«

Er streicht ihr eine Strähne aus dem Gesicht. Toni zuckt zusammen. Sörens Hände sind eiskalt.

»Du weißt, was du tun musst«, sagt Sören nach einem kurzen Moment der Stille.

Toni schluchzt einmal laut. Dann sagt sie: »Ich muss mit Chris reden.«

»Ja, das solltest du. Aber du solltest vorher noch einmal zu deinem Therapeuten gehen.«

Toni schüttelt den Kopf.

»Ich will nicht zu Pittelout. Er ist irgendwie unheimlich.«

»Du musst aber«, sagt ihr Mann mit strenger Stimme. Dann noch einmal ruhiger, fast schon sanft: »Du musst.«

Toni starrt einen Moment an die Decke. Dann steht sie auf, geht zum Kleiderschrank und zieht sich an. Langsam geht sie nach unten zu Pittelouts Büro. Aus dem Speisesaal kann sie die Stimmen der anderen hören. Wie jeden Abend spielen sie Karten und lachen laut. Als Toni vor der schweren Eichentür zu Pittelouts Büro angekommen ist, schlägt ihr Herz bis zum Hals. Ihre Schläfen pochen.

»Nun mach schon. Klopf an«, sagt Sören.

Toni hebt ihre Hand und klopf an. Das dumpfe Geräusch zerschneidet die Luft und Sören löst sich langsam auf.

Tonis Geschichte

I

»Das darf doch nicht wahr sein!«, sagt Antonia Gerber laut. Wütend legt sie ihren Füller auf den Esstisch, auf dem sie ihre Unterlagen ausgebreitet hat. Ihr Mann Sören sitzt auf dem Sofa und blättert in einem Magazin. Verwundert blickt er auf.

»Was ist denn?«, fragt er.

Antonia ist an diesem Freitagabend noch mit ihren Freundinnen Christina und Yasmin verabredet. Sie wollen ins Kino gehen, und Antonia – die in ihrem früheren Leben niemand Toni nennt – hat sich gedacht, sie könne noch eben schnell ein paar Klassenarbeiten ihrer Deutschklasse korrigieren.

»Dogan hat allein auf einer Seite 97 Fehler. 97!«, antwortet Antonia.

»Wieso legst du die Sachen nicht einfach zur Seite und machst dich fürs Kino fertig?«, erkundigt Sören sich. »Dann kann ich nämlich auch schon einmal für deine zwei Helden den Tisch decken.«

»Was wollt ihr denn essen?«, fragt sie.

»Ich hatte gehofft, du zauberst uns noch ein Fünfgängemenü. Aber nur für den Fall, dass du dazu keine Lust hast, habe ich bereits was beim Inder bestellt. Johannes wird das Essen mit Begeisterung schlecht finden.«

»Selbst dran schuld. Du weißt doch, dass er am liebsten Pizza isst.«

»Ja, ja. Aber ich muss auf meine Linie achten. Und

dann muss der Kleine halt mal mitfasten«, sagt Sören lachend.

2

Als Antonia mit ihrem BMW vor Yasmins Haus parkt, hat sie die Klassenarbeiten schon vergessen. Sie würde noch früh genug Grund zum Ärgern haben. Sie hat sich gegen ein Sommerkleid und für Jeans und T-Shirt entschieden. Sie findet es albern, wenn sich Leute fürs Kino anziehen, als gingen sie in die Oper. Doch genau diese Angewohnheit hat ihre beste Freundin Yasmin. Und Antonia ist sich sicher, dass ihr der ein oder andere bissige Kommentar nicht erspart bleiben wird.

Sie legt ihr Smartphone zurück auf die Ablage – sie hat Yasmin gerade eine Nachricht geschickt, dass sie vor dem Haus warte – und sieht dann aus dem Fenster. Dabei lässt sie ihre Gedanken schweifen. Sören und Johannes sind ein tolles Team. Wenn andere Väter ihre Kinder vor dem Fernseher parken, liest Sören mit Johannes, oder die beiden erfinden chaotische Spiele, was immer dazu führt, dass Antonia beinahe einen Herzinfarkt kriegt, wenn sie nach Hause kommt und die Verwüstung vorfindet.

Die Wagentür wird aufgerissen und Antonia verliert ihren letzten Gedanken. Yasmin gleitet elegant auf den Beifahrersitz.

»Hallo Antonia«, sagt sie zur Begrüßung.

Sie trägt tatsächlich ein Kleid. Es ist eines mit tiefem Ausschnitt und freien Schultern. Yasmin hat schon immer ein Verlangen danach verspürt, aller Welt ihren schönen Körper zu zeigen. Einmal während des Studiums hat das zum Rauswurf aus dem Freibad geführt, als sie nämlich nackt vor den Augen des Bademeisters vom Dreimeterbrett gesprungen ist.

»Hallo Liebes«, sagt Antonia.

Sie umarmen sich kurz. Dann startet Antonia den Wagen.

»Holen wir Christina ab?«, fragt Yasmin.

»Die fährt selbst«, sagt Antonia.

Sie fahren in die Abenddämmerung hinein. Für Antonia gibt es fast nichts Schöneres als Frankfurt bei Nacht. Sie liebt ihr Leben in Mörfelden, doch die Frankfurter Innenstadt bei Nacht übt eine enorme Faszination auf sie aus. Im Scherz denkt sie manchmal: »Wenn ich keinen Mann und keinen Sohn hätte, würde ich sofort nach Frankfurt ziehen.«

3

Christina wartet bereits vor dem Restaurant auf sie. Die drei haben für den Abend einen Tisch reserviert. Anschließend wollen sie sich im Filmpalast einen alten Klassiker ansehen: Alfred Hitchcocks »Marnie«.

Antonia hat ihren Wagen im Parkhaus abgestellt. Sie hat die Tür schon geschlossen, als sie ihr Smartphone auf der Ablage sieht. So etwas darf ihr nicht passieren. Sie hat von einer Kollegin gehört, dass ihr daraufhin ein Dieb die Scheibe eingeschlagen hat. Und danach hat sich die

Kollegin von der Polizei noch anhören müssen, wie sie denn nur so unvorsichtig hat sein können. Antonia steckt ihr Smartphone in ihre Handtasche und geht mit Yasmin nach draußen.

Jetzt sitzen sie an ihrem Tisch und überfliegen die Speisekarte.

»Wir hätten alle drei mit dem Taxi kommen sollen«, sagt Christina. »Dann hätten wir uns jede einen Cocktail bestellen können.«

»Zuviel Zucker«, sagt Yasmin nur.

Antonia verdreht innerlich die Augen. Yasmin ist eine Künstlerin, wenn es darum geht, ihren Mitmenschen die Freude an leckerem Essen zu verderben. Immer ist sie irgendetwas am Fasten.

»Wisst ihr, was ihr nehmen wollt?«, fragt Christina.

»Ich schon«, sagt Antonia. »Von meiner Seite aus können wir bestellen.«

Sie bestellen ihr Essen. Während sie essen, lachen sie viel, reden über Männer und über den Film, den sie sich ansehen werden. Nach einer Stunde bemerkt Antonia, dass sie sich beeilen müssen, wenn sie noch rechtzeitig das Kino erreichen wollen.

Yasmin hebt den Arm und der Kellner kommt. Es ist ein junger Student, der sich geübt lässig neben ihren Tisch stellt. Die drei zählen auf, was sie gegessen haben, und bezahlen. Gerade will Antonia ihre Rechnung begleichen, als ihr Smartphone klingelt. Sie lächelt entschuldigend – der Kellner lächelt verständnisvoll – und sieht auf das Display. Es ist ihre Nachbarin Rosalinde, eine ältere Dame, die sich um ihre Wohnung kümmert, wenn

Antonia und Sören im Urlaub sind. Aber angerufen hat Rosalinde Antonia noch nie.

Was wird denn da los sein, denkt Antonia. Ob sie sich verwählt hat?

»Da muss ich kurz rangehen«, sagt sie und nimmt den Anruf an, der ihr Leben für immer verändert.

4

Rosalinde sitzt wie jeden Abend vor ihrem Fernseher und sieht sich eine Quizshow nach der anderen an. Sie liebt Quizsendungen. Da kann man immer so schön mitraten. Früher haben sie und ihr Mann gemeinsam um die Wette geraten und anschließend durfte sich derjenige, der bei »Wer wird Millionär?« das meiste Geld abgesahnt hat, vom Verlierer feiern lassen. Mittlerweile rät Rosalinde allein.

Als sie während einer Werbepause aufsteht, um zur Toilette zu gehen, bemerkt sie das Feuer. Die Flammen kommen vom Nachbargrundstück. Rosalinde tritt ans Fenster, um nachzusehen, was dort brennt. Dann sieht sie die Katastrophe. Aus dem Wohnzimmerfenster der Gerbers wachsen meterhohe Flammen. Sofort eilt sie zum Telefon und wählt den Notruf.

5

Antonia fällt ihr Smartphone beinahe aus der Hand. Kreidebleich steht sie auf. Ihr Stuhl kippt um.

»Was hast du?«, fragt Yasmin. Sie ist ebenfalls aufgestanden.

Antonia schiebt sie zur Seite.

»Ich muss nachhause. Das Haus brennt. Ich muss zu Sören.«

Mehr sagt sie nicht.

Ohne zu bezahlen läuft Antonia aus dem Restaurant. Draußen rennt sie Richtung Parkhaus. Jetzt zahlt sich aus, dass sie sich für Sneakers entschieden hat und gegen die Schuhe mit dem leichten Absatz. Sie rennt direkt zu ihrem Wagen. Erst, als sie den Motor bereits gestartet hat, fällt ihr ein, dass sie noch die Parkkarte bezahlen muss. Sie hält neben dem Kassenautomaten an, lässt den Motor laufen und steigt aus. Mit zitternden Händen schiebt Antonia die Karte in den Schlitz und füttert den Automaten mit Kleingeld. Anschließend fährt sie mit quietschenden Reifen zum Ausgang.

Bitte lass die Straßen frei sein, denkt sie und betet zu einem Gott, den es für sie nicht gibt. Bitte lass Sören und Johannes gesund sein!

Die Straßen sind frei. Antonia drückt das Gaspedal voll durch. Obwohl sie sonst immer besonnen ist, und ihren Mann ermahnt, sich an die Geschwindigkeitsbegrenzungen zu halten (»Rasen bringt sowieso nix«), wenn dieser zu schnell fährt, fährt Antonia jetzt, ohne auf rote Ampeln zu achten – sie hat Glück: Die einzige rote Ampel, die sie überfährt, ist nicht mit einer Kamera ausgestattet.

6

Vor ihrem Haus stehen mehrere Löschfahrzeuge der Feuerwehr und ein Rettungswagen. Polizeiautos parken ein wenig weiter die Straße hinauf. Antonia fährt zwischen den parkenden Autos hindurch. Sie parkt vor dem Haus der Nachbarin und steigt dann mit zittrigen Beinen aus ihrem Wagen. Langsam, wie im Traum, geht sie hinüber zu ihrem Haus. Sie kann keine Flammen mehr sehen, aber aus den oberen Fenstern steigt noch schwarzer Rauch auf. Mehrere Feuerwehrmänner stehen vor der eingeschlagenen Terrassentür.

»Wir gehen jetzt rein«, sagt einer der Männer und der Trupp setzt sich in Bewegung.

»Wo ist mein Mann?«, fragt Antonia, doch niemand hört sie.

Schließlich kommt ein Feuerwehrbeamter zu ihr.

»Kann ich ihnen helfen?«, fragt er freundlich.

»Wo ist mein Mann?«, fragt sie erneut.

»Ist das Ihr Haus?«, fragt der Mann.

Antonia sieht sich immer hektischer um. In ihr wächst eine schreckliche Gewissheit. Plötzlich rauscht das Funkgerät des Feuerwehrmannes.

»Zwei Tote. Eine erwachsene Person und ein kleines Kind«, sagt die Stimme im Funkgerät.

Unter Antonia löst sich der Boden auf. Sie stürzt und es

kommt ihr so vor, als falle sie ewig, ehe sie auf dem verdorrten Grasboden aufschlägt. Die Welt um sie herum wird schwarz.

7

Antonia erwacht im Krankenwagen. Sie liegt auf einer unbequemen Trage. Neben ihr steht eine junge Frau, die gerade eine Blutdruckmanschette zusammenrollt.

»Geht es Ihnen wieder besser?«, fragt die Frau.

Antonia schüttelt den Kopf.

»Wo ist mein Mann? Wo ist mein Sohn?«, fragt sie – und für einen kurzen Moment muss sie überlegen, wie die Namen ihrer beiden Männer lauten. »Wo sind Sören und Johannes?«

»Darüber weiß ich nichts«, sagt die junge Frau. Doch Antonia spürt, dass sie lügt. Sie weiß Bescheid. Ihr Mann ist tot.

Wieder hört sie die Stimme aus dem Funkgerät des Feuerwehrmanns: »Eine erwachsene Person und ein kleines Kind.«

Johannes ist ebenfalls tot. Antonia wird panisch, ihre Atemzüge werden immer hektischer. Alles, was sie will, ist sterben. Alles, was sie tun kann, ist laut aufschreien.

»Beruhigen Sie sich«, sagt die Frau mit sanfter Stimme. Sie nimmt einen kleinen Plastikbeutel und hält ihn Antonia über Mund und Nase. Antonia wird müde. Sie lässt sich fallen. Erschöpft sinkt sie auf die Trage zurück.

»Wo sind Sören und Johannes?«, fragt sie erneut.

»Ich fürchte, dass Ihr Mann bei dem Feuer ums Leben gekommen ist«, sagt eine Stimme jenseits von allem. Sie gehört dem Feuerwehrmann, dessen Funkgerät Antonia die schreckliche Nachricht überbracht hat. »Und ihr Sohn leider auch.«

Antonia spürt, dass sich ihre Atmung wieder beschleunigt. Sie spürt, wie sich ihre Augen mit heißen, brennenden Tränen füllen. Sie spürt, wie sie wieder den Boden unter sich verliert.

8

Antonia erwacht aus einem bösen Traum. Sie hat geträumt, ihr Mann und ihr Sohn wären beide bei einem Hausbrand ums Leben gekommen. Als sie die Augen öffnet, sieht sie nicht – wie sie insgeheim gehofft hat – die Decke ihres Schlafzimmers, sondern die kalte Decke eines Krankenhauszimmers. Neben ihr unterhält sich ein Mann mit einer Frau. Jetzt verstummen die beiden.

»Wo bin ich?«, fragt Antonia. »Wo ist mein Mann? Wo ist mein Sohn?«

Die Tür öffnet sich und eine Schwester betritt das Zimmer.

»Wie geht es Ihnen, Frau Gerber?«, fragt sie mit ruhiger Stimme.

»Wo ist mein Mann?«, fragt Antonia erneut.

»Ihr Mann ist tot, Frau Gerber«, sagt eine Männerstimme.

Antonia dreht sich im Bett um. Neben ihr stehen ein

älterer Mann in Jeans und Hemd, eine junge Frau, ebenfalls in Jeans, und eine Krankenschwester. Der Mann gibt der Schwester ein Zeichen und sie verlässt das Zimmer.

»Frau Gerber, wenn ich mich kurz vorstellen darf. Mein Name ist Erik Martensen, ich leite die Ermittlungen im Todesfall Ihres Mannes. Das ist meine Kollegin Frau Sophia Stein.«

»Der Todesfall meines Mannes?«, fragt Antonia ungläubig.

»Frau Gerber, es tut mir schrecklich leid, aber ich muss Ihnen leider mitteilen, dass sowohl Ihr Mann als auch Ihr Sohn bei dem Brand ums Leben gekommen sind.«

»Wieso?«, fragt Antonia.

In ihr dreht sich alles. Ich schlafe noch, schießt es ihr durch den Kopf. Ich schlafe noch und das ist alles nur ein schrecklicher Traum, aus dem ich einfach aufwachen muss!

»Die Brandursache ist noch völlig unklar«, sagt die junge Kommissarin.

Antonia sieht ihr an, dass sie ihr irgendetwas verschweigt.

»Kann ich sie noch einmal sehen?«, fragt sie.

»Ihr Mann und Ihr Sohn befinden sich derzeit noch in der Pathologie und werden dort untersucht«, antwortet die Kommissarin ausweichend.

»Wo ist mein Mann?«, fragt Antonia wieder.

9

Antonia liegt im Bett. Wegen des schweren Schocks hat man sie gleich mehrere Tage zur Beobachtung dabehalten. Yasmin sitzt auf einem der beiden Stühle. Sie versuchen, sich gegenseitig von dem schrecklichen Ereignis abzulenken. Plötzlich klopft es an der Tür und die junge Polizistin tritt ein.

»Guten Tag Frau Gerber, ich muss Sie leider noch einmal behelligen.«

Yasmin steht auf und nimmt ihre Handtasche.

»Ich geh dann wohl besser mal«, sagt sie zu Antonia. »Ruf mich an, wenn was ist.«

»Danke Yasmin. Ich ruf dich an, sobald ich hier raus bin.«

Als Yasmin draußen ist, setzt die Polizistin sich auf den freigewordenen Stuhl.

»Frau Stein, oder wie war Ihr Name?«, fragt Antonia.

»Richtig, Frau Gerber. Ich ermittle in Ihrem Fall. Ich muss Ihnen leider noch einige Fragen zu Ihrem Mann stellen. Trauen Sie sich das zu?«

Antonia nickt stumm.

»Wir können auch gerne noch auf Herr Wagner warten. Er ist Polizeipsychologe und wird uns bei diesem Gespräch unterstützen.«

Antonie schüttelt den Kopf.

»Nein, ich denke, das geht auch so.«

Die Kommissarin nickt nur und lächelt dann. Sie zieht ihren Stuhl näher an Antonias Bett und schlägt einen kleinen Block auf.

»Wir gehen zunächst einmal den Zwischenbericht durch. Daraus ergeben sich dann meine Fragen an Sie.«

Antonia nickt zustimmend.

Frau Stein klappt die Mappe auf und nimmt einige Zettel heraus.

»Die Untersuchung hat ergeben, dass es sich um Brandstiftung gehandelt hat. Das Feuer wurde also absichtlich gelegt. Die Frage ist nur: Von wem?«

Die Polizistin macht eine kurze Pause. In Antonia wächst die Angst vor dem, was sie jetzt erfahren wird.

»Leider deuten alle Spuren darauf hin, dass Ihr Mann das Feuer gelegt und somit sich und Ihren Sohn ermordet hat.«

»Ermordet?«, fragt Antonia.

»Nun, die Autopsie hat ergeben, dass sowohl Ihr Mann als auch Ihr Sohn Chloroform in der Lunge hatten. Sie wurden also beide vor ihrem Tod betäubt. Aktuell gehen wir davon aus, dass Ihr Mann zunächst Ihren Sohn Johannes mithilfe des Chloroforms getötet und anschließend Feuer in der Wohnung gelegt hat. Wir haben zwei Sauerstoffflaschen gefunden, die laut Prägung in einem Baumarkt ganz in der Nähe gekauft wurden. Keiner der Verkäufer kann sich an Ihren Mann erinnern. Als Brandbeschleuniger hat Ihr Mann Benzin verwendet. Es gibt ein Überwachungsvideo einer Tankstelle, auf dem zu sehen ist, wie Ihr Mann am Abend zuvor Benzin in einen Kanister tankt.«

Antonia liegt stumm im Bett und kann nicht glauben, was ihr die Kommissarin gerade erklärt hat. Glaubt wirklich jemand auf dieser Welt, Sören habe sich und Johannes umgebracht und das Haus niedergebrannt? Glaubt sie das vielleicht sogar selbst?

»Du hast ihn nicht wirklich gekannt«, flüstert ihr eine kratzige Stimme tief in ihrem Unterbewusstsein zu.

»Wir haben einen Rasenmäher, der mit Benzin läuft. Sören hat das Benzin dafür immer an der Tankstelle gekauft. Er hat immer eine besondere Mischung gekauft. Benzin für Mofas.«

Frau Stein wartet, ob die junge Frau noch etwas sagt. Als nichts mehr kommt, fährt sie mit ihrem Bericht fort.

»Das Chloroform, mit dem er Ihren Sohn umgebracht hat, hat er in einer Apotheke in der Frankfurter Innenstadt gekauft. Der Verkäufer konnte zwar nicht mehr sicher bezeugen, dass es Ihr Mann war, dem er das Chloroform verkauft hat, ist sich aber relativ sicher. Klugerweise hat Ihr Mann nicht die Apotheke gewählt, in der er zuvor die Grippemedikamente für Ihren Sohn gekauft hat.«

Wieso hast du das getan, denkt Antonia.

»Wieso hast du nichts gemerkt?«, flüstert die Stimme.

»So wie es sich uns also darstellt, handelt es sich ganz klar um einen Fall von erweitertem Suizid. Sie fragen sich jetzt bestimmt, wieso Ihr Mann so etwas Schreckliches getan hat. Diese Frage stellen wir uns ebenfalls.«

Die Kommissarin macht eine kurze Pause. Dann fährt sie fort: »Halten Sie es für möglich, dass Ihr Mann das alles geplant hat?«

Antonia schüttelt nur den Kopf. Sie kämpft gegen die Tränen an.

»Er wollte an dem Abend Essen beim Inder bestellen.

Er wollte abnehmen. Wieso sollte jemand, der plant, abzunehmen, sich umbringen?«

Sie kann nicht mehr die Kraft aufbringen, die Tränen zurückzuhalten. Die Kommissarin reicht ihr ein Taschentuch.

»Wir werden diesen Fragen nachgehen, Frau Gerber.«

Hilflos sieht Frau Stein sich im Krankenzimmer um.

»Sie sollten auf jeden Fall noch mit unserem Polizeipsychologen reden. Ich bleibe noch so lange bei Ihnen, bis Herr Wagner eintrifft.«

Antonia hört der Kommissarin nicht mehr zu. In ihrem Kopf gibt es nur noch ein Wort: WIESO?

10

Antonia liegt jeden Abend lange wach. Das Sofa in Yasmins Wohnung ist gut geeignet, um darauf vor dem Fernseher einzudösen, aber völlig ungeeignet, um es als Bett zu benutzen. Antonia wälzt sich hin und her. Schließlich gibt sie auf und steht auf. Sie geht in die Küche und trinkt einen Schluck Wasser. Wie gern würde sie jetzt ein Glas Wein trinken, in der Hoffnung, davon schläfrig zu werden, doch Yasmin hat natürlich keinen Alkohol im Haus. Zu ungesund.

Antonia geht zurück ins Wohnzimmer. Sie zieht ihr Smartphone aus der Steckdose und öffnet den Browser. Sie gibt »Wohnungen in Frankfurt« in die Suchmaschine ein. Sie muss hier weg. Muss auch weg aus Mörfelden. Ihr kommt es so vor, als hätten sich alle in ihrer Straße – sogar die alte Rosalinde – in den Kopf gesetzt, Antonia hätte ihren Mann in den Selbstmord getrieben.

»Hast du?«, hallt es in ihrem Kopf.

Antonia scrollt durch die Anzeigen der Immobilienportale. Die meisten Wohnungen sind nur kleine schäbige Löcher. So wird sie nichts finden. Sie beschließt, am nächsten Morgen ihren alten Schulfreund Sebastian anzurufen. Der arbeitet bei der Sparkasse. Antonia hofft, dass er ihr eine Wohnung vermitteln kann. Schließlich legt sie ihr Smartphone wieder weg. Sie wird sich morgen um alles kümmern. Und nächste Woche wird sie wieder anfangen zu arbeiten. Sie muss raus. Muss unter Leute.

II

Antonia legt den Schraubenzieher zur Seite. Christina kommt mit zwei Pizzakartons zur Tür herein.

»Essen ist da. Jetzt ist Pause«, verkündet Christina.

Antonia steht auf und geht rüber in die Küche. Hier haben sie die ersten Möbel aufgebaut. Christina hat gemeint, es wäre wichtig, erst einmal einen Platz für die Pausen zu haben.

»Schlafen kannst du notfalls auch auf der Matratze. Dafür brauchst du kein Bett«, hat sie gesagt.

Also haben sie zuerst den Tisch und die drei Stühle zusammengeschraubt. Danach hat Christina den Kühlschrank ausgewischt und eingeschaltet. Jetzt sitzt sie mit einer kühlen Limo in der einen und einem Stück Pizza in der anderen Hand in der kleinen Küche an dem noch kleineren Tisch.

Antonia hat tatsächlich mit Sebastians Hilfe eine Wohnung gefunden. Es ist eine kleine Wohnung – »Übergangswohnung« hat Sebastian sie genannt –, doch Antonia verfügt sogar über ein kleines Arbeitszimmer.

»Auf geht's, du Meisterschreinerin. Jetzt stärken wir uns erst – und nachher bauen wir dann deinen Schrank und dein Bett zusammen. Das Sofa kommt ja Gott sei Dank erst übermorgen.«

Antonia setzt sich ebenfalls an den Tisch. Sie trinkt nur ein Glas Wasser und isst dazu ihre Funghi. Eigentlich hat sie gar keinen Hunger, doch sie will ihrer Freundin den Gefallen tun und etwas essen.

12

Antonia hat ein wenig betteln müssen, aber letztlich hat ihre Direktorin eingewilligt und sie darf wieder arbeiten. Sie ist froh darüber, endlich wieder unter Menschen zu sein. Menschen, die von all dem nichts mitbekommen haben. Die Schüler sehen sie nicht verstohlen an wie ihre früheren Nachbarn. Und die Kollegen sprechen ihr nur kurz ihr herzliches Beileid aus, ohne weitere Fragen oder Hintergedanken. In der Zeitung stand nichts von einem erweiterten Suizid und so hat Antonia der Direktorin erzählt, es hätte einen Gasunfall gegeben. Alles scheint wieder gut zu werden. Antonia hat die Beerdigung gut hinter sich gebracht und in der Schule wieder Fuß gefasst.

Niemand scheint ihr mehr den Vorwurf zu machen, sie habe ihren Mann zu dieser schrecklichen Tat getrieben, bis sie eines Tages eine Unterhaltung im Sekretariat mithört.

»Ihr Mann hat sich und den Kleinen umgebracht. Und dann hat er das Haus angezündet«, sagt Stimme Nummer eins, die ohne Zweifel der Sekretärin gehört.

»Weiß man, wieso er das gemacht hat?«, fragt Nummer zwei. Antonia glaubt, einen Kollegen zu erkennen, der Chemie und Physik oder was Ähnliches unterrichtet und der ihr immer aus dem Weg geht.

»Na, für mich ist die Sache klar: Sie hat ihn so lange gepiesackt, bis er es nicht mehr ausgehalten hat. Du wärst erstaunt, wie viele Schüler sich hier über sie beschweren. Ich kann mir schon vorstellen, dass sie einen in den Wahnsinn treiben kann.«

Antonia kann nicht glauben, was sie gerade gehört hat. Sie hat nie ein Wort über ihren Mann mit der Sekretärin gewechselt. Umso mehr verwundert es sie jetzt, welche Vermutungen die beiden austauschen. Mit Tränen in den Augen rennt sie raus auf den Parkplatz und erbricht sich in einen Mülleimer. Der bittere Geschmack des Erbrochenen führt dazu, dass sie das Gefühl bekommt, sich gleich wieder übergeben zu müssen.

»Das geschieht dir nur recht!«, ruft die kratzige Stimme in ihrem Kopf.

Antonia sieht auf die Uhr. Eigentlich soll sie in fünf Minuten vor einer Klasse stehen und Schülern das Plusquamperfekt erklären, doch sie will jetzt lieber allein sein. Sie setzt sich neben ihren Wagen auf den harten Asphalt,

zückt ihr Smartphone und wählt die Nummer des stell-
vertretenden Schulleiters.

»Müller, was kann ich für Sie tun?«, meldet der sich sofort.

»Hallo David, hier ist Antonia. Ich wollte fragen, ob
ich mich für die letzte Stunde vertreten lassen kann. Mir
geht es nicht so gut. Daher würde ich gerne nachhause
fahren.«

»In welcher Klasse hättest du jetzt Unterricht?«, fragt
Müller.

Keine Nachfragen, wieso, weshalb, warum. Kein:
»Wieso hast du deinen Mann in den Tod getrieben?«, nur:
»Um welche Klasse geht's?«

»In der 7c. Plusquamperfekt«, sagt Antonia knapp.

»Hm. Gut, ich schicke den Meier hoch. Der hat zwar
keine Ahnung von der Welt, außer von Physik und Chemie, aber er kann ja mit den Kindern einen Film gucken
oder ein Diktat schreiben. Soll ich dich für morgen auch
noch ausplanen?«

»Ich melde mich später noch einmal. Jetzt lege ich mich
erst einmal hin«, sagt Antonia.

»Mach das«, sagt Müller und legt auf.

13

Zuhause nimmt Antonia eine Kopfschmerztablette und
legt sich aufs Sofa. Ihr Magen hat sich beruhigt. Den wi-
derlichen Geschmack von Erbrochenem hat sie bereits
auf der Autofahrt mit einem Kaugummi beseitigt. Jetzt

hat sie keine Lust, sich noch einmal die Zähne zu putzen. Sie will nur noch schlafen oder sterben.

Als sie die Augen schließt, sieht sie Sören, wie er auf dem Sofa liegt und in einem Magazin blättert. Welches ist es gewesen? Vielleicht GQ oder irgendein Wirtschaftsmagazin. Von nebenan hört sie Johannes, der mit seinen Bauklötzen spielt. Ist das nicht herrlich? Ein Junge, der sich mehr für Bauklötze interessiert als für Smartphones und Tablets?

Plötzlich läutet es an der Tür. Antonia schwebt durchs Wohnzimmer und den Flur und öffnet die Tür. Vor ihr steht ihre Nachbarin Rosalinde, die einfach nur sagt: »Du hast ihn dazu getrieben!«

Hinter sich hört Antonia mit einem Mal einen Knall. Als sie sich umdreht, steht das Wohnzimmer in Flammen. Sören und Johannes sitzen auf dem Sofa, die Arme umeinander gelegt.

»Du hast ihn dazu getrieben!«, sagt Rosalinde erneut. Jetzt ist Emily aus dem Sekretariat in den Chor mit eingestiegen. Hinter Antonia explodiert eine der Sauerstoffflaschen mit einem lauten Knall.

Antonia schreckt hoch. Sie dreht sich zur Seite und erbricht sich in den Eimer, den sie vorsichtshalber neben das Sofa gestellt hat. Sie ist am ganzen Körper geschwitzt. Mit weichen Knien steht sie auf und trägt den Eimer rüber ins Badezimmer. Antonia kippt den Inhalt in die Toilette. Dann spült sie den Eimer mit etwas Wasser aus. Sie dreht sich um und sieht in den Spiegel.

Habe ich dich so schlecht gekannt, fragt sie sich zum ersten Mal bewusst. Wieso habe ich all die Jahre nicht gemerkt, wie schlecht es dir ging. Oder habe ich dich am Ende in diesen Wahnsinn getrieben?

Antonia wird durch das Klingeln ihres Smartphones aus ihren Gedanken gerissen. Es ist Yasmin.

14

Der Besuch von Yasmin scheint Antonia wieder ins Gleichgewicht gebracht zu haben. Sie fühlt sich am nächsten Morgen wieder so gut, dass sie auf die Arbeit gehen kann. Ein paar Mal überlegt sie, ob sie nicht einfach mal mit Emily reden sollte, entscheidet sich aber dagegen.

Alles scheint sich langsam wieder zu fügen, bis der Stift auftaucht. Einen Tag vor dem Schlüssel und drei Tage vor der Tür. Die Tür ist am schlimmsten, aber sie ist auch heilsam.

15

Antonia lässt ihre Tasche jedes Mal in der Schule im Lehrerzimmer liegen. So muss sie nicht so viel tragen und die meisten Bücher hat sie sowieso als Zweitexemplar zuhause in ihrem Arbeitszimmer. Aus diesem Grund ärgert sie sich, als sie am Nachmittag feststellt, dass sie im ganzen Haus keinen schreibenden Stift mehr hat.

Du bist Lehrerin. Du wirst doch irgendwo einen Stift haben, denkt sie.

Antonia hat sich ein kleines Notizbuch gekauft, in das

sie ihre Gedanken und Gefühle schreiben will. Eine prima Idee ihres Therapeuten. Alles, was sie daran hindert, dieses Vorhaben in die Tat umzusetzen, ist, dass sie in der ganzen Wohnung keinen Stift findet, der noch schreibt, nicht einen einzigen. Antonia sucht an den unmöglichsten Stellen, sogar im Kühlschrank, und krabbelt schließlich auf allen vieren durch ihr Wohnzimmer, um unter dem Schrank und dem Sofa nachzusehen. Und tatsächlich wird sie fündig.

Unter dem Sofa liegt ein Kugelschreiber. Es ist aber nicht irgendein Stift, sondern ihr Rotstift, mit dem sie normalerweise Klassenarbeiten korrigiert. Wie kommt der hierhin? Antonia schiebt ihren Arm unter das Sofa und greift nach dem Stift. Er liegt zu weit weg. Fast kommt es ihr so vor, als weigere er sich, von ihr herausgezogen zu werden. Antonia hebt das Sofa mit der linken Hand ein wenig an und zwängt dann ihren rechten Arm noch weiter unter das Sofa. Endlich bekommt sie den Stift zu fassen. Sie zieht ihn raus und hält ihn triumphierend wie einen Pokal vor sich.

»Hab ich dich, du Miststück«, sagt sie.

Antonia setzt sich auf das Sofa und schlägt das Notizbuch vor sich auf. Dann drückt sie auf den Druckknopf. Er fühlt sich vertraut an. Wie der Knopf des Kugelschreibers, mit dem sie heute in der Schule noch einen Test korrigiert hat. Aber diese Stifte fühlen sich wahrscheinlich alle gleich an. Schließlich handelt es sich ja nicht um Einzelstücke.

»Ich habe meinen Mann geliebt« schreibt sie auf die erste Seite des Notizbuchs. Dann streicht sie den Satz wieder durch und schreibt in die Zeile darunter: »Ich liebe meinen Mann.«

Plötzlich ist da dieser eine Gedanke: Wie kann man jemanden lieben, der gar nicht da ist?

Antonia sitzt noch lange auf dem Sofa und versucht, ihre Gedanken auf Papier zu bringen. Alles, was am Ende des Tages in dem Buch steht, ist: »Ich liebe meinen Mann. Ich liebe meinen Sohn. Vergiss das nie!«

16

Am nächsten Morgen stutzt Antonia einen Moment, als sie im Lehrerzimmer ihr Mäppchen öffnet und darin ihren Rotstift findet. Wo kommt der denn her? Hat sie versehentlich den Stift eines Kollegen eingesteckt? Sie legt den Stift, den sie unter ihrem Sofa gefunden hat, in ihr Mäppchen und nimmt den zweiten Stift heraus. Sie drückt auf den Druckknopf. Das gleiche Gefühl. Das kurze Hängenbleiben des Druckknopfes.

Seltsam, denkt sie, ich könnte schwören, dass beide Stifte mir gehören. Aber ich hab doch nur einen.

Sie legt den zweiten Rotstift auf den Schreibtisch im Lehrerzimmer. Irgendwer wird ihn schon vermissen und einstecken. Antonia geht in die Lehrerküche und schenkt sich eine Tasse Kaffee ein. Er schmeckt wie gewohnt widerlich. Aber sie sucht ja gerade das: Gewohnheit.

Nach dem Unterricht fährt sie nachhause. Heute hat sie sich nur einmal während der Pausen in der Toilette eingeschlossen und geweint – ein Fortschritt. Schon von draußen sieht sie, dass ein Brief in ihrem Briefkasten liegt. Sie schließt den Briefkasten mit dem passenden Schlüssel auf und nimmt die Post heraus. Es handelt sich um eine Rechnung ihres Psychotherapeuten. Sie nimmt sie mit nach oben in ihre Wohnung und legt die Rechnung auf den Schreibtisch. Sie wird sie später begleichen. Jetzt ist sie zu müde.

Antonia lässt sich auf ihr Sofa fallen und schläft fast augenblicklich ein. Wieder träumt sie wirres Zeug von ihrem Mann, ihrem Sohn, Emily aus dem Sekretariat und ihrer ehemaligen Nachbarin Rosalinde. Und sie träumt von einem Schlüssel. Es ist ein kleiner Schlüssel, der irgendwie unter ihr liegt. Doch sie kommt nicht an ihn ran, weil sie von einer dunklen Kraft nach unten gedrückt wird. Sie versucht, sich zur Seite zu wälzen.

Dumpf prallt Antonia auf dem Laminatfußboden ihres Wohnzimmers auf. Verwirrt sieht sie sich um. Sie ist im Schlaf vom Sofa gefallen. Sie steht auf und trinkt ein Glas Wasser. Sie befühlt ihre Stirn. Ihre Haut ist trocken. Sie hat also nicht wieder geschwitzt. Dennoch hat sich der Traum angefühlt wie einer der Fieberträume, die sie als Kind manchmal gehabt hat. Antonia setzt sich wieder auf das Sofa. Dabei gleitet ihre Hand in den Spalt zwischen zwei Polsterelementen und stößt gegen etwas Festes. Verwundert tastet sie mit den Fingerspitzen nach dem kleinen Gegenstand. Es ist ein Schlüssel. Habe ich nicht gerade noch von einem Schlüssel geträumt, denkt sie. Sie ist sich nicht sicher, da die Traumwelt langsam zerfließt.

Antonia zieht den Schlüssel aus der Sofaritze. Es ist ein kleiner Schlüssel, der ihr sehr bekannt vorkommt. Es ist ihr Briefkastenschlüssel. Jedenfalls sieht er so aus. Antonia steht auf und läuft nach unten, um ihre Vermutung zu überprüfen. Der Schlüssel passt perfekt. Sie schließt den Briefkasten auf und wieder zu. Dann geht sie wieder nach oben. Erschrocken stellt sie fest, dass ihre Wohnungstür ins Schloss gefallen war. Sie zieht ihr Smartphone aus der Tasche und ruft Yasmin an. Ihr hat sie einen Zweitschlüssel gegeben. Für genau solche Fälle. Als hätte sie eine Vorahnung gehabt.

»Hallo Yasmin, ich bin's. Kannst du mir einen Gefallen tun? Ich habe mich ausgesperrt. Kannst du kommen und mir die Tür aufschließen?«

»Geht klar. Ich bin in einer halben Stunde bei dir.«

17

Antonia legt die beiden Briefkastenschlüssel nebeneinander. Sie sind identisch. Bis auf den letzten Kratzer.

»Woher kommst du?«, fragt sie leise.

Sie hat Yasmin nichts von dem zweiten Schlüssel erzählt. Am Ende würde ihre Freundin sie noch für verrückt erklären. Als wüsste sie, wie es in Antonia aussieht.

»Nein, mit diesem Problem werde ich selbst fertig«, sagt sie laut in die leere Wohnung hinein. »Also, woher kommst du?«, fragt sie den Schlüssel erneut.

Antonia greift zu ihrem Telefon und wählt die Nummer ihres Vermieters. Es dauert eine Weile, bis er sich meldet.

»Seibert, wer spricht dort?«, fragt der ältere Mann, den Antonia bisher nur dreimal gesehen hat.

»Guten Tag Herr Seibert, hier spricht Antonia Gerber, die Mieterin aus der Herzogstraße. Ich bin vor zwei Wochen hier eingezogen.«

»Ich erinnere mich, Frau Gerber«, sagt Seibert. Er sagt es gedehnt, als füge er in Gedanken hinzu: »Sie sind doch die Frau, die Ihren Mann in den Selbstmord getrieben hat!«

»Was kann ich für Sie tun?«

»Ich wollte Ihnen nur mitteilen, dass ich einen zweiten Briefkastenschlüssel in der Wohnung gefunden habe«, sagt Antonia. »Sie hatten sich doch alle Schlüssel notiert, die Sie mir gegeben haben. Da dachte ich, es ist besser, wenn ich Ihnen den einen Schlüssel noch nenne.«

»Sagen Sie mir kurz die Nummer des Schlüssels? Sie finden Sie oben am Schlüssel«, sagt Seibert.

»Er hat die gleiche Nummer, wie mein anderer Briefkastenschlüssel. Die 999.«

»Ist notiert«, sagt Seibert.

Sie verabschiedeten sich voneinander. Antonia legt die beiden Schlüssel nebeneinander und sieht sie sich noch einmal an. Dann fällt ihr ihr Irrtum ins Auge: Der zweite Schlüssel hat nicht die Nummer 999 sondern die 666. Sie hat die Zahlen nur spiegelverkehrt gelesen.

Noch einmal geht Antonia mit den beiden Schlüsseln nach unten. Diesmal denkt sie daran, ihren Wohnungsschlüssel mitzunehmen. Sie probiert beide Schlüssel aus. Sie passen beide perfekt. Achselzuckend geht sie wieder in ihre Wohnung. Sie schreibt sich eine Notiz, dass sie ihren Vermieter noch einmal anrufen muss, um ihm die korrekte Schlüsselnummer mitzuteilen. Dann setzt sie sich an ihren Schreibtisch, um den Unterricht für den folgenden Tag vorzubereiten.

18

Der Tag verläuft normal. Fast scheint alles wieder so zu sein, wie vor dem schrecklichen Gasunfall.

(»Bevor sich dein Mann umgebracht hat«, flüstert die kratzige Stimme.)

Antonia geht nach der Arbeit zu ihrem Therapeuten. Sie erzählt ihm von ihrem Tagebuch. Er rät ihr, das beizubehalten.

Anschließend fährt Antonia wieder nachhause. Auf dem Weg erhält sie einen Anruf von Kommissar Martensen, der sie bittet, noch einmal vorbeizukommen.

»Wir müssen noch ein paar unbeantwortete Fragen klären«, sagt der Kommissar.

»Ich kann heute am späten Nachmittag vorbeikommen.«

»Ich erwarte Sie um 17:00 Uhr.«

Als Antonia vor ihrer neuen Wohnung ankommt – ihrer »Übergangswohnung« –, hat sie Glück und findet direkt einen Parkplatz. Sie nimmt ihre Tasche und geht zur Haustür. Mit ihrem Schlüssel (999 oder 666?) öffnet sie den Briefkasten. Darin liegt nur ein einziger Brief. Es ist eine Werbeanzeige für einen Hof in Bayern. Wer verschickt denn solche Anzeigen in Frankfurt? Antonia wirft den Brief in ihren Papiermülleimer neben dem Schreibtisch. Dann kocht sie sich einen Tee und legt sich aufs

Sofa. Ihr Smartphone schaltet sie stumm. Sie will einschlafen, schafft es aber vor Müdigkeit nicht. Ihre Gedanken wirbeln umher, wie sie es früher getan haben, wenn sie nach einem anstrengenden Tag aus der Schule heimgekommen ist. Antonia braucht eine Ablenkung, muss sich berieseln lassen. Sie schaltet den Fernseher ein und ist schon nach wenigen Augenblicken eingeschlafen.

Als sie wieder erwacht, stellt sie fest, dass es mitten in der Nacht ist. Sie hat den ganzen Nachmittag und Abend verschlafen. Also hat sie auch ihren Termin bei der Polizei verpasst. Sie sieht auf ihr Smartphone: fünf Anrufe in Abwesenheit.

Jetzt hat sie Hunger. Antonia geht in die Küche und isst einen Joghurt. Der stillt zwar nicht den Hunger, schmeckt aber gut. Anschließend wankt sie ins Badezimmer, um sich die Zähne zu putzen. Als sie wieder auf dem Bad herauskommt und Richtung Schlafzimmer geht, stockt sie. Mitten im Flur befindet sich plötzlich eine rote Tür. Antonia blinzelt. Die Tür ist noch da. Sie gibt sich eine Ohrfeige. Die Tür ist noch da. Sie schaltet das Licht ein und wieder aus und wieder ein. Jedes Mal bleibt die Tür da.

»Du bist noch am Träumen«, sagt Antonia laut. »Sowas nennt man einen Klartraum. Du musst dich zwingen, aufzuwachen!«

Doch egal, was sie versucht, die Tür verschwindet nicht. Schließlich rennt Antonia in ihr Schlafzimmer und schließt die Tür ab. Zur Sicherheit schiebt sie ihre Kommode vor die Tür. Wer weiß, wer nachts aus dieser Tür tritt, denkt sie.

Dann setzt sie sich aufrecht auf ihr Bett. An Schlaf ist jetzt nicht mehr zu denken.

»Du wirst wahnsinnig!«, murmelt sie. »Ganz einfach wahnsinnig.«

19

Am nächsten Morgen ist die Tür wieder verschwunden. Antonia hat in der Nacht doch noch ein wenig Schlaf finden können. Als sie die Kommode zur Seite geschoben hat, ist sie zunächst nur zögernd auf den Flur hinausgetreten. Doch schon auf den ersten Blick sieht sie, dass die Tür, die sie noch in der Nacht zuvor so deutlich gesehen hat, nicht mehr da ist.

Beruhigt geht sie in die Küche und bereitet ihr Frühstück zu. Wahrscheinlich sind in der letzten Nacht einfach ihre Nerven mit ihr durchgegangen. Antonia setzt sich mit ihrer Müslischale an den Esstisch. Später fährt sie in die Schule. Die Tür in ihrem Flur ist weg. Doch eine Tür in ihrem Kopf hat sich geöffnet. Und diese Tür führt zu einer Frage: Ist sie dabei, den Verstand zu verlieren?

20

In der nächsten Nacht erwacht Antonia durch ein ungutes Gefühl. Sie spürt, dass sie irgendetwas vergessen hat, kommt jedoch nicht darauf, was es ist. Sie liegt mit offenen Augen auf dem Rücken und starrt an die Decke.

Wenigstens hat sie nicht geträumt. Aber irgendwas hat sie vergessen. Sie geht im Kopf den vergangenen Tag durch. Da ist nichts. Dann geht sie den Tag davor durch. Was ist es nur, dass sie nicht finden kann?

(»Der Hof!«)

Ich habe vergessen, die Arztrechnung zu bezahlen, schießt es ihr durch den Kopf. Aber das kann ich auch noch morgen erledigen.

Sie dreht sich wieder auf die Seite, um weiterzuschlafen. Doch jedes Mal, wenn sie kurz davor ist, einzuschlafen, leuchtet der Rauchmelder auf. Antonia kann keinen Schlaf mehr finden. Sie steht auf und geht auf die Toilette. Als sie wieder in ihr Schlafzimmer wankt, ist sie wieder da. Mitten zwischen der Tür zu ihrem Arbeitszimmer und der zu ihrem Schlafzimmer ist eine weitere Tür. Sie ist rot angestrichen und hat einen reich verzierten Türgriff – alle anderen Türen in ihrer Wohnung sind hellbraun. Antonia bleibt wie angewurzelt stehen. Sie kneift sich so fest wie möglich in den Arm. Die Tür bleibt, wo sie ist. Sie beißt sich auf die Zunge. Sie schmeckt Blut. Doch die Tür verschwindet nicht.

Langsam geht Antonia auf die Tür zu. Sie zögert zunächst, doch dann umfasst sie den Türgriff. Soll sie wirklich?

Als Antonia gerade den Türgriff nach unten drücken will, verlässt sie der Mut. Wo würde diese Tür hinführen? Dahinter kann nichts sein als eine Mauer. Schließlich wird der Raum hinter der Wand schon von ihrem Schlafzimmer und dem kleinen Arbeitszimmer eingenommen. Wohin also soll diese Tür führen?

In dein Unterbewusstsein!

Sie lässt den Türgriff los. Dann, als sie gerade schon wieder ins Schlafzimmer gehen will (»Denk an die Kommode!«), hört sie leise Stimmen von jenseits der Tür.

Ganz langsam, darauf bedacht, bloß kein Geräusch zu verursachen, legt Antonia ihr Ohr an die Tür.

Die Tür fühlt sich seltsam warm an. Antonia verspürt ein Gefühl der Geborgenheit, wie vor einem wärmenden Kaminfeuer. Ihr Herzschlag verdoppelt sich, als sie eine der Stimmen erkennt: Es ist eindeutig ihr Mann Sören.

»Sie wird kommen, glaub mir. Sie ist noch nicht so weit, aber morgen wird sie sich dafür entscheiden«, sagt er.

»Sind Sie sich dessen sicher?«, fragt eine kratzige Flüsterstimme.

Woher kennt Antonia die Stimme nur?

(»Ich bin in deinem Kopf!«)

»Ganz sicher. Ich kenne meine Frau. Auch, wenn sie mich scheinbar nicht gekannt hat.«

Antonia sinkt vor der Tür zusammen. Sie weint, ohne sich Sorgen darüber zu machen, ob jemand hinter irgendeiner Tür sie hören könnte, oder irgendjemand sonst. Sie weint allein und schließlich schläft sie vor der Tür liegend ein.

»Morgen wird sie sich dafür entscheiden«, hallt es in ihrem Kopf nach.

Morgen ...

21

Am nächsten Morgen ist die Tür wieder verschwunden. Antonia wacht erst am späten Vormittag auf. Am Wochenende stellt sie ihren Wecker eigentlich auf acht Uhr, doch da ihr Smartphone im Schlafzimmer liegt, hat sie es nicht hören können.

Sie dreht sich mehrmals im Flur im Kreis. Die Tür bleibt spurlos verschwunden. Antonia geht ins Wohnzimmer. Ihr Körper ist noch ganz taub von der Nacht auf dem kalten Steinfußboden. Antonia schlägt ihr Tagebuch auf. Sie nimmt den Rotstift (die Kopie!) und schreibt: »ICH WERDE WAHNSINNIG! ICH MUSS HIER WEG!«

Sie bleibt den ganzen Tag auf dem Sofa liegen und sieht sich einen Film nach dem anderen an. Zerstreuung ist jetzt alles, was sie braucht. Zwischendurch bestellt sie sich Pizza. Ihr Smartphone schaltet sie aus. Sie will nicht, dass irgendjemand sie anruft. Sie will allein sein.

Als sie sich am Abend ins Bett legt, toben tausend Gedanken gleichzeitig durch ihren Kopf. Immer, wenn sie die Augen schließt, sieht sie einen Wirbel aus Bildern von ihrem Mann, ihrem Sohn und einigen Szenen aus den Filmen, die sie sich angesehen hat. Antonia geht in die Küche und schenkt sich ein Glas Wein ein. Sie trinkt es in einem Zug aus. Dann legt sie sich wieder in Bett. Und als sie die Augen schließt, kann sie tatsächlich einschlafen.

22

»Komm her!«, ruft Sören.

Antonia schreckt im Bett auf.

»Wo bist du?«, fragt sie.

»Komm her!«, ruft ihr Mann erneut.

Die Stimme kommt aus dem Flur. Antonia steigt aus dem Bett und wankt im Halbdunkel nach draußen auf den Flur. Die geheimnisvolle Tür ist wieder da. Sie leuchtet rot und strahlt eine Wärme aus, wie ein Kamin.

Wie ein brennendes Wohnzimmer!

Antonia atmet noch einmal tief durch. Dann geht sie auf die Tür zu und öffnet sie.

Ihr Herz hämmert, als sie schließlich durch die Tür tritt. Antonia kommt in einen langen schmalen Gang. Ist das ihr Flur? Sie sieht nach links und rechts. Tatsächlich ist sie in ihrem Flur gelandet. Nur irgendetwas stimmt nicht. Die Türgriffe zeigen in die andere Richtung. Langsam geht sie auf die Wohnzimmertür zu. Sie greift nach dem Türgriff – der jetzt in die falsche Richtung zeigt – und zieht die Tür auf.

Hinter der Tür liegt ihr Wohnzimmer. Es ist jedoch nicht das Wohnzimmer ihrer neuen Wohnung, sondern das ihres früheren Hauses in Mörfelden. Antonia geht langsam mit Tränen in den Augen in das Zimmer, in dem sich ihr Mann umgebracht hat. Sich und ihren Sohn.

Sören sitzt auf dem Sofa und blättert in einer Zeitung. Ist es die GQ oder ein Wirtschaftsmagazin, die er immer gelesen hat? Antonia ist sich nicht mehr sicher. Das Magazin, in dem er jetzt blättert, ist schwarz. Es riecht verbrannt und einige Seiten zerbröseln beim Umblättern. Sören hebt den Kopf.

»Schön, dass du da bist, Toni«, sagt er. Sören hat sie noch nie »Toni« genannt.

»Was willst du von mir?«, fragt sie. Tausend andere Fragen fliegen wirr durch ihren Kopf. Fragen wie: »Wieso hast du das getan?«

»Ich muss mein Werk vollenden«, sagt Sören.

Er steht auf und zieht einen Lappen aus seiner Hosentasche. Er gießt etwas von einer klaren Flüssigkeit darüber.

»Du musst leider sterben, damit du zum Lauberhof fahren kannst. Du musst unbedingt auf den Lauberhof kommen. Dort wird man dir helfen. Aber vorher musst du sterben!«

Sören geht langsam auf Antonia zu. Sie bleibt wie angewurzelt stehen. Ihre Füße gehorchen ihr nicht. Ihr ganzer Körper scheint den Dienst zu verweigern. Sören hebt den Lappen und hält ihn ihr unter die Nase. Sie wehrt sich, doch irgendwann atmet sie den süßlichen Duft ein. Dann wird alles um sie herum schwarz.

Das Letzte, was sie hört, ist ihr Mann, der sagt: »Du musst sterben, damit du auf dem Lauberhof weiterleben kannst!«

23

Antonia wacht schweißgebadet in ihrem Wohnzimmer auf. Ist das ihr Wohnzimmer? Sie sieht sich um. Doch der Türgriff zeigt in die richtige Richtung. Sie steht auf und geht nach draußen auf den Flur. Die Tür, durch die sie in der Nacht zuvor gegangen ist, ist weg. Irgendwoher nimmt Antonia die Gewissheit, dass sie nie wieder auftauchen wird.

In ihrem Kopf taucht plötzlich der Name »Lauberhof« auf. Woher kennt sie diesen Namen? Hat ihr Mann nicht davon gesprochen, kurz bevor sie aus dem Traum erwacht ist? (Kurz bevor er sie ebenfalls umgebracht hat?)

Antonia überlegt fieberhaft. Und plötzlich fällt es ihr wieder ein: Sie hat eine Werbepostkarte von einem gewissen Lauberhof in ihrem Briefkasten gefunden. Wo hat sie sie nur hingetan? Antonia eilt in ihr Arbeitszimmer und sieht in den Papierkorb. Dort liegt die Karte. Sie angelt sie aus dem Mülleimer und streicht sie glatt.

Kommen Sie auf den Lauberhof! Wenn Sie nach einem traumatischen Erlebnis den Weg zurück zu sich selbst finden wollen, ist der Lauberhof genau das Richtige für Sie.

Antonia klappt ihr Notebook auf. Sie öffnet den Browser und gibt das Stichwort LAUBERHOF ein. Es gibt keine Treffer, die irgendwas mit einer therapeutischen Einrichtung zu tun haben. Einige Anzeigen sind für Ferienhöfe, andere für Biohöfe. Keine der Anzeigen verweist auf ein Traumazentrum. Sie liest die Karte erneut. Auf der Rückseite ist eine Telefonnummer notiert. Unschlüssig greift sie zum Telefon und wählt die Nummer.

»Traumazentrum Lauberhof, Lehmann am Apparat. Was kann ich für Sie tun?«, fragt eine Männerstimme.

»Entschuldigen Sie, aber ich hatte Ihre Werbung in meinem Briefkasten. Mein Name ist Antonia Gerber. Ich glaube, ich brauche Ihre Hilfe«, sagt Antonia.

»Darf ich Sie mit unserem Cheftherapeuten verbinden?«, fragt die Männerstimme und schon dudelt eine langweilige Melodie im Telefon.

»Pittelout, wie kann ich Ihnen helfen, Frau Gerber?«, fragt eine Männerstimme mit leichtem französischem Akzent.

»Guten Tag, Herr Pittelout. Ich hoffe, Sie können mir helfen. Ich heiße Antonia Gerber. Ich bin zurzeit in therapeutischer Behandlung. Aber in letzter Zeit habe ich ...« Sie sucht nach den richtigen Worten. »Ich glaube, ich habe Wahnvorstellungen. Ich sehe Dinge, die nicht da sind. Und ich sehe meinen Mann.«

»Darf ich fragen, was mit Ihrem Mann ist?«, fragt Pittelout.

»Mein Mann ... Mein Mann hat sich und unseren gemeinsamen Sohn vor drei Monaten umgebracht. Er, er hat ...«

Antonia bricht in Tränen aus.

»Beruhigen Sie sich, Frau Gerber«, sagt Pittelout mit ruhiger Stimme. »Soll ich jemanden verständigen, der sich um Sie kümmert?«

»Nein, es geht schon. Ich wollte nur wissen, was es mit diesem Hof auf sich hat. Es ist nämlich so, dass ...« Antonia zögert kurz. Soll sie diesem Pittelout wirklich erzählen, was sie in der letzten Nacht erlebt hat? Sie entscheidet sich dagegen und sagt stattdessen: »Es ist nämlich so, dass ich Ihre Werbung in meinem Briefkasten hatte. Und da habe ich überlegt, ob ich mich einmal bei Ihnen anmelde.«

»Da haben Sie aber Glück. Gerade ist ein Platz frei geworden. Wenn Sie möchten, kann ich mich mit Ihrem Arzt in Verbindung setzen und alles Weitere klären. Sie müssten dazu nur eine Schweigepflichtsentbindung unterzeichnen. Die könnte ich Ihnen noch heute per Mail zukommen lassen.«

Antonia überlegt einen Moment – dabei denkt sie an die Tür in ihrem Kopf, die zu der schrecklichen Frage führt, ob sie verrückt geworden ist. Dann stimmt sie zu.

24

Als Antonia eine Woche später mit ihrem Wagen Richtung München fährt, kann sie selbst nicht mehr genau sagen, was sie dazu bewogen hat, ihre neue Wohnung zu kündigen und beim Schulamt – unter Berücksichtigung ihrer besonderen Umstände – um ein Jahr Freistellung zu bitten. Pittelout hat ihr geholfen, alles in die Wege zu leiten.

Mit der Kommissarin hat sie nur noch einmal kurz über das endgültige Ermittlungsergebnis gesprochen: Die Polizei geht nach wie vor davon aus, dass Sören sich und Johannes getötet hat. Antonia fängt langsam an, diese Wahrheit an sich ranzulassen.

Jetzt biegt sie in Oberammergau von den geschäftigen Ortsstraßen auf einen einsamen Feldweg ab. Bald lässt sie auch die letzten einsamen Höfe und Ferienhäuser hinter sich. Ein Schild verkündet, dass es bis zum Lauberhof noch 500 Meter sind. Ihre Finger umklammern das Lenkrad, ihre Lippen sind ausgetrocknet.

Was mache ich hier eigentlich, denkt sie.

(»Du musst unbedingt auf den Lauberhof kommen«, sagt Sören.)

Antonia erreicht den Hof. Als sie aussteigt, kommt ein kleiner Mann mit grauem Haar auf sie zu.

»Bonjour, Sie müssen Frau Gerber sein. Wenn ich mich vorstellen darf: Mein Name ist Monsieur Pittelout.«

Antonia reicht dem Mann die Hand.

»Wir hatten miteinander telefoniert. Ich hatte mich um einen Therapieplatz beworben«, sagt sie.

»Sehr richtig. Sie können sofort Ihr Zimmer beziehen. Herr Lehmann wird Ihnen zeigen, wo es ist. Danach kommen Sie bitte in mein Büro. Wir müssten noch ein paar Kleinigkeiten besprechen.«

Antonia nickt. Aus dem Gebäude kommt ein weiterer Mann.

»Das ist Herr Lehmann. Er wird Ihnen Ihr Zimmer zeigen«, sagt Monsieur Pittelout, und geht wieder ins Haus.

25

Antonia hat ihre Kleider in den kleinen Schrank gepackt. Fürs Erste gefällt ihr der Hof. Hier kann sie endlich einmal richtig abschalten von der Schule und vor allem von ...

(»Ich muss mein Werk vollenden.«)

Abschalten von der Tragödie mit ihrem Mann und ihrem Sohn.

Es klopft an der Tür. Antonia öffnet. Vor ihr steht ein alter Mann.

Wohnen hier nur alte Männer, denkt sie.

Sie streckt dem Mann ihre Hand entgegen.

»Hallo, ich heiße ...«, sie überlegt einen Moment. Warum soll sie sich nicht einmal neu erfinden? Wie hat ihr Mann sie hinter der Tür genannt? »Ich heiße Toni.« Sie lächelt verlegen. »Also eigentlich heiße ich Antonia Gerber, aber alle nennen mich Toni.«

Es ist seltsam, wie vertraut ihr der neue Name ist und wie leicht er ihr von den Lippen geht. Fast, als hätte man sie ihr Leben lang »Toni« gerufen.

»Guten Abend, ich heiße Harald. Aber alle nennen mich Harry«, sagt der Alte. »Der Monsieur schickt mich. Du sollst zu ihm kommen.«

»Okay.«

Toni zieht die Tür hinter sich zu. Dann zögert sie einen Moment, ehe sie sie mit dem Schlüssel abschließt. Sicher ist sicher. Sie folgt Harald nach unten. Vor einer Eichentür (»Gott sei Dank, sie ist nicht rot!«) bleiben sie stehen.

26

Das Gespräch ist gut verlaufen. Zumindest redet Toni sich das ein. Pittelout hat ihr den Vertrag zur Durchsicht gegeben. Toni hat die Papiere mit nach oben auf ihr Zimmer genommen und durchgelesen. Auf den ersten Blick fällt ihr nichts auf, was nach einer Falle oder einem Haken aussieht. Also unterzeichnet sie für ein halbes Jahr. Später kann sie immer noch für ein weiteres halbes Jahr unterschreiben.

Jetzt steht sie am Fenster und sieht nach draußen auf die Berge. Die Landschaft ist wunderschön. Toni nimmt sich vor, wenigstens einmal auf einen der Berge zu steigen. Vielleicht ist das ja ihre Aufgabe. Pittelout hat irgendwas gesagt über Aufgaben, die man sich suchen soll, um so wieder auf den Weg zurückzufinden. Den Weg zu sich selbst. Toni erinnert sich nicht mehr so genau, aber ihr ist, als hätte Pittelout noch ein anderes Bild gebraucht.

Den Weg durch die Wüste zum Gott in der Höhle.

Es klopft erneut an der Tür. Als Toni die Tür öffnet, ist der Flur davor leer. Verwundert schließt sie die Tür wieder. Sie setzt sich auf die Bettkante und lauscht in die Stille. Es klopft erneut. Wieder steht sie auf und öffnet die Tür. Wieder nichts. Langsam wird ihr die Stille unheimlich.

»Du wirst wahnsinnig!«, ruft die kratzige Stimme.

Toni schiebt die Stimme zur Seite und verlässt das Zimmer. Sie geht nach unten. Aus der Küche kommen Geräusche. Toni folgt ihnen. In der Küche steht ein kräftiger Mann an der Arbeitsplatte und flucht.

»Verdammter Teig, jetzt geh endlich auf!«

Toni lacht auf. Der Mann dreht sich um. Er sieht sie an, dann klopft er sich die mehligen Hände an der Schürze ab und reicht ihr eine Hand.

»Hallo. Ich bin Rolf. Du musst die Neue sein.«

»Ja, ich bin Toni. Wie es aussieht, hast du Probleme mit dem Teig«, sagt sie.

»Ja. Ich bin diese Woche dran mit Backen. Und der Scheißteig will einfach nicht aufgehen.«

»Darf ich mal?«, fragt sie und schiebt Rolf zur Seite.

Sie nimmt die Schüssel, deckt sie mit einem Tuch ab und stellt sie in den Backofen.

»Jetzt heißt es nur noch: Abwarten und Tee trinken«, sagt Toni.

»Schön wär's. Ich muss draußen noch die Kühe füttern. Darf ich dich mit dem Brot allein lassen?«, fragt Rolf.

»Klar«, antwortet sie.

27

Pittelout ist begeistert davon, dass Toni sich fortan ums Brotbacken kümmern will. »Vielleicht ist das die Tätigkeit, die dich zurückführt«, hat er gesagt. Jetzt steht Toni täglich in der Küche und backt Brot.

Als Toni am dritten Tag die Küche betritt, riecht sie sofort den Brandgeruch. Sie sieht sich hektisch um. Ist möglicherweise irgendwo ein Kabel durchgeschmort? Der Herd ist schließlich nicht mehr der neueste. Doch als sie sich umdreht, sieht sie die Ursache für den Geruch: An dem schweren Küchentisch sitzt ihr Mann.

Toni dreht sich sofort um und rennt aus der Küche. Draußen prallt sie gegen Pittelout.

»Was ist denn mit Ihnen los?«, fragt er.

»Mein Mann. Dort drin sitzt mein Mann. Er riecht noch nach Feuer«, stammelt Toni.

Pittelout tritt in die leere Küche.

»Hier ist nichts. Kein Mann und kein Brandgeruch«, sagt er.

»Aber eben war er doch noch da«, sagt Toni.

»Kommen Sie herein. Überzeugen Sie sich selbst.«

Zögernd tritt sie in die Küche. Sie ist tatsächlich leer.

»Habe ich mir das nur eingebildet?«, fragt sie. »Werde ich verrückt?«

Pittelout schüttelt den Kopf.

»Sie müssen daran denken, dass Sie gerade dabei sind, ein Trauma zu verarbeiten. Da ist es ganz normal, wenn Sie ab und zu Dinge oder Personen sehen, die mit diesem Trauma zusammenhängen. Aber diese Dinge sind nicht echt. Auch wenn sie Ihnen real vorkommen. Wenn sie zum Beispiel einen Duft verströmen oder mit Ihnen reden. Akzeptieren Sie es als Botschaften Ihres Unterbewusstseins. Und sprechen Sie das nächste Mal mit Ihrem Mann, wenn Sie ihn sehen.«

»Ich soll mit Sören reden?«, fragt Toni.

»Du wirst langsam wahnsinnig!«, brüllt die kratzige Stimme in ihrem Kopf.

»Ja. Fragen Sie ihn, nach irgendwas. Reden Sie einfach mit ihm.«

Frag ihn, wieso er es getan hat, suggeriert ihre innere Stimme.

Toni nickt. Dann wendet sie sich wieder dem Brotteig zu.

28

Es dauert noch eine Woche, bis Sören das nächste Mal in der Küche auftaucht. Er sitzt wieder einfach nur da. Diesmal trägt er noch seinen Pyjama.

»Guten Morgen«, sagt Toni zu ihrem Mann.

Ich rede mit einem Stuhl, denkt sie.

Sören schweigt.

»Wie geht es dir?«, fragt Toni.

Sören schweigt noch immer.

Toni fängt an, die Zutaten für das Brot in die Schüssel zu geben. Als sie den Mixer einsteckt, steht ihr Mann auf und geht zu ihr. Behutsam schließt er sie von hinten in die Arme.

Toni stockt der Atem. Alles fühlt sich so real an: Seine Haut. Sein Bart. Sein Atem.

»Du bist nicht real«, sagt sie laut.

Doch Sören umarmt sie weiterhin.

»Darf ich dich etwas fragen?«, fragt sie schließlich.

Sie nimmt all ihren Mut zusammen und sieht Sören direkt ins Gesicht. Er sagt nichts, sondern nickt nur stumm.

»Wieso hast du das getan? Wieso hast du dich und Johannes umgebracht?«

Keine Reaktion, nicht einmal ein Zucken.

»Wieso hast du nicht auch noch mich umgebracht?«, fragt Toni mit Tränen in den Augen.

Sören sieht sie weiterhin nur stumm an.

»Erinnerst du dich noch daran, wie wir uns kennenlernten? Damals am Mainufer.«

Toni wartet kurz auf eine Reaktion von Sören. Als keine kommt, redet sie einfach weiter: »Weißt du noch, wie schlimm es für dich war, dass wir kein Mädchen, sondern einen Jungen bekommen haben? Du hast gesagt, jetzt müsstest du dich ja um alles kümmern.«

Ihre Augen füllen sich mit Tränen. Sie versucht gar nicht erst, gegen sie anzukämpfen.

»Ihr wart ein so tolles Team. Wie ihr miteinander gespielt habt. Wie du ihm all die Dinge beigebracht hast: Fahrradfahren, wie man einen Papierflieger bastelt, all die Sachen, die ihr so gerne zusammen gemacht habt.«

Jetzt füllen sich auch Sörens Augen mit Tränen.

Er ist nicht real, denkt Toni.

»Ich wollte dich nur wissen lassen, dass ich dir verzeihe, was du getan hast. Ich werde es niemals verstehen können, aber ich verzeihe dir«, sagt sie.

»Danke«, antwortet Sören.

Flucht

I

Chris muss immer wieder an das maschinengeschriebene Dossier denken. In seinem Kopf sieht er Bilder von Harrys feiner Handschrift. Wieso sollte sein Freund einen ganzen Roman mit der Hand schreiben, dann aber drei Blätter über eine Drogenbaronin aus Frankreich mit der Schreibmaschine? Chris ist sich sicher, dass Harry die Schreibmaschine in seinem Zimmer nicht ein einziges Mal benutzt hat. Wieso also ausgerechnet jetzt?

Er wollte so anonym wie möglich bleiben, denkt Chris. Er wollte nicht, dass man eine Verbindung zu ihm herstellen kann.

Aber eine Verbindung gab es ja auf jeden Fall durch den Tod seiner Frau.

»Er kann in dich hineingucken. Es ist fast so, als blickten seine Augen in deine Seele.« Wieder einmal fallen Chris Tonis Worte über Pittelout ein.

Ist es möglich, dass dieser ihm nur eine Geschichte erzählt hat? Wieso hätte er das tun sollen?

Chris tritt vorsichtig aufs Gaspedal. Der VW beschleunigt leicht.

Erst einmal musst du auf die Autobahn kommen, denkt er. Danach kannst du dir immer noch Gedanken machen.

Sein Navi zeigt ihm an, dass sein Ziel in nördlicher Richtung liegt. Chris folgt den Anweisungen. Während er fährt, fliegen seine Gedanken an ihm vorbei, wie die Straßenschilder am Straßenrand: Hatte Harry überhaupt eine Frau? Wieso sollte Pittelout eine solche Geschichte erfinden? Fahre ich gerade wirklich nach Berlin, um einen armen LKW-Fahrer zu töten?

(»Und dann werden Sie sich wünschen, Sie könnten sich umbringen.«)

Wieso sollte Pittelout mich dazu bringen wollen, jemanden zu töten? Wieso?

»Dadurch bekommst du Annette auch nicht wieder zurück!«, flüstert ihm eine Stimme in seinem Inneren zu.

Eine andere erwidert: »Willst du das überhaupt? Reicht es dir denn nicht, dass du mit Toni glücklich bist?«

(»Aber natürlich wissen Sie, dass Sie die zweite Chance, die Ihnen das Universum geschenkt hat, nicht verspielen dürfen.«)

Steckt vielleicht das hinter all dem? Verdreht er unsere Gedanken solange, bis wir jemanden für ihn umbringen, überlegt er.

Chris hält an. Diesmal bremst er vorsichtig. Als der Wagen zum Stehen gekommen ist, kurbelt er das Fenster herunter. Die kalte Luft, die ins Auto strömt, tut gut. In einem Moment der Klarheit greift er zum Navi und löst es aus seiner Verankerung. Er hält es vor sich, wie um abzuwägen, was er mit dem Gerät machen soll.

Sie überwachen dein GPS, schießt es ihm durch den Kopf.

Er wirft das Navi in hohem Bogen aus dem Fenster. Dann kurbelt er das Fenster wieder hoch und fährt weiter. Da er sich jetzt nicht mehr auf die Ansagen des Navigationsgeräts verlassen kann, hält er konzentriert Ausschau nach Wegweisern. Als er ein Schild mit der

Aufschrift »München 60 km« passiert, biegt er rechts ab.

2

»Herein«, sagt Pittelout und Toni öffnet die Tür.

»Ah, Frau Gerber. Gut, dass Sie da sind!«

Toni ist überrascht. Es scheint fast, als habe der alte Mann sie erwartet.

»Er kann in dich hineingucken«, flüstert ihr eine Stimme zu.

»Wie kann ich Ihnen helfen?«, fragt Pittelout.

Wie kann man jemanden lieben, dessen Vergangenheit man nicht kennt, denkt sie.

»Ich ...«, sagt Toni.

Plötzlich weiß sie nicht mehr, was sie eigentlich von Pittelout wollte. Dafür kommt ihr eine Erkenntnis: Ich liebe Christoph!

Und schlagartig weiß sie wieder genau, was sie von Pittelout will.

»Wo ist Christoph?«, fragt sie.

»Herr Tränker? Der wollte nach Berlin fahren. Zurück in sein früheres Leben.«

»Nach Berlin?«

Toni spürt, wie ihr auf einmal ganz kalt wird. Sie kann nicht glauben, dass Chris sie wirklich allein auf dem Hof zurückgelassen hat.

»So genau erinnere ich mich nicht an das, was er gesagt hat«, sagt Pittelout.

»Er ist nicht in Berlin«, flüstert Johannes plötzlich.

Toni zuckt zusammen. Vor Schreck fällt ihre Handtasche zu Boden. Sie bückt sich danach und holt das Stoffbündel hervor. Sie lässt den öligen Lappen fallen. In ihrer Hand hält sie nun den Revolver.

»Hören Sie endlich auf, uns zu belügen«, verlangt sie. Ihre Stimme ist schneidend.

Pittelout steht wie versteinert vor seinem Schreibtisch.

»Frau Gerber, ich bitte Sie«, sagt er noch, ehe zwei Schüsse die Luft zerreißen und sein Blut das Bücherregal an der Wand besprengt.

3

Chris hält an einem Rastplatz kurz vor München an. Er sieht auf sein Smartphone. Es ist drei Uhr in der Früh. Er überlegt einen kurzen Moment, einfach nach Berlin zu fahren und bei seinen Freunden Ben und Sascha aufzuschlagen. Doch dann verwirft er den Gedanken wieder. Wenn Pittelout die Macht hat, ihn zu einem Mord zu überreden, dann hat er auch die Macht, ihm nach Berlin zu folgen. Und das Letzte, was Chris will, ist, seine Freunde in Gefahr zu bringen.

»Denk nur an Harry«, sagt er sich.

Harry war über eine Woche lang verschwunden. Gott allein weiß, was Pittelout Harry in dieser Woche angetan hat.

Plötzlich kommt Chris ein neuer Gedanke: Was ist, wenn sie nicht nur das Navi überwachen, sondern auch mein Smartphone? Ja, vielleicht sogar den Wagen?

Er ist sich nicht sicher, ob das möglich ist. So weit reicht sein technisches Verständnis nicht. Aber er kann sich gut vorstellen, dass es ein Leichtes ist, einen alten VW mit einem GPS-Sender auszustatten und so seinen Weg zu verfolgen.

Ich werde paranoid, denkt er.

Doch was ist, wenn er nicht paranoid wird? Hektisch sieht er sich auf dem Rastplatz um. An der Zapfsäule stehen zwei Autos. Die Fahrer sind offensichtlich gerade zum Bezahlen an der Kasse. Wenn er Glück hat, ist eines der Autos nicht verschlossen. Und wenn er Pech hat, wird er auf der Stelle verhaftet. Was soll er denn der Polizei erzählen? Wer würde ihm glauben? Ihm, der nachweislich in psychotherapeutischer Behandlung ist, der seine tote Frau sieht, der ein Vierteljahr auf einem Bauernhof mit einem alten C64 gespielt hat?

Ich muss es einfach riskieren, denkt er und steigt aus seinem Wagen.

Er wirft noch einen letzten Blick auf sein Smartphone. Dann wirft er es in den VW zurück.

Chris geht zügig zu den Zapfsäulen. Er entscheidet sich für den kleinen Twingo, da er vermutet, dass er mit dem BMW ebenso aufzuspüren sein wird, wie mit dem verwanzten VW. Vorsichtig legt er die Hand an den Türgriff und zieht daran. Nichts passiert. Chris zieht noch einmal. Wieder nichts. Dann bemerkt er, dass der Griff so konstruiert ist, dass man ihn nach oben ziehen muss. Er probiert es erneut. Die Tür schwingt auf. Chris setzt sich hinters Steuer und verliert allen Mut. Natürlich steckt kein Schlüssel im Schloss.

Denk nach, fordert er sich selbst auf.

Dann kommt ihm die Idee. Er klappt beide Sonnenblenden herunter. Nichts. Kein Schlüssel. Hektisch sieht er hinüber zum Kassenhäuschen. Wie viel Zeit hat er noch?

Dann halt doch der BMW, überlegt er und steigt wieder aus dem Auto aus. Er ist schon auf halbem Weg bei dem zweiten Wagen, als er den Schlüssel des Twingo sieht.

Der Schlüssel steckt im Tankdeckel, der lose am Auto hängt. Chris zieht den Schlüssel ab, schließt den Tankdeckel und setzt sich wieder in den Wagen. Dann startet er den Motor und verlässt die Tankstelle. Er sieht nicht einmal mehr in den Rückspiegel.

Wieder sieht er auf die Uhr. Es ist bereits kurz nach drei. Er muss schnellstmöglich zum Bahnhof kommen und dort den Wagen loswerden. Er hat sich dazu entschieden, nach Frankfurt zu fahren. Dort arbeitet ein früherer Studienkollege. Vielleicht kann Chris fürs Erste bei ihm bleiben. Die einzige Frage, die ihn quält, ist, ob Pittelout ihn auch in Frankfurt aufspüren kann.

4

Toni starrt auf Pittelouts Leiche. Dort, wo sein Gesicht war, ist jetzt nichts als eine blutige Masse. Toni muss einen Brechreiz unterdrücken. Kalter Schweiß bildet sich auf ihrer Haut.

»Das ist nur der Stress«, sagt sie laut.

Angestrengt lauscht sie in die Stille des Hauses. Keine Stimmen, keine Schritte, keine Türen, die aufgerissen werden. Anscheinend hat niemand den Schuss gehört. Toni löst sich aus ihrer Starre und verlässt Pittelouts Büro. Vorsichtig schließt sie die Tür und eilt dann die Treppe rauf in ihr Zimmer. Sie nimmt ihren Autoschlüssel aus der kleinen Kommode neben ihrem Bett – Gott, wann ist sie zum letzten Mal mit ihrem Auto gefahren? – und geht wieder nach unten.

Bevor sie nach draußen zu ihrem Wagen geht, wirft sie noch einen Blick in Pittelouts Büro. Der Monsieur hat sich nicht von der Stelle bewegt.

Wie soll er sich auch noch bewegen, denkt sie.

Toni setzt sich in ihrem BMW. Im Navi stellt sie als Ziel den Frankfurter Hauptbahnhof ein. Sie weiß selbst nicht, wie sie darauf gekommen ist, da Pittelout ihr ausdrücklich gesagt hat, Chris sei auf dem Weg nach Berlin.

»Johannes hat es dir gesagt«, sagt eine kratzige Stimme, die sie schon lange nicht mehr gehört hat.

Toni sieht auf die Digitaluhr ihres BMW. Es ist drei Uhr morgens. Um diese Zeit hat sie sonst immer gebacken. Sie sieht auf das Navi. Als geschätzte Ankunftszeit wird acht Uhr angezeigt. Toni tastet nach dem Päckchen auf dem Beifahrersitz. Der ölverschmierte Lappen liegt noch da. Der Gegenstand unter dem Lappen beruhigt sie.

5

Chris parkt einige Straßen entfernt vom Hauptbahnhof. Er nimmt den Geldumschlag, den er von Lehmann bekommen hat, und steckt ihn in seine Jackentasche. Dann geht er auf das Bahnhofsgebäude zu. Es dauert einen Augenblick, ehe er sich zurechtfindet. Die Haupthalle des Bahnhofs ist mit einem Bauzaun abgesperrt. Chris entdeckt ein Hinweisschild, auf dem der Weg zu den Gleisen beschrieben ist. Er folgt den Anweisungen. In der Halle angekommen sieht er sich nach der Anzeigetafel um. Für die nächste Stunde werden zwei Züge nach Frankfurt angezeigt. Chris geht zu einem Automaten und löst ein Ticket für den ICE. Dann geht er zum Gleis. Auf dem Weg dorthin kommt er an einem kleinen Laden vorbei, in dem Handyzubehörteile verkauft werden. Zu seiner Verwunderung hat das Geschäft bereits geöffnet. Chris betritt es. Hinter dem Verkaufstresen steht ein dicklicher Türke.

»Guten Morgen, Du brauchst Hilfe?«, fragt der Verkäufer in gebrochenem Deutsch.

»Guten Morgen, ich bin auf der Suche nach einem Prepaidhandy. Haben Sie ein einfaches Modell für mich?«

Der Verkäufer geht um die Ladentheke herum und schließt eine Glasvitrine auf.

»Hier hab ich Telefon für Dich«, sagt er.

Er hält Chris ein altmodisches Klapphandy entgegen.

»Wie viel würde es kosten? Und könnten Sie mir das Telefon auch gleich noch einrichten?«, fragt Chris.

»Kostet glatt 50 Euro. Ich brauch nur Ihr Daten und Ausweis, dann gebe ich SIM-Karte«, antwortet der Verkäufer.

Chris legt einen 50-Euro-Schein auf die Theke. Der Verkäufer legt ihm ein Formular hin, in dem Chris einige Angaben zu seiner Person machen soll. Er füllt es hastig aus und zeigt seinen Personalausweis vor.

»Sie kriegen gleich SMS. Dann Sie haben ein Tag, um Handy zu aktivieren«, sagt der Verkäufer.

Chris bedankt sich und macht sich wieder auf in Richtung Gleis.

6

Toni schreckt auf. Fast wäre sie gegen die Leitplanke gefahren. Sie reibt sich die Schläfen.

»Nicht einschlafen«, sagt sie laut zu sich selbst.

Sie sieht auf die Straße. Der Wagen fährt wieder in der Spur. In fünf Kilometern gibt es einen Rasthof. Sie beschließt, dort wenigstens einen Kaffee zu trinken.

»Du darfst nicht zu lange Pause machen«, mahnt Sören. »Nicht, dass du ihn in Frankfurt verpasst.«

Toni achtet nicht weiter auf die Kommentare ihres Mannes. Sie blickt stur geradeaus.

Sie erreicht den Rastplatz und hält neben einem LKW. Ich könnte hier einfach stehen bleiben, denkt sie. Hier stehen bleiben und einschlafen. Einfach nur noch schlafen.

Toni öffnet die Autotür und steigt aus. Mit festen Schritten geht sie hinüber zum Eingang des Restaurants. Drinnen sitzen nur einige Männer und trinken Kaffee. Sie geht zur Ausgabe und bestellt ebenfalls einen Kaffee und ein Stück Kuchen.

»Erinnerst du dich noch daran, wie du mit Chris in dem Café warst?«, fragt die Stimme.

Sie setzt sich an einen Einzeltisch und rührt gedankenverloren ein Stück Zucker in ihren Kaffee. Die Kreise, die der Löffel in der Crema hinter sich herzieht, bilden Spiralen aus kleinen Schaumbläschen. In jedem Bläschen existiert ein Spiegelbild von Toni.

»Eine gespiegelte Wohnung!«, sagt die kratzige Stimme.

»Ich muss mein Werk vollenden!«, sagt Sören in ihrem Traum und hebt den Chloroform getränkten Lappen.

Toni trinkt den Kaffee in einem Zug aus. Den Kuchen lässt sie unangetastet auf dem Tisch stehen. Sie verlässt das Restaurant und geht zu ihrem BMW zurück. Ohne innezuhalten startet sie den Wagen und fährt wieder auf die Autobahn. Es ist jetzt kurz nach sechs. Das Navi hat ihre Ankunftszeit nach oben korrigiert. Sie tritt das Gaspedal durch.

»Was auch immer er vorhat, ich muss zu ihm«, sagt sie.

Sie zuckt heftig zusammen, als sie eine Antwort erhält: »Er ist in Gefahr.«

Die Stimme kommt von der Beifahrerseite. Toni dreht den Kopf zur Seite. Neben ihr sitzt eine junge Frau mit langen blonden Haaren. Sie trägt ein graues Kleid mit schwarzen Streifen. Ihre Augen wirken tot und gleichzeitig freundlich.

»Er ist in Gefahr«, sagt die Frau noch einmal. »Er braucht dich.«

»Wer sind Sie?«, fragt Toni.

»Du weißt genau, wer sie ist«, meldet sich die kratzige Stimme.

»Ich kenne Chris schon seit unserer Zeit an der Uni. Glaube mir: Er braucht dich.«

»Ich weiß«, sagt Toni mit schwacher Stimme, fast flüstert sie es.

»Er hat Papa verdrängt. Er muss sterben!«, sagt Johannes von irgendwoher.

»Er liebt dich. Und das ist in Ordnung«, sagt die junge Frau. Dann verschwindet sie hinter einem Schleier aus Tränen.

Toni fährt auf den Seitenstreifen und beginnt haltlos zu weinen.

7

Chris sitzt auf einem Platz der zweiten Klasse im ICE nach Frankfurt. Der Zug hat sich ein wenig verspätet. Der Schaffner hat als neue Ankunftszeit 8:15 Uhr angegeben. Chris holt sein Klapphandy heraus. Er wartet immer noch auf die SMS, von der der Verkäufer gesprochen hat. Ob er irgendetwas falsch gemacht hat? Er erinnert sich nicht mehr daran, wann er zuletzt ein Telefon eingerichtet hat. Gerade als er das Handy wieder wegstecken will, ertönt ein Klingeln. Er klappt das Handy auf. Tatsächlich. Er hat eine neue Nachricht.

Chris öffnet die Nachricht. Er wird dazu aufgefordert, mit »5555« zu antworten. Chris verschickt die Zahlenfolge und wartet. Einen kurzen Moment später erhält er eine weitere Nachricht, die ihm verkündet, er könne jetzt das Handy nutzen.

Soeben will er die Nummer seines Studienfreundes Frank Haas eingeben, als ihm klar wird, dass alle seine Kontakte in seinem Smartphone eingespeichert sind. Und das liegt unerreichbar für ihn in einem alten VW, der an einer Tankstelle kurz vor München steht.

»Verdammt!«, sagt er laut.

Wütend klappt Chris das Handy zu. Fieberhaft überlegt er, wen er sonst noch anrufen könnte. Ihm fällt jedoch keine Nummer ein, nur die Festnetznummer von Ben und Sascha.

Euch werde ich nicht anrufen, denkt Chris. Er schließt die Augen und versucht sich zu entspannen. Ganz langsam tauchen einige Ziffern vor seinem inneren Auge auf. Chris klappt das Handy auf, ohne seine Augen zu öffnen. Mit dem Daumen fährt er die einzelnen Tasten ab. Erneut versucht er sich zu entspannen. Wieder tauchen die Zahlen auf. Mit geschlossenen Augen wählt Chris die Nummer. Dann hält er das Handy an sein Ohr.

Er kann das gewohnte Tuten hören. Einmal, zweimal, dreimal. Nach dem vierten Mal meldet sich eine Frauenstimme: »Haas?«

Chris überlegt, wie Franks Frau heißt. Er ist sich jedoch nicht sicher, ob Frank immer noch die gleiche Frau hat wie zu Unizeiten, also sagt er nur: »Hallo Frau Haas, mein Name ist Christoph Tränker, ich habe mit Ihrem Mann zusammen Wirtschaftsmathematik studiert. Ich müsste dringend mit ihm sprechen.«

»O, hallo Chris, natürlich erinnere ich mich noch an dich«, sagt die Frau.

In dem Moment fällt Chris auch wieder ihr Name ein: Anja.

»Anja, kannst du bitte deinen Mann ans Telefon holen?«, fragt er.

»Das tut mir leid, aber er ist bereits auf der Arbeit. Irgend so ein wichtiges Gespräch mit Tokio. Deshalb war er die halbe Nacht weg«, sagt Anja.

Verdammt, denkt Chris.

»Ich kann dir aber die Nummer von seinem Büro geben«, sagt Anja.

Chris jubelt innerlich. Anja nennt die Nummer und er notiert sie in Gedanken. Dann verabschiedet er sich. Kaum, dass er aufgelegt hat, wählt er die Nummer von Franks Büro.

Diesmal muss er nicht lange warten. Frank meldet sich beinahe sofort.

»Frank Haas. Wer spricht dort?«

»Hallo Frank, hier ist Christoph Tränker. Von der Uni.«

»Chris, schön von dir zu hören. Was treibst du so?«, fragt Frank.

Chris hat keine Lust, seinem Freund die ganze Geschichte zu erzählen. Das Wichtigste ist, dass er in Frankfurt eine Wohnung findet. Er hat sich überlegt, Kontakt mit der Presse aufzunehmen. Zur Polizei will er nicht gehen. Er fürchtet, dass ihm niemand glauben würde. Aber er könnte sich an einen Journalisten zu wenden. Nur dafür braucht er erst einmal eine Wohnung. Und dafür braucht er Frank.

»Ich bin gerade auf dem Weg nach Frankfurt. Ich bin in eine etwas prekäre Lage geraten und brauche deine Hilfe. Und zwar brauche ich dringend eine Wohnung in Frankfurt. Kannst du mir dabei helfen?«, fragt er.

Frank scheint einen Moment nachzudenken. Nach kurzem Schweigen sagt er: »Wir können uns am Bahnhof treffen. Ich habe die ganze Nacht durchgearbeitet und brauche jetzt mal eine ausgedehnte Frühstückspause. Ich könnte dich dort abholen.«

»Das wäre großartig«, sagt Chris. »Ich komme um kurz nach acht auf Gleis acht an.«

»Dann warte ich dort auf dich«, sagt Frank, der Chris eigentlich noch viel mehr fragen will. Doch der hat schon aufgelegt.

8

Toni hat ihren Wagen im Parkhaus neben dem Bahnhofsgebäude abgestellt. Jetzt steht sie in der Bahnhofshalle und blickt auf die Anzeigetafel. Der ICE aus München soll in wenigen Minuten auf Gleis acht einlaufen. Toni geht zum Gleis und stellt sich so, dass sie alle Reisenden gut im Blick hat.

Während sie sich umsieht, tauchen immer wieder dieselben Fragen in ihrem Kopf auf: Woher weißt du, dass er mit diesem Zug kommt? Woher weißt du, dass er nach Frankfurt gefahren ist?

Toni ignoriert diese Fragen und beobachtet weiterhin die Leute in der Bahnhofshalle. Einige stehen am Gleis. Vermutlich warten sie auf Familienangehörige oder Freunde, die im Zug sitzen. Toni greift immer wieder in ihre Jackentasche.

(»Er hat Papa verdrängt. Er ist schuld daran, dass wir tot sind!«, schreit Johannes.)

Ihre Finger umschließen das kalte Metall der Waffe. Ihr läuft ein Schauer über den Rücken. Erneut wird ihr kalt. Wie vor Pittelouts Büro.

(»Weil du Chris auch töten musst!«, brüllt Johannes.)

»Er liebt dich. Und das ist in Ordnung«, hat die Frau (Annette!) im Auto zu ihr gesagt.

»Sei still jetzt«, sagt Toni leise zu der Frau.

(»Sei still jetzt«, sagt sie auch zu ihrem Sohn.)

Am Bahnsteig fällt ihr ein Mann im Anzug auf, der immer wieder auf seine Uhr sieht. Er ist etwa in Chris' Alter, leicht untersetzt, mit grauen Haaren an den Schläfen. Toni fixiert ihn mit ihrem Blick. Wieso weckt er ihr Interesse? Wieso ist er wichtig für sie?

Das Quietschen des Zuges reißt sie aus ihren Gedanken. Der ICE kommt langsam zum Stehen. Ihr Herz schlägt immer schneller. Bald wird sie Chris sehen.

(»Er verdrängt Papa!«)

Tonis Hand gleitet wieder in ihre Manteltasche. Sie greift nach der Waffe. Es ist nur noch eine Kugel in der Kammer. Wenn sie Chris töten will, darf sie ihn nicht verfehlen.

»Du musst Papas Werk vollenden!«

»Still jetzt«, sagt Toni wieder.

Sie starrt auf den Zug. Die Türen öffnen sich und Menschen mit schweren Koffern beladen kommen heraus. Plötzlich sieht sie Chris. Er kommt aus einem der hinteren Wagen. Toni sieht rüber zu dem Mann im Anzug. Er hat Chris noch nicht bemerkt.

Toni geht auf Chris zu. Vor ihrem inneren Auge blitzt eine Wiese auf. Sie ist grün und übersät mit bunten Blumen. Toni wischt das Bild zur Seite, doch das Bild klammert sich an ihr fest. Als sie noch etwa zehn Meter von Chris entfernt ist, sieht er sie. Verwundert bleibt er stehen. Tonis Schläfen pochen. Sie sieht, wie Chris etwas in die

Jackentasche stopft. Dann nimmt sie wie in Trance ihre Hand aus der Manteltasche. Der kleine Revolver reflektiert das Licht der Bahnhofsbeleuchtung. In ihren Augen bilden sich dicke Tränen. Sie sieht jetzt alles nur noch verschwommen: Chris, den sie geliebt hat.

(»Wie kann man jemanden lieben, dessen Vergangenheit man nicht kennt?«)

Sören, den sie liebt.

Und Johannes, der ihr all die Geheimnisse gezeigt hat.

»Er verdrängt Papa!«, ruft ihr toter Sohn erneut.

Chris dreht sich panisch um. Er versucht zu fliehen. Doch schon kracht ein Schuss laut durch die langsam erwachende Bahnhofshalle.

Hat Toni wirklich abgedrückt?

Sie lässt die Waffe fallen. Die Menschen um sie herum laufen schreiend davon. Langsam geht sie auf Chris zu, der am Boden liegt und nach Luft schnappt. Unter ihm bildet sich ein dunkler Fleck. Aus seinem Mund läuft Blut.

»Wieso?«, fragt Chris.

Seine Kräfte schwinden.

Wieso, denkt Toni.

»Wieso?«, fragt Annette in ihrem Kopf.

Toni kniet sich neben Chris, den das Leben langsam verlässt.

»Wieso lässt uns das Leben nicht in Ruhe?«, fragt sie.

Sie beugt sich über Chris, den sie vor wenigen Sekunden erschossen hat, und küsst ihn auf den Mund. Ihre Tränen fallen wie dicke Blutstropfen auf das Gesicht des Mannes, den sie geliebt hat.

(»Wie kann man jemanden lieben, dessen Vergangenheit man nicht kennt?«)

Toni küsst Chris ein letztes Mal. Dann ...

9

Chris zuckt zusammen, als der Schlagbolzen auf die Patronenhülse trifft. Doch außer einem lauten Klicken passiert nichts. Chris sieht, wie Toni die Waffe langsam sinken lässt. Dann bleibt sie wie eine Statue stehen. Er geht auf sie zu. Er greift nach der Waffe. Vorsichtig lässt er sie in seiner Jackentasche verschwinden.

»Wieso lässt uns das Leben nicht in Ruhe?«, flüstert sie.

Chris sieht die Tränen in ihrem Gesicht. Er berührt sanft ihre Wange. Toni zuckt unter der Berührung zusammen. Sie reißt die Augen auf, als sei sie aus einem schrecklichen Traum gerissen worden.

»Chris«, sagt sie nur.

Chris will etwas erwidern, doch seine Gedanken entwischen ihm: Wolltest du mich erschießen? Was ist mit Pittelout?

Er legt seine Arme um Toni und drückt sie fest an sich.

»Ich wollte dich nicht im Stich lassen«, sagt er schließlich.

»Ich weiß«, sagt sie. »Annette hat es mir gesagt.«

Sie stehen eine Ewigkeit am Bahngleis. Um sie herum läuft die Welt weiter. Irgendwann löst Chris Toni aus der Umarmung. Er greift nach ihrer Hand und sie gehen gemeinsam zu einem Café. Seinen Studienfreund Frank hat Chris vergessen. Jetzt gibt es nur ihn und Toni. Sie werden zusammen in ihrem neuen Leben scheitern und sich wieder aufrichten. Immer wieder.

Zwei Überlebende.

Köder

Pittelout sitzt in einem unauffälligen VW Polo. Lehmann hat ihn vor einer Stunde angerufen. Alles verläuft nach Plan. Die Frau hat ihr Haus verlassen. Der Mann und das Kind sind allein zuhause. Pittelout sieht immer wieder zum Nachbarhaus. Die alte Frau darf ihn auf keinen Fall bemerken. Er faltet den Ausdruck eines Satellitenfotos auseinander. Wozu doch das Internet zu gebrauchen ist. Auf dem Ausdruck sind das Haus und die Nachbarhäuser zu sehen. Lehmann hat die Stelle markiert, an der sie in die Wohnung einsteigen können. Jetzt wartet Pittelout auf seinen Kompagnon.

Lehmann kommt fünf Minuten später. Er trägt eine dunkle Hose und ein dunkles T-Shirt. In seiner Hand hält er eine schwarze Plastiktüte.

»Alles ruhig?«, fragt Lehmann.

Pittelout nickt.

»Na, dann mal los.«

Pittelout steigt aus seinem Wagen aus. Er geht zum Kofferraum und nimmt die Sauerstoffflaschen und den kleinen Kanister heraus. Dann folgt er Lehmann nach hinten in den Garten. Während Pittelout in einen weißen Schutzanzug schlüpft, wie ihn Maler verwenden, macht sich Lehmann daran, das Fenster zu öffnen.

Hoffentlich ist der Mann nicht im Wohnzimmer, denkt Pittelout.

Sie haben Glück. Das Wohnzimmer ist leer. Vermutlich bringt der Mann gerade seinen Sohn zu Bett. Ein letztes Mal.

Lehmann postiert sich hinter der Wohnzimmertür. Pittelout setzt sich auf das Sofa. Über DNA-Spuren und Fingerabdrücke macht er sich keine Sorgen. Der Plastikanzug wird verhindern, dass er größere Spuren hinterlässt. Und außerdem gehört es zu seinem Plan, die Wohnung in Brand zu setzen.

Sie warten eine Ewigkeit von fünf Minuten. Pittelout will schon aufstehen und nachsehen, ob der Mann vielleicht doch das Haus verlassen hat, als er Schritte auf dem Flur hört. Sofort ist er hellwach. Lehmann ebenso. Er steht angespannt hinter der Wohnzimmertür.

Die Tür geht auf und verdeckt Lehmann. Ein Mann kommt in den Raum. Als er Pittelout sieht, bleibt er wie angewurzelt stehen. Schlagartig dreht er sich um, doch hinter ihm steht jetzt Lehmann, der die Tür mit seinem Fuß zustößt. In seiner Hand hält Lehmann einen Lappen. Er presst dem Mann den Lappen auf Mund und Nase. Der Mann wehrt sich. Er schlägt nach Lehmann, trifft jedoch nur ins Leere. Mit jedem Atemzug lässt die Wucht seiner Schläge nach. Schließlich sackt er wie ein Sack Mehl zusammen. Lehmann schultert ihn und trägt ihn hinüber auf das Sofa.

Pittelout lässt sich von Lehmann den Lappen geben. Er tränkt ihn erneut mit Chloroform. Dann geht er nach nebenan ins Kinderzimmer. Der Junge liegt in seinem Bett und schläft. Pittelout kniet sich neben das Bett. Er hebt seine Hand, wie um dem Jungen über die Wange zu streicheln. Dann drückt er ihm den Lappen ins Gesicht. Der Junge bäumt sich auf. Er wälzt sich krampfhaft im Bett umher, bis sein Körper schließlich erschlafft.

Pittelout beugt sich über den Jungen und hebt ihn hoch. Er ist leicht. Pittelout trägt den Jungen ins Wohnzimmer und setzt ihn neben seinen Vater auf das Sofa. Dann legt er den Arm des Mannes um seinen Sohn.

Lehmann nimmt den Benzinkanister und verteilt dessen Inhalt auf dem Fußboden und an den Wänden. Pittelout stellt die Sauerstoffflaschen vor die beiden Toten. All das tun sie, ohne ein Wort zu sagen. Jetzt zündet Lehmann die Benzinlachen an. Pittelout dreht die Hähne der beiden Flaschen auf. Dann verlassen sie die Wohnung durch die Vordertür. Ohne dass sie jemand sieht, gehen sie zu Pittelouts Wagen und fahren davon.

Pittelout sitzt auf dem Beifahrersitz, während Lehmann den Wagen lenkt. Er lächelt in sich hinein. Wenn alles nach Plan verläuft, und das wird es – Pittelout weiß selbst nicht, woher er diese Gewissheit nimmt –, dann haben sie in spätestens einem halben Jahr eine neue Klientin.

Die Welt in Clément Pittelouts Kopf ist geordnet. Er ist der Herrscher dieser Welt, denkt er.

Die Welt außerhalb seines Kopfes ist ein heilloses Durcheinander. Und das ist gut so.

Hinweise des Autors

Jetzt, da Sie, liebe Leserin, lieber Leser, die Geschichte zu Ende gelesen haben, bleiben nur noch zwei Dinge zu tun: Die Löcher im Käse meiner Erzählung zu stopfen (oder sie absichtlich offen zu lassen) und mich bei all den lieben Menschen bedanken, die mir geholfen haben, dieses Buch zu schreiben (dazu komme ich gleich).

Ich will versuchen, alles in halbwegs chronologischer Reihenfolge anzugehen:

Zunächst einmal muss ich darauf hinweisen, dass es nur eine Geschichte ist. Die Grundidee (»Böser Therapeut manipuliert seine Patienten«) entstand während einer Wanderung auf Malta. Sie blitzte einfach so in meinem Kopf auf und ich kaufte mir noch am gleichen Tag in einem Touristenladen einen Notizblock und schrieb die grundlegenden Züge auf. Ich erzähle das, damit Sie sehen, dass man vieles von dem, was ich geschrieben habe, nicht wirklich ernst nehmen sollte. Nochmal: Es ist nur eine Geschichte!

Niedergeschrieben habe ich die Rohfassung dann innerhalb von fünfzehn Tagen, wobei ich mir einen Tag Pause gegönnt habe (den 31.12., denn niemand sollte an Sylvester arbeiten!).

Als Nächstes muss ich auf einige wichtige Punkte eingehen, die in der Geschichte vorkommen: Zunächst wäre da die Sache mit Schrödingers Katze. Dieses Gedankenexperiment geht auf den Physiker Erwin Schrödinger zurück. Im Prinzip geht es um die Frage, ob eine Katze, die mit einer Giftampulle in eine Kiste gesperrt ist, gleichzeitig als tot und lebendig angesehen werden kann. Niemand kann wissen, ob das Gift bereits ausgetreten und die Katze gestorben ist, oder ob die Katze noch lebt und friedlich mit einem Wollknäuel spielt.

Ein weiterer Punkt, den ich ansprechen möchte, ist der Brief von Richard Feynman an seine tote Frau, den Chris auf Annettes Beisetzung erwähnt. Diesen Brief gibt es tatsächlich. Man kann ihn zum Beispiel in dem wundervollen Buch »Letters of note« (erschienen 2014 im Heyne-Verlag) nachlesen.

Das Hotel Ubu, in dem Pittelout beinahe von seiner Ex-frau Maria erschlagen wird, ist dem Computerspiel »Baphomets Fluch« von Charles Cecil entnommen. Darin entwendet der Held George ein wichtiges Dokument aus einem Safe im Hotel Ubu. (Wer meine Kurzgeschichte »Sein letzter Witz« gelesen hat, weiß, wie sehr ich »Baphomets Fluch« mag.)

Kommen wir zu Harry. Zunächst einmal ist der von ihm hochverehrte Detektiv Francis Rickenbacker eine Erfindung von mir. Er hat seinen bisher einzigen Auftritt in der Kurzgeschichte »Zweifel«, wobei er sich am Ende nicht einmal sicher ist, ob er selbst existiert. Außerdem habe ich in Bezug auf Harry die meisten Fragen offen gelassen – den Grund dafür lesen Sie bei den Danksagungen. Ich möchte jetzt nicht jedes einzelne Käseloch in der Geschichte rund um Harry stopfen. Nur so viel sei verraten: Die seltsamen Notizen stammen von ihm selbst. Er schreibt manchmal mit seiner schwachen Hand, da ihn seine zittrige Handschrift dann an die seiner Großmutter erinnert. Der Rest sei Ihrer Fantasie überlassen.

Bevor ich zu den lieben Menschen komme, bei denen ich mich bedanken muss (und auch möchte), sei noch kurz erwähnt, dass das Bibelzitat von mir stark gekürzt ist. Der Text ist an die Deutsche Einheitsübersetzung (Herder-Verlag) angelehnt, jedoch sind es zum Großteil meine eigenen Worte (oder Pittelouts Worte, wenn Sie so wollen).

Doch genug doziert. Ich wollte mich ja noch bei einigen Menschen bedanken.

Danksagungen

Zuallererst will ich mich wie immer bei meinem Erstleser Lutz bedanken. Diesmal hat er ganze Arbeit geleistet und aus der ursprünglichen Fassung sage und schreibe zwanzig Prozent rausgestrichen. Er ist daran schuld, dass niemand so wirklich weiß, was Harry alles durchmachen musste. Er hat das halbe Morddezernat Frankfurt auf dem Gewissen – ich weiß selbst nicht mehr, wie der Technikanalyst heißt, der Sören Gerbers Kreditkarte zurückverfolgt hat. Und er hat – und dafür bin ich sehr dankbar – allen unnützen Speck, den die Geschichte auf den Hüften hatte, einfach abgeschnitten. Dabei ist er so sensibel vorgegangen wie eine Abrissbirne im Porzellanladen.

Außerdem möchte ich meinen Testlesern (in alphabetischer Reihenfolge) danken, die – jede auf ihre Weise – mir noch einmal wertvolle Hinweise gegeben haben: Elke, Filiz, Katharina, Lena und Sophia. Ohne euch fünf wären mir viele kleine Fehler unterlaufen.

Für die guten Hinweise zur Überarbeitung des Kapitels »Therapie« danke ich Christin und Nina. Alle fachlichen Fehler in Bezug auf die Physiotherapie und die anschließende Psychotherapie gehen entweder auf meine künstlerische Freiheit oder meine völlige Inkompetenz zurück. Ich tippe auf Letzteres.

Tobias danke ich wieder einmal für das tolle Coverartwork.

Und zu guter Letzt danke ich meiner Lektorin Rebecca,

die mein Manuskript noch einmal durch den Fleischwolf gedreht und viele gute Anregungen zum Überarbeiten gemacht hat.

Nun bleibt mir nur noch, mich bei Ihnen, liebe Leserin, lieber Leser, zu bedanken, dafür, dass Sie bis hierhin durchgehalten haben. Ich hoffe, man liest sich mal wieder.

David Hermann (Herbst 2019 – Sommer 2021)